LARGA VIDA AL REY
SANGRE

IRENE MORALES

LARGA VIDA AL REY

SANGRE

UMBRIEL

Argentina – Chile – Colombia – España
Estados Unidos – México – Perú – Uruguay

1.ª edición: abril 2023

Plaza de los Reyes Magos, 8, piso 1.° C y D – 28007 Madrid
www.umbrieleditores.com

ISBN: 978-84-19030-30-6
E-ISBN: 978-84-19497-21-5
Depósito legal: B-2.428-2023

Fotocomposición: Ediciones Urano, S.A.U.

Impreso por: Romanyà Valls, S.A. – Verdaguer, 1 – 08786 Capellades (Barcelona)

Impreso en España – *Printed in Spain*

Better creatures could love you, I know.
But now they'll have to
get through
me.

E. J., [Tumblr: @ihopewestay].

Para Nize

PRESAGIO

Sasha no tenía nada en lo que verse reflejado, pero notaba el polvo en el rostro, pintándole aquí y allá de violeta y amarillo. Y, aunque era pronto para estar ya manchado, el príncipe que serpenteaba ante sí, colándose entre cuerpos agitados como lo haría una serpiente entre sus grutas, tenía la mala costumbre de empezar la fiesta mucho antes que el resto de sus súbditos.

Por fin pareció encontrar un hueco entre la multitud que le gustaba.

—Estamos demasiado cerca —objetó el caballero, alzando la vista hacia el cielo despejado, tan azul como los ojos que le miraron con una ceja arqueada y una sonrisa sardónica.

—¿Preocupado?

Sasha bufó, divertido, y negó con la cabeza. El gentío les bamboleaba al mismo compás que el mar a los galeones en los que habían pasado la primavera, arriba y abajo, arriba y abajo, arrancando chirridos de su ornamentada armadura (especialmente ideada para días como aquel, más decoración en su cuerpo de soldado que eficaz protección).

—No, claro. Pero te recuerdo que el año pasado te cayó el primer polvo en los ojos y tuvimos que retirarnos a los dos minutos.

—Preocupado, entonces —sentenció Nize con una risita.

—¡Alteza!

La voz venía de una familia cercana, las manos de la madre ya alargadas hacia el príncipe con las palmas hacia arriba, un gesto reverente bastante pasado de moda. Sin embargo, Nize sonrió y descansó durante un segundo las manos sobre las suyas. Luego se llevó un dedo a los labios y:

—Ruego discreción, no me gustaría armar jaleo a tan pocos segundos del Color.

Ella asintió, solícita, y en el más puro secretismo el resto de sus parientes le ofrecieron las palmas al príncipe, incluso el más pequeño, que solo levantó las manitas hacia él, imitando a sus padres. Rodeó con sus minúsculos dedos los pulgares de Nize y con eso pareció bastarles a todos. Se despidieron con una disimulada reverencia y unos breves «Salud, capitán Sasha» susurrados.

La multitud ya empezaba a elevar las voces, reclamando el comienzo del Color, así que Nize se pegó a su hombro, un movimiento instintivo tras tantos años juntos. Su propio cuerpo emuló el gesto, armadura prensada contra fina capa de otoño, y la capital entera alzó la vista hacia el mirador del castillo, donde pronto su rey trazaría los veinticinco círculos correspondientes, uno por cada año cumplido de la heredera al trono.

La vida siempre había sido así, tranquila, plácida. Sasha siquiera alcanzaba a recordar un solo incidente como caballero del príncipe, e incluso cuando eran niños y jugaban a la guerra, lo hacían sabiendo que sus lenguas jamás llegarían a probarla. Su rango podría considerarse más bien un sinónimo de «Mejor Amigo de Nize», de lo poco que usaba sus conocimientos de combate para protegerlo y de lo mucho que ocupaba su rutina el mantenerlo atareado y cansado. Nunca había sentido la jerarquía del poder. No había sido necesario. Y aquella sería una fiesta del Color como cualquier otra, como cualquier año.

Solo que no lo fue.

—¡Ya empieza! —exclamó una niñita a su lado, la marea de cuerpos presionada contra cada centímetro del suyo, sonrisas y risas y manos alargadas hacia el balcón por el que en ese momento aparecía Su Majestad ataviado con una larga capa color noche ribeteada en hilos soleados. A Sasha le parecía que el rey Aurel crecía cada día más imponente según el gris se le extendía por la barba y el cabello, sus ojos de aquel azul que compartía toda su dinastía, tan intenso que a la sangre real ahora se la llamaba por su color. Sonreía con la fuerza de mil magias, y el caballero sintió un escalofrío, detectando otro igual en el vello erizado de la nuca de Nize.

—¿Y la princesa, mamá? —preguntó un niño subido a hombros de su padre.

—Purificándose en el templo, cariño. Ningún color, olor o sabor deben tocar su cuerpo mientras cumple su mayoría.

—¿No puede comer? —replicó el nene, horrorizado.

—¿No puede venir a su propia fiesta? —añadió su hermana, con el mismo tono de voz.

Sasha y Nize se miraron, sonrientes. No había nada más importante para el soldado que el propio príncipe, pero su hermana mayor ocupaba el segundo puesto en su devoción.

—¿Usarás tu magia este año? —casi susurró Nize en su oído, retándole.

—Usar magia es trampa.

—Todo el mundo lo hace y, además, tienes mi permiso expreso.

Su sonrisa creció incluso más.

—Me lo retirarás cuando te hunda en *naranja*.

El primer círculo los cazó aún sonriéndose, y el reino chilló y lloró y rio mientras las curvas doradas arañaban el cielo, mientras en su centro una espiral oscura desgarraba el propio espacio hasta abrirse un hueco. El demonio atravesó el portal con la sinuosidad de una anguila, metros y metros y metros de cuerpo anillado, pero no llegó a cruzar por completo. En su lugar, el monstruo abrió las fauces tan lenta y ampliamente que a Sasha le pareció que terminaría por engullirse a sí mismo.

Y entonces escupió el polvo púrpura, ese que cayó sobre las calles de Venfica acompañado de un potente estallido que lo aturdió durante un segundo. El resto de los círculos no tardaron en seguir al primero, veinticinco demonios de diferentes castas invocados por el mismísimo rey de Veda que arrojaban o escupían mil colores en una espesa nube de arcoíris. Antes de que el primer toque púrpura aterrizase sobre la coronilla del súbdito más alto, la ciudad ya andaba enzarzada en su propia revuelta multicolor, lanzándose puñados de rojo, de azul, de verde, de todo.

En el Color no existían linajes, ni rangos, ni familias. En el Color solo estaba la capital del reino unida en una guerra fogosa, pintando de polvo rojo al vecino, o al amante, o al propio hijo (o quizás al del vecino, o al del amante). Las risas se alzaban tan visibles como los colores, y los brujos movían a su antojo la polvareda, y los invocadores trazaban sus propios círculos para que sus demonios les ayudasen a ganar el asalto.

«¡Naranja no!», chillaba Nize por centésima vez, el cuello ya manchado de dicho pigmento. Culpa suya, por haber admitido con trece años lo muchísimo que odiaba ese color. Así que, armado con cantidades ingentes de naranja, Sasha chasqueó los dedos para que el viento acudiese en su ayuda. Casi podría jurar que lo oyó *reírse* antes de acribillar al príncipe con un segundo proyectil, tiñendo de pelirrojo su cabello castaño.

No, Sasha no imaginaba una vida que no fuese así, tranquila, plácida. Por eso siguió concentrado en reclamar su victoria sobre Nize, pintándole de púrpura el último retazo de piel blanca, ajeno a la larga fila de soldados que se abría paso hacia ellos hasta que no se vio cercado por un círculo humano perfecto, espadas desenvainadas apuntando a la muchedumbre de la que los aislaba. Sasha hizo lo propio con la suya, el instinto devorándolo en forma de escalofrío.

—¿Qué está pasando? —preguntó Nize, alargando una mano hacia su caballero para que este lo levantase del suelo.

—Habéis de volver al castillo.

—¿Por qué? ¿Qué ha pasado?

—La princesa —contestó otro—. Asesinada.

Y la vida dejó de ser tranquila.

PRIMERA PARTE

SANGRE

1

BENDICIÓN, MALDICIÓN, DOLOR, PLACER

La echaba de menos.

La echaba de menos con una violencia que encrudecía cada uno de sus movimientos, palabras y sonrisas. La nostalgia se comía todo lo demás. Incluso el dolor. Incluso la rabia. No había pasado más de un mes, pero a veces Nize se encontraba mirándose al espejo durante horas, sus rasgos tan parecidos a los de su hermana, y se decía que aquello era lo único que le quedaba de ella. Su propio rostro.

Sasha, tan directo como una flecha, le había preguntado si la decisión de Vincularse con él venía del sentirse solo. Había sido una pregunta atrevida y, en cualquier otra persona, hasta ofensiva, pero su caballero lo conocía desde antes de aprender a anudarse los cordones, por lo que había contestado con la verdad.

«No», le había dicho. «Viene de la desconfianza».

Porque nadie lograba explicarle cómo el asesino había superado las defensas de ner Aren, ni siquiera la propia caballero, sus pupilas ahogadas en pánico mientras repetía en bucle «estaba dormida pero no estaba dormida, estaba dormida pero no estaba dormida…» y sus puños temblaban. Nize recordaba el cuerpo desnudo de Sera en lo más profundo del agua del templo, intacto salvo por la gargantilla de sangre abierta en su cuello. No entendía… nada, en realidad. Por eso había dejado todo en manos de Sasha, quien había aceptado la misión con los dientes tan apretados que cualquiera diría que la hermana muerta era la suya y no la de Nize.

—Sha —saludó, cuando el caballero entró a la sala del trono con su eterno ceño fruncido.

El círculo los esperaba ya dibujado, oro derretido sobre negros suelos de mármol. Su trazo era firme, experto, curvas dentro de espirales y círculos mordiendo otros círculos: el lenguaje de los invocadores, en el que cada línea definía el tipo de demonio requerido. Sasha lo miró con fingida indiferencia, sin molestarse en descifrar los círculos porque ni conocía su significado ni necesitaba saberlo. A fin de cuentas, las invocaciones estaban prohibidas en la sala del trono salvo por dos únicas excepciones.

Una era la ceremonia de coronación.

La otra, aquella.

En silencio, el príncipe le señaló el lugar dentro del círculo donde debía situarse y aguardó a que pasase por su lado para susurrar:

—No tienes por qué hacer esto.

Sasha arqueó una ceja, recto e impávido. Nada encajaba tanto sobre sus hombros anchos como lo hacía la armadura de la guardia, y quizá por eso Nize sentía que la pesada capa ribeteada en oro (gemela a la que él mismo vestía) y el jubón de cuero negro que les aprisionaba las costillas lo transformaban en una criatura completamente diferente.

—Me lo ordenaste —le recordó él, con un timbre de regañina en la voz.

—No. Te lo pedí por favor.

—Quiero hacerlo.

Esa era la única buena noticia que había oído en (lo que le parecían) siglos.

Sasha le dirigió una pequeñísima reverencia al rey antes de colocarse sobre su circunferencia dorada. «Sasha, muchacho», murmuró este, adelantando la mano en una caricia distraída que ni siquiera llegó a rozarle. Nize contuvo la punzada de envidia.

Su padre (Su Majestad) era un hombre ya entrado en años, bendecido con un niño en el último de los intentos y maldecido con la pérdida de la reina en el parto, aunque ninguno de estos dos sucesos había mellado su forma de reinar, terca, firme y justa, como los trazos en oro líquido a sus pies. Aquel día, toda prenda sobre su cuerpo era del más puro negro, el luto consumiendo hasta las gemas de sus anillos, hasta los pasadores de su capa, los broches de sus botas. Ojos azules fijos en el círculo de invocación, largo pelo cano en vereda gracias a la corona. Nize no recordaba haberle visto jamás sin ella. A veces se preguntaba si su padre y la corona suponían una misma entidad, si la llevaba remachada en las sienes.

La capitana Rarra cerró las puertas de la sala del trono a un gesto rápido de su señor, trayendo consigo una quietud espesa, fúnebre. El réquiem por su hermana aún tardaría días en celebrarse y, sin embargo, ahora cada minuto de silencio era un funeral en sí mismo. Llevaba ya cinco, quince, cientos. Si Nize cerrase los ojos, apenas distinguiría la respiración de los guardias del castillo, ni la de los seis nobles testigo acomodados entre ellos. Mimetizados, más bien. A tres pasos del rey Aurel, la invocadora real contemplaba la escena con curiosidad, el cuenco de tinta dorada y el pincel todavía entre sus manos.

Nize estaba tranquilo. Había sopesado los pros y los contras de Vincularse a Sasha una y otra vez y, aunque no había compartido sus conclusiones con el caballero, sabía que coincidían con las suyas.

Cuando alzó la vista hacia él, Sasha ya lo estaba mirando.

—Sasha de Corte —comenzó su padre, y el aludido inclinó obedientemente la cabeza, rompiendo el contacto visual—. Te elegí caballero para mi segundo hijo en una tarde de invierno como esta, tras un otoño tan seco que aún quedaba Color prendido en los tejados. Te elegí porque no alzabas ni tres palmos del suelo y aun así le plantaste cara a un soldado que habló no muy educadamente del príncipe. Yo estaba allí.

Por cómo Sasha frunció los labios, supuso que sería la primera vez que escuchaba la historia. Nize no. A Nize su padre se la había contado miles de veces, cómo había encontrado a su Oh Gran Protector junto a las caballerizas del castillo, siempre con ese brillo en la mirada con el que nunca le miraba a él. Incluso ahora.

No le importaba; ya estaba acostumbrado. Aunque al principio no podía soportarlo. Al principio las cosas habían sido muy diferentes entre príncipe y caballero.

—Majestad —murmuró Sasha, atónito.

—Quién me iba a decir que lo que necesitaba mi hijo era un amigo.

La carcajada se le escapó sola.

—Sí, menuda sorpresa.

—*Verenize.*

El nombre resonó como una bofetada. Odiaba cómo se convertía en insulto en sus labios, y odiaba aún más que lo dijese delante de tanta gente, arrancándole un par de gritos ahogados a los nobles testigo. «No me gusta cómo lo usa contra ti», le había confesado su caballero, años atrás. A partir de ahí, la relación entre ambos había cambiado. Así, Nize se limitó a pestañear, indiferente, y Sasha a apretar los dientes, tenso; mientras el rey retomaba su discursito:

—Es un honor para mí, para nuestro linaje, y para la memoria de mi primogénita, que rindas tu magia a nuestra sangre.

—El honor es mío —contestó Sasha.

—El honor es mío —repitió Nize, saltándose deliberadamente las reglas de la ceremonia. Eso consiguió arrancarle una sonrisa fantasma al caballero por fin, aunque acto seguido se recuperó y frunció el ceño. Le dio igual. El Vínculo no estaba hecho para encadenar a un siervo a su señor, sino para unir a dos amigos; y se negaba a que su padre lo convirtiese en una segunda jura de sangre.

Al final, el rey lo dejó pasar. Quizá creía que su hijo tenía suficiente castigo con el disgusto (tan, *tan* falso) con el que Sasha lo miraba. Qué convincente parecía, a ojos ajenos. Nize se mordió la mejilla por dentro para no sonreír incluso más.

Ambos sabían que Sasha no era lo que el rey Aurel creía que era.

O, al menos, Nize lo sabía.

—Empecemos.

Su padre chasqueó los dedos y el oro a sus pies se iluminó.

No había esperado sentirse nervioso. A fin de cuentas, los demonios formaban parte del día a día de Veda, el reino con mayor número de invocadores por metro cuadrado de todo el continente. Aquí y allá se abrían nuevos portales al otro mundo, la mayoría de pequeños monstruos a los que se les encomendaba tareas muy simples («lacayos de bolsillo», los había llamado Nize una vez, mientras le prometía una simple flor al murcielaguito de siempre a cambio de que le birlara una mandarina de las cocinas). Pero aquel círculo no auguraba ningún lacayo. No, aquel círculo titánico y enrevesado auguraba la más alta casta de demonios.

De no haber sabido leer trazo por trazo lo escrito en oro, Nize creería que el rey estaba invocando a otro rey. Sasha apretó los labios, ojos clavados en la espiral oscura que comenzaba a rotar sobre sí misma en el centro del círculo de invocación. Quizás estaban pensando lo mismo.

Lo primero que emergió del portal fue una mano humana. O, al menos, algo que se le asemejaba, pues sus uñas se curvaban largas como garras y su piel negra, lisa, goteaba como recién salida del agua.

La mano se cerró en un puño alrededor de una línea dorada y la usó de correa para impulsarse hacia el exterior. Al principio, su silueta le recordó a la crisálida de un insecto. Luego extendió las alas y el sonido viscoso que hicieron al despegarse de su cuerpo antropomórfico le erizó el vello de la nuca.

Todo en el demonio goteaba lentamente: sus cuernos retorcidos, su largo cabello, su puntiaguda barbilla, sus pestañas gruesas. Hasta sus ojos dorados. Parecía llorar.

Aurel ⁘ de Veda, saludó al erguirse, deslizando su voz al interior de la mente de todos los presentes. Nize la sentía serpentear por los recovecos de su cerebro, fría y líquida como el vientre de una víbora. Voz que revelaba más de la naturaleza de su dueño que el cuerpo con el que había decidido presentarse, curvas femeninas y extremidades elegantes, delicadas.

En una pantomima de respeto por las costumbres vederesas, el demonio replegó las alas para cubrir su desnudez bajo capas y capas de membrana, lo que arrancó gemidos de angustia a los soldados y suspiros de admiración a los nobles.

—Astrae —contestó el rey, en el mismo tono helado—. ¿Sabes por qué se te ha invocado?

Astrae miró a su alrededor con una mueca aburrida en sus labios gruesos, tan negros como el resto de su piel. No era solo oscura, como lo era la de Sasha, o como la del padre de este, del color de la arena húmeda en la costa; no. Era piel negra. Obsidiana.

Sus ojos dorados se clavaron en Nize durante un segundo, pero pronto pasaron a su caballero, y la criatura sonrió.

Ah, un Vínculo. Se le veía encantado con la idea. Creía que las primeras serían la princesa heredera y su chucho de Sagrarés.

—Está muerta —escupió Nize, manteniéndose pétreo a pesar de que solo el nombrarlas con esa voz viperina le hacía querer borrar el oro con la punta de su bota. «Está muerta», repitió para sí mismo, paladeando las palabras. Sonaban a mentira, aunque eran verdad. Algo dentro de él no acababa de asimilarlo del todo. Está muerta. La línea roja en su garganta. Está muerta. Su rostro pálido. Está muerta. Su cabello chorreando agua. Está muert...

—Nize.

Solo fue un susurro, tan bajito que apenas abandonó los labios del caballero, pero fue suficiente como para aferrarse a él y regresar al mundo real, al presente. Bajó los ojos un segundo hacia sus manos: vacías. Ningún cadáver en ellas.

Astrae hizo un mohín.

Oh, no. Me gustaba.

Enfrente, Sasha se removió, incómodo, sin apartar la vista de las alas de la criatura. No era el único con aquel brillo en la mirada. Una vez, el caballero le había dicho que la presencia de demonios hacía que le zumbase la sangre, como un furioso avispero bajo la piel, y supuso que ahora mismo lo único que le retenía en el círculo de invocación era su férrea fuerza de voluntad.

Nize, en cambio, nunca había notado nada especial ante un demonio. Quizá de pequeño..., pero ya no. A lo mejor se había habituado a ellos. Sin embargo, en esos momentos sentía tantas cosas a un tiempo que sería incapaz de detectar el malestar que los demonios generaban al humano promedio. Sus manos seguían vacías, así que se forzó a mirar a su padre cuando lo oyó hablar de nuevo.

—Conoces el precio. Vincula sus magias.

No tan rápido, cortó él (ella, elle, ello, lo que fuese), pasándose las garras por sus alas de dragón, limpiando la capa brillante y melosa que exudaba. Primero tienen que aceptar.

También se obligó a sonreír y a tomar una larga bocanada de oxígeno que le destensó los músculos y le ayudó a mantener la fachada de tranquilidad:

—Acepto. Y Sha también.

¿Y es que Sha no tiene voz?

Este torció el gesto y levantó la cabeza con orgullo.

—Acepto, claro.

El rey Aurel no despegaba la vista de los círculos dorados, vigilando que la criatura no borrase o rayase algún trazo con su larga cola de carbón. No sería la primera vez que uno de los suyos lograba escapar con ese truco. Astrae también decidió ignorarle y se centró en ellos.

¿Aceptáis que vuestras magias se conviertan en una, al servicio del otro, manipuladas a su antojo y capricho? ¿Aceptáis que un «no» suponga renunciar a vuestra propia magia, porque ya no es solo vuestra?, sonrió, y Nize lo sorprendió guiñándole un ojo a Sasha. ¿Aceptáis que todo lo que le ocurra a uno le ocurra al otro? Bendición, maldición, dolor, placer.

Ninguno de los dos le devolvió la sonrisa, aunque Nize la notaba en la comisura de los labios. No podía contar con los dedos de las manos la de veces que se había ensañado contra ese tipo de Pacto, tildándolo de denigrante, desagradable e inhumano. «Sí, te hace más fuerte, pero menos libre», había sido su argumento preferido. Y, aunque su caballero nunca lo había apoyado o contradicho (Sasha no era muy bueno con las palabras), tenía la ligera sospecha de que tampoco le hacía mucha gracia.

Pero Sasha había heredado de sus padres la vocación por sacrificarse, así que Nize sabía que haría lo que fuese por él. Incluso darle vía libre a su magia. Esperaba que supiese que el sentimiento era mutuo.

El príncipe le dedicó un ademán lánguido al demonio con la mano, como despachándole.

—Sí, sí. Sabemos cómo funciona.

Nunca he Vinculado a un brujo. Miró de reojo a Sasha. Su magia se resiste a ser doblegada.

—Inténtalo —ordenó su padre, y Astrae se giró hacia el caballero con un suspiro. Sin su eterna armadura, su piel cobriza le recordaba a la de los nobles de la cálida Agavlia.

Sasha no perdió tiempo, peleando por subirse hasta el codo la manga larga y estrecha. Paciente, el demonio esperó, sin desdibujar esa sonrisa maléfica de su rostro nocturno.

Silencio.

Nize tardó en comprender que la criatura le estaba hablando, que le escondía palabras en la mente, allá donde solo Sasha pudiese oírlas. Ofendido por haber sido aislado de la conversación, cruzó miradas con su padre, quien le ordenó callar con una seña cortante.

Pronto vio al caballero abrir la boca para replicar a la voz muda de Astrae, ceño profundamente fruncido, pero después la cerró de un chasquido, antebrazo aún adelantado hacia el demonio, expuesto como una ofrenda. Cuando por fin contestó, tras minutos de tozudo silencio (justo como su dueño), lo hizo con un gruñido amenazador:

—Y el más querido.

Si Astrae respondió, Nize no lo sabría jamás. Con movimientos fluidos, alargó una garra hacia Sasha y abrió un largo surco rojo en la cara interna de su brazo. Él se dejó hacer, siseando entre dientes, aunque cuadró los hombros cuando el demonio apretó el corte con saña hasta hacerlo gotear. En cuanto su sangre aterrizó sobre el círculo, la tinta de oro silbó, disolviéndose bajo el rojo como si de ácido se tratara. El humo que levantó a su paso apestaba a metal.

¿Veis? Los brujos y los demonios no se llevan bien.

—¿Podrá hacerse? —preguntó Nize, intentando disimular la ansiedad en su voz. Siempre había sido consciente de que la magia de Sasha era diferente, pero ¿tanto como para no encajar con la suya...?

Solo si terminamos antes de que su sangre derrita el círculo.

—Pues vamos.

Astrae soltó bruscamente al caballero y se volvió hacia él.

A esa distancia, Nize podía apreciar la textura de su piel, una imitación perfecta de piedra cincelada, hasta motitas de gris ceniza sobre negro. De no rezumar icor por cada poro, miel transparente que hacía que sus pasos repicasen pegajosos sobre el mármol, casi podría pasar por la estatua de alguno de sus dioses. Astrae lo miró con una sonrisa pícara mientras se echaba el cabello hacia atrás, dejando con sus garras un rastro de sangre de caballero entre los mechones ya húmedos. Él le sostuvo la mirada.

Es una pena.

Nize arqueó una ceja, sin desterrar la mueca sardónica del rostro.

Cuando tu padre muera, la magia de tu hermana, y la de más de veinte generaciones de invocadores, caerá sobre ti. Tu linaje atesora el poder de los reyes y las reinas más prodigiosos de esta tierra, y contigo alcanzará su cénit. Hasta nuestros kores se inclinarán ante ti.

—¿Por qué es una pena, entonces? —se atrevió a preguntar, añadiéndole un toque divertido a su tono. Jamás se consideraría más listo que un demonio, por eso se cuidaba bien de no cruzar más palabras de las necesarias para delimitar las condiciones del Pacto, pero...

Astrae no sonrió esta vez.

¿Es sabio compartir tal legado con otra persona? ¿Abrirle la puerta a siglos y siglos de poder que no le pertenecen, darle opción a decidir sobre tu herencia? ¿Que parasite tu magia y la haga suya? ¿Que se piense libre de decidir cuándo debes usarla y cuándo no, despojarte de ella, dejarte hueco? No pestañeaba, y el icor se deslizaba lento sobre sus pestañas y pupilas hasta derramarse como lágrimas por sus mejillas. Algunos humanos no están hechos para soportar la grandeza. Se rompen.

Nize sabía que existía esa posibilidad, pero conocía a Sasha, y nunca había sido perro hambriento de poder. Ya habría dado señales de ello tras tantos años a su lado. No. Por el rabillo del ojo alcanzaba a ver las seis escarificaciones en su pómulo, esas que lo señalaban como su protector. Suspiró.

—Confío en Sasha más de lo que confío en que el sol salga cada día.

La risa de Astrae no sonó en sus mentes, sino alta y clara en la sala del trono, rebotando de columna en columna, de alfombra en alfombra, de corona a trono. Nize la ignoró y pasó a desatar los cordeles dorados de su ceñidísima manga para después sacarse el anillo que la unía con su dedo corazón. Como era de esperar, las costuras habían hendido marca en su piel pálida, un caminito enrojecido que Astrae no tardó en abrir con sus garras.

Un aguijonazo extraño se le clavó en el pecho cuando la primera gota de sangre real tocó oro, expandiéndose en ondas cada vez más amplias sobre el mármol como lo haría sobre la superficie de un lago.

Las ondas alcanzaron los pies del caballero, pero nada sucedió.

Astrae no perdió tiempo. Con un resoplido de hastío, le retorció la carne herida con sus afiladas garras, vertiendo más y más rojo, creando más y más ondas. Descolocado, Nize alzó la vista hacia Sasha, quien abría y cerraba los puños para alimentar también el círculo con la mayor cantidad de sangre posible.

Ah. Ahora sí.

El Vínculo se creó sin previo aviso, sin grandes ceremonias y, sobre todo, sin dolor. Un segundo antes su magia era solo suya y, de pronto, ya no lo era.

En el primer minuto comprendió que la expresión *unir magias* no tenía sentido. Su magia seguía siendo suya, y permanecía en sus venas, metálica como las circunferencias a sus pies, deseando brotar en murmullos de madrugada, en pequeños favores demoníacos. Por el contrario, la de Sasha, antes imperceptible para él, era ahora una presencia física, una sensación. Era el ardor de una hoguera sin llamas, el alivio de un trago de agua de río, un soplo de aire fresco en la nuca en pleno verano. Tenerla alrededor no le parecía desagradable, en absoluto, solo… ajena. Se preguntó cómo habría sentido la de Sera.

El Vínculo no unía sus magias; las ponía a disposición del otro. Y Nize no podía dejar de mirar las manos de Sasha, vacías pero con las riendas de su magia al alcance. Si quisiera, podría tirar de ella y robársela. Se sintió terriblemente expuesto, y tuvo que usar toda su fuerza de voluntad para no dar un paso atrás y salir del círculo de invocación. Luego se dio cuenta de que ese sentimiento no era suyo: era de Sasha.

En el segundo minuto la herida comenzó a dolerle el doble, sumando el dolor del caballero a la ecuación. Ah, así que era eso. «Bendición, maldición, dolor, placer», había dicho Astrae.

No tocó la magia de Sasha.

Sasha no tocó su magia.

Se limitaron a sostenerse la mirada, acostumbrándose a esa sensación de ser una marioneta en las manos del otro. No entendía el recelo del caballero, que le llegaba en oleadas, así que levantó las manos con lentitud, como el cazador que se acerca a un lobo atrapado en un cepo.

Y, a sus ojos, Nize era el cepo.

—Sha —le llamó, pero no dijo nada más.

El demonio se inclinó ante el rey, los reflejos de la corona llamas en su piel negra, una sombra (¿o una luz?) ávida en sus pupilas. Supo que estaba esperando su pago. Y, sin embargo, Su Majestad señaló con desgana la muñeca sangrante del príncipe:

—Cóbrate de ahí.

Nize se tensó de forma involuntaria y desvió la vista hacia los colmillos de la criatura. ¿Por qué? Él aún no era rey. Su sangre no era precio suficiente para un Pacto como aquel, no... No le hizo falta ningún Vínculo para notar cómo Sasha reaccionaba por instinto, llevando la mano a la empuñadura de una espada que no encontraría allí. Sus dedos se cerraron sobre aire y pestañeó, confuso.

Eso no es sangre de rey.

—Lo será muy pronto.

Astrae torció el gesto, rompiendo la impresión de busto esculpido, aunque luego contempló el rojo charco que manchaba las botas de montar de Sasha, su sangre devorando el oro, y no protestó. Le quedaba poco tiempo en ese mundo.

Al próximo Vínculo pediré el doble.

—Como quieras —contestó su padre, alzando las cejas canas.

Nize chasqueó la lengua, pero tenían público, así que cuando Astrae regresó a su lado alargó aún más el brazo para facilitarle el acceso y levantó la mandíbula en un gesto de orgullo.

Permitir a un demonio alimentarse de su sangre fue tan desagradable como le habían dicho que era. Casi podía sentir el rojo adhiriéndose al paladar de Astrae, catapultándole a una nueva casta de la que presumiría allá en su mundo muerto según sus colmillos se ensañaban con el corte, según tragaba y tragaba. Al otro extremo del círculo, Sasha aspiró aire entre dientes, ojos fijos en su propia herida. «Bendición, maldición, dolor, placer».

Sin embargo, después el caballero lo miró, su magia tensa contra la suya, y le sonrió. No era una sonrisa feliz: era una sonrisa de ánimo.

Pero fue suficiente. Nize relajó los hombros, sin saber siquiera cuándo los había cuadrado, y dejó que el cansancio se extendiese por sus músculos y tendones, desgranando la angustia de todo aquel proceso. El Vínculo se encargó de barrer también la de Sasha, cediéndole a cambio un poco de su calma.

Él bufó.

—Como si no tuviese suficiente con que me pegases los resfriados, ahora también los sentimientos.

Nize rio con ganas. En mitad de la carcajada, Astrae se irguió, colmillos anegados de roja sangre azul.

Le parecía un insulto que la vida siguiese, el sol brillando con fuerza en mitad de aquel templado invierno, las fuentes y su agua, las monedas en su fondo. Sabía que a Sera no le habría gustado que su gente lamentase su pérdida tanto como para alterar el orden de las cosas; pero

Nize y ella no se parecían más que en el físico, y cada resplandor de verde hierba en su camino le recordaba a su hermana. Quería que el mundo frenase en seco, que la llorase todo lo que a él no le permitían hacerlo, ya que la pena era algo ajeno a la familia real. Se veía mal en un rey llorar a otro. Debían estar preparados para la pérdida.

—Alteza —saludó la quinta dama de la mañana, inclinándose en una reverencia tan exagerada que Nize creyó que acabaría de rodillas sobre los redondos adoquines de la plaza central.

A su lado, Sasha suspiró, ya molesto tras tantas interrupciones.

—Álzate —contestó él, con un gesto solemne de sus manos pulcramente enguantadas. También le resultaba ridículo vestir de negro en contraste con el azul despejado del cielo—. Mi hermana se encuentra en un lugar mejor.

—La mejor parte de mí sirve en su corte, allá en el Otro Cielo.

Era la respuesta adecuada, lo que dictaba la tradición, y, aun así, Nize se apresuró a reanudar su paseo cuanto antes, alejándose a grandes pasos y con un siseo entre los dientes:

—Pues espero que no. Sera la odiaba.

Para su sorpresa, Sasha bufó sin siquiera mirarlo, divertido. No pudo evitar devolverle la sonrisa, descolocado porque le hubiese reído la gracia tan abiertamente, ya que Nize había nacido con ciertas carencias (la maldad de la ironía, el localizar el punto débil, el retorcerlo hasta ganar un duelo que nadie había pedido) que tanto su caballero como su padre odiaban con toda su alma. Pero en ocasiones se lo encontraba riendo, como ahora, y se preguntaba qué versión de Sasha era la auténtica. ¿La que el rey quería que fuese? ¿La que le mostraba a él?

Nize desterró esos pensamientos en cuanto llegaron a su destino, una puerta chata a la que llamó tres veces con los nudillos. Al instante, oyeron un breve «¡oh!» al otro lado, y no pasó ni un segundo antes de que se abriese.

—Niños —les saludó la mujer, con un suspiro muy cercano al alivio, y tiró de sus mangas negras hasta tenerlos bien sentaditos en la diminuta cocina (que, a su vez, actuaba de salón)—. Creía que ya no vendríais hoy. ¡Mirad qué horas!

—Lo siento, Lu —sonrió él, mientras ella negaba vehementemente con la cabeza. Se dejó hacer cuando le dio un sonoro beso en la frente, y sonrió aún más cuando vio que Sasha hacía lo mismo, rendido ante el terremoto que era su madre.

La familia de Sasha se asemejaba al lugar donde vivían. Firmes a pesar de lo mal que los habían tratado los años, repletos de grietas y goteras, anchos, y, sobre todo, inmunes a sus propias ruinas. A simple vista, la casa parecía caerse a pedazos, pero si se prestaba atención podían distinguirse las vigas fuertes de su esqueleto y los miles de apaños que la mantenían en pie.

—¿Otra gotera? —se le escapó a Sasha, con el ceño fruncido, y él arqueó una ceja para apoyarlo.

—Ah, sí —se defendió ella—, pero ya me ha dicho tu padre que esta noche…

—¿Cuándo os vais a mudar al castillo? —le cortó Nize—. Mirra se ha instalado por fin con su esposa en el barrio de los pintores, así que se nos ha quedado libre un cuarto precioso, con vistas a la Vía de Var, a dos pisos del de Sasha y al ladito de las cocinas, por si echas de menos meter mano a la olla.

Lu lo miró con un mohín de labios gruesos, y no contestó hasta que no arrastró la tercera y última silla hasta ellos:

—No seremos parásitos de la corte. Vivimos bien aquí, y aquí nos quedaremos.

Tozudos. Nize suspiró, alzando la vista hacia el techo grumoso que amenazaba con derrumbarse en cualquier momento y a la eterna mancha negruzca que marcaba la primera vez que Sasha había hablado con el fuego. Naturalmente, el caballero no se molestó en llevarle la contraria a su madre, porque entendía ambas posturas y confiaba en el valor del silencio.

Sasha confiaba demasiado en el silencio.

—Además —continuó Lu, mientras se estiraba para alcanzar un cuenco de la encimera—, si nos vamos al castillo, ¿dónde ibas a encontrar tú mand…?

—¡No, mamá! —protestó Sasha enseguida, lanzándose a por el cuenco pero encontrándose con que Nize se le había adelantado. Pelearon durante unos reñidísimos segundos, aunque, al final, al caballero no le quedó más remedio que rendirse. Con un resoplido, se cruzó de brazos—. Luego olerá durante *horas.*

El príncipe rio («Gracias, Lu») mientras se hacía con la primera de las mandarinas y comenzaba a pelarla. Ella se encogió de hombros, experta en ignorar la mirada rencorosa de su hijo.

Lu era una mujer ancha, como todos los miembros de esa familia. Sasha había heredado de ella la fuerza, la lealtad y el reaccionar con violencia a la dulzura. También los ojos negros, ligeramente rasgados, y el pelo oscuro que ella se recogía en un moño vago sin una sola cana. El azul de su vestido resaltaba contra su piel morena, y aunque en cualquier otro lugar llevar las mangas enrolladas por encima de los codos hubiese sido de mala educación («¡Enseñar tanta piel frente al príncipe, qué vergüenza!»), allí solo era otra muestra más de lo mucho que lo consideraba su propio hijo.

También lo demostró entonces, cuando acarició con la punta de los dedos el negro aro de hierro en sus sienes, la única corona permitida en tiempos de luto.

—¿Cómo estás, cariño?

Nize no contestó enseguida, porque era una pregunta complicada y prefería concentrarse en separar la mandarina por gajos o en la mueca de profundo disgusto de Sasha. Que cómo estaba. Pues partido a la mitad.

No fue eso lo que contestó, sin embargo:

—Mi padre ha ordenado la construcción de un mausoleo. He revisado los planos, y, a ver, no está mal, pero me gustaría que fuese de otra forma. Es demasiado… típico. Y Sera no era típica.

—No —concedió ella, tomando otra mandarina para sí. Por supuesto, Sasha mantuvo las manos apartadas del cuenco—. No lo era para nada. ¿Lo hablarás con Su Majestad? Quizá pueda concederte algo de libertad en la elección.

La sugerencia le hizo gracia por dos motivos:

Uno, hablar con su padre.

Dos, su padre concediéndole «algo de» libertad.

Quizá fue por el Vínculo, o porque se conocían desde los siete años, pero Sasha le salvó de contestar, tal vez notando su incomodidad. Nize aprovechó para meterse un gajo naranja en la boca. Nada tan dulce como las mandarinas del huerto de Lu.

—¿Dónde anda padre? ¿Durmiendo todavía?

—Oh, no, no —contestó su madre, repeinándose el moño en un repentino ramalazo de decoro—. Está en el huerto. Ya viene la temporada de ciruelas y brevas, y con la subida de los precios...

Nize habría querido desconectar de la conversación, dejarles con su cháchara de agricultores, pero eso último le llamó la atención, y frunció el ceño.

—¿Han subido los precios?

—Claro, amor. —Y lo dijo con una sonrisa triste—. Una tragedia atrae a otra, ya sabes, así que los mercaderes se están preparando para cualquier cosa.

—Eso... no tiene sentido.

Lu rio. No parecía del todo afectada, solo resignada:

—Es pura superstición, supongo que todo volverá a la normalidad en un par de meses. Pero de momento el pescado y la carne están por las nubes, y Jorde se cree que no me he dado cuenta de que ha subido las milhojas dos demines. —Puso los ojos en blanco—. Mira que iba a comprarle unas cuantas, porque tenía la sensación de que os pasaríais hoy por aquí, pero no sabía...

—Es séptimo, Lu —le interrumpió Nize, enseñando los dientes en una sonrisa zorruna—. ¡Venimos todos los séptimos!

—Los seis últimos no.

Ah, golpe bajo. Sasha lo fulminó con la mirada, retándole a contestar, pero reconocía una derrota cuando la veía. Ese era el problema de consentirse una segunda familia, una que no le pertenecía ni de lejos: que, al final, les acababa fallando a las dos. Una hermana muerta, una madre abandonada. Quizá debería parar de recolectar familiares de Sasha.

Chasqueó la lengua. El intenso aroma cítrico de las frutas abiertas se esparcía como humo por la cocina, y mientras buscaba la manera de compensar a Lu comenzó a mover el meñique izquierdo en círculos distraídos, tan habituado que ni siquiera le hizo falta desviar la vista del siguiente gajo que se metió en la boca.

El primero de los pequeños demonios apareció con un leve *puff* y a Lu se le escapó un gritito de sorpresa. Sasha arqueó una ceja, pero él lo ignoró deliberadamente y continuó dibujando círculos en el aire con el meñique. Otros dos siguieron al primer demonio, tres murciélagos con cara de ratón y garras plateadas. Lo único que los diferenciaba de los murciélagos reales era esa chispa de inteligencia en sus cuencas redondas y el olor a incienso.

—Tú —dijo Nize, señalando al primero con la boca llena de color naranja—, tráeme cuatro milhojas de la pastelería de la esquina. Dile que vas de parte del príncipe y, si tardas menos de un cuarto de hora, te pagaré con tres flores.

—¡*Tres* flores! —chilló el murcielaguillo, un largo hilo de saliva precipitándose hacia el suelo. Sasha apartó el pie a tiempo—. ¡Voy!

—Y vosotros dos —se tragó el gajo de mandarina mientras seguía con la mirada el revoloteo del demonio pastelero, que atravesó la puerta a la velocidad de un tornado tras abrirla Lu, diligente—, limpiad la casa. Una mandarina para cada uno y las ratas que encontréis en los alrededores.

No tardaron en ponerse a ello con sendos chillidos de deleite, y Nize le guiñó un ojo a Lu. Ella rio con ganas, negando de nuevo con la cabeza, un gesto tan propio de ella como lo era en Sasha el fruncir el ceño o en él la sonrisa torcida. Si no querían trasladarse al castillo, de acuerdo, pero no iba a permitir que viviesen entre escombros.

—Nize —rezongó Sasha, aunque no llegó a decir nada más, porque por mucho que detestara que el príncipe usase la magia para tonterías, aquel había sido su hogar.

Tozudos.

—¿Tan sucia has visto la casa? —bromeó Lu, por fin pelando la mandarina entre sus manos.

—Tanto como cansada te he visto a ti. —Se encogió de hombros—. ¿Te llegó la noticia?

Ella frunció el ceño, algo perdida, y cruzó miradas con su hijo antes de preguntar:

—¿Qué noticia?

—El Vínculo.

—Oh. —Lu esquivó a uno de los pequeños murciélagos mientras este dejaba caer un trapo al barreño ya preparado para la limpieza—. Sí, algo se oyó por aquí…, pero no sabíamos si era un rumor o si… —Volvió a mirar a su hijo—. O si sería posible, con la enfermedad con la que naciste.

Hubo un pequeño silencio antes de que Sasha asintiera, y Nize no pudo evitar recordar su sangre fundiendo el oro, el metal deshaciéndose entre nubes malolientes; Astrae mirándole de una manera que aún le recomía al cerrar los ojos para dormir. Le había dado tanto miedo pensar que ni siquiera un demonio podría unirlos, que ni siquiera… Por suerte, había funcionado, aunque aún no habían probado la parte práctica del Vínculo.

No por vergüenza, o por respeto, sino más bien… porque la magia de Sasha le resultaba demasiado extraña, siempre flotando a su alrededor con ese toque salvaje, de fuerza de la naturaleza; tan diferente a la suya que ni se le ocurría por dónde empezar.

Aunque sabía que Sasha no usaba su magia por pura educación.

—Ah, nosotros también lo dudábamos —la tranquilizó, con una risita entre dientes, y se fijó en que Lu había reparado en los vendajes gemelos de sus brazos izquierdos—. El demonio se puso un poco difícil, y la sangre de tu hijo aún más, pero lo conseguimos. Todo gracias a él, claro, porque ya sabes que está prohibido personarse armado en la sala del trono, pero Sha fue inteligente y, cuando el demonio fue a atacarlo, lleno de rabia por traerle un brujo ante su presencia, tu hijo sacó una daga que se había escondido en la bota y…

La mujer lo miraba con ojos muy abiertos. En cambio, Sasha apoyó el codo en la mesa y el rostro en la mano, dejándose adular y contemplando distraídamente el ir y venir de los murciélagos que, en ese momento, restregaban con saña el trapo contra los azulejos del suelo. A Nize le gustaba contar historias, «decorarlas». A Sasha le gustaba escucharlas, encontrar las mentiras. Y las de aquel cuento se veían a leguas.

—¿Por qué te llevaste una daga a la sala del trono si está prohibido, hijo? —riñó Lu al terminar, sin lograr ocultar su alivio.

—Sí, eso —suspiró él, mirándole de reojo—. ¿Por qué lo hice, Nize?

El príncipe sonrió.

—Porque a los invocadores a veces se nos olvida lo peligrosos que son los demonios, pero nunca a un buen soldado.

Lu sonrió también, alargando el brazo para entrelazar los dedos con los de su hijo.

—Sha siempre tan precavido.

—Por supuesto —asintió Nize, un nuevo gajo de mandarina entre los dientes—. Y deberías haber visto lo que le hizo su sangre al círculo de invocación del rey... ¡derretía el oro!

—¡Oh, no! —Y se llevó la mano libre a la boca—. ¿Es porque es de brujo?

Fue Sasha quien asintió esta vez, pero Nize quien contestó:

—La naturaleza nunca ha estado muy de acuerdo con eso de traer demonios a su mundo, así que unir a uno de sus chicos con un invocador... Estaba intentando impedirlo como fuese.

—¿Y qué pasó?

—Que fuimos más rápidos que ella.

En el pequeño silencio que le siguió, Lu acarició con el pulgar la orilla de las vendas que cubrían el corte del antebrazo de su hijo. Sasha hizo ademán de acercarse a ella, de preguntar qué andaba pensando, pero no llegó a hacerlo. A él tampoco le dio tiempo a plantearse el motivo, puesto que entonces la mujer volvió a hablar, ahora con un retazo de culpabilidad en la voz que le petrificó músculos y dientes:

—Siempre me he preguntado... si naciste así porque tu padre y yo nos dijimos el nombre demasiado pronto.

Se le revolvió el estómago. A su lado, los hombros del caballero se tensaron como cuerda de arco a punto de disparar. Los nombres siempre eran tema delicado de debate, sobre todo cuando no se les había tratado con el respeto que se les merecía... Y los padres de Sasha, desde luego, no lo habían hecho.

Pero eso no era algo que Nize quisiese decir en alto. Tampoco Sasha.

—Nada más lejos de la realidad, Lu —contestó el príncipe, poniendo en sus palabras la cantidad justa de optimismo y luz—. No sé qué os dicen los kleos sobre los brujos, pero no te creas ni una sola palabra. Sasha no nació así por ningún pecado que hayáis cometido en esta vida, sino por el de un invocador llamado Coadella, hace unos ochenta años.

—¿Coadella?

El caballero lo miró con una sombra de advertencia en sus ojos negros. Nize sabía que estaba prohibido llevar el conocimiento mágico más allá de las paredes de piedra del castillo, y si Sum se enterase le caería un castigo bastante desagradable..., pero ahora era príncipe heredero. De pronto se encontraba por encima de muchas reglas y órdenes, y pensaba sacarle partido al asunto. No iba a consentir que los padres de Sasha creyeran que el haber dado a luz a un brujo en lugar de a un invocador era culpa suya.

Aunque él sí lo creyese así.

—Sí —continuó, firme, y Sasha se mordió el labio inferior. No le cortó—, Coadella invocó un demonio y quiso Pactar convertir a su esposa en invocadora.

—Pero eso es imposible —le interrumpió Lu, indignadísima de pronto—. ¡Un sacrilegio!

Nize sonrió. Nada como un público entregado.

—Eso fue lo que dijo el demonio. Que no solo era imposible, sino también un insulto al resto de los invocadores, quienes han vivido cientos de reencarnaciones hasta ganarse el privilegio de abrir portales.

—Claro.

—Claro —repitió Sasha, poniendo los ojos en blanco. Nunca parecía muy contento con eso de que los invocadores hubiesen vivido más vidas que él.

—Pero Coadella insistió. Le dijo al demonio que, si no podía convertir a su mujer en invocadora, que al menos le diese magia; y él se encargaría de enseñarle todo lo demás. —Lu torció la boca, horrorizada. Su hijo solo pestañeó—. Antes de completar el Pacto, el demonio le advirtió de que habría consecuencias, y desde ese momento la esposa de Coadella fue capaz de comunicarse con el viento, la tierra, el aire y el fuego; y estos con ella.

—¿Y qué le decían?

—Lo típico. —Hizo un gesto desganado con la mano—. Que los invocadores deberían parar de abrir portales, que contaminábamos el mundo, que los demonios no eran de fiar... Y, de alguna manera, los bebés a su alrededor fueron naciendo ya infectados con esa nueva magia. Eran hijos de invocadores, así que deberían haber heredado su sangre, pero... no. Nacían brujos.

—Y por eso —finalizó Sasha con brusquedad, vigilando cómo uno de los murcielaguillos frotaba desesperadamente una mancha en la ventana—, ni padre ni tú sois culpables de que me hable el mundo. Como has dicho antes, es solo una enfermedad y, si no tengo hijos, terminará por desaparecer.

Pero entonces el caballero se tensó de nuevo y barrió la estancia con mirada analítica. Una ráfaga de aire le revolvió el cabello oscuro antes de alejarse y abrir de un golpe la puerta de entrada a la casa, a tiempo de que el tercer murciélago apareciese acarreando un paquete que le forzaba a aletear con rapidez.

El monstruito dejó la bolsa de la pastelería sobre la mesa, pero Nize seguía concentrado en la expresión desorientada de Sasha.

—Te ha dicho algo, ¿verdad? —casi ladró—. Algo sobre Sera.

Lu frunció el ceño.

—¿Por qué iba a hablarte el aire sobre la princesa?

—Mamá...

Nize se recostó contra el carcomido respaldo de su silla, fingiendo una naturalidad y una tranquilidad que no sentía ni de lejos. Había algo en los elementos que le ponía el vello de punta, algo que no lograba describir ni descartar, y el no saber qué era lo que le cuchicheaban a Sasha agravaba la sensación. ¿Qué le andaban susurrando? ¿Le decían lo mismo que a la mujer de Coadella? ¿Buscaban también al culpable de la muerte de Sera? ¿Lo escondían? Quién sabía si las fuerzas de la naturaleza protegerían a un asesino de invocadores.

—Le he ordenado que encuentre a los culpables. —Se llevó otro gajo a los labios—. Es el único brujo entre mis filas, además de mi caballero, así que ¿quién mejor para investigar? Los elementos le dirán quién fue.

—Sabes que no es tan fácil —protestó Sasha, chirriando los dientes—. No es... no soy su dueño, no cumplen mis órdenes como tus demonios. Solo me ayudan cuando... Ni siquiera sé por qué me obedecen cuando lo hacen.

—A lo mejor tienen algo que ocultar.

«¿Qué?», formaron sus labios, pero ningún sonido salió de ellos. Le vio abrir la boca para replicar, su rostro una máscara de indignación. No era la primera vez que Nize sugería que los elementos podrían no serle sinceros, y Sasha siempre le miraba justo así. «No tienen nada en contra de la Corona», le había asegurado una vez. «Pero sí contra los invocadores. Y somos reyes por algo», había replicado él. El caballero no había sabido qué contestar.

Notando la tensión del ambiente, Lu se dedicó a desenvolver las milhojas para cederles un poquito de intimidad, detalle que el tercer murciélago arruinó en cuanto empezó a chillar «¡Tres flores! ¡Tres flores!» en bucle, incapaz de aguantarse la emoción por más tiempo.

—Nize —llamó entonces Lu, suave, tierna. Era una voz que Nize nunca le había oído, tan maternal que le resultó íntima, y ambos se volvieron a mirarla, sorprendidos—. ¿Te acuerdas de cuando le pusiste un huevo podrido bajo la almohada?

Él rio por lo bajo mientras metía la mano en uno de los bolsillos interiores de su capa y sacaba tres florecillas de camomila. El murciélago se lanzó en picado a por ellas, esfumándose nada más aferrarlas con sus diminutas garras.

Claro que se acordaba. Tenía once años y había esperado pacientemente bajo la ventana del cuartucho del caballerete, sentado en cuclillas entre los matojos del huerto trasero mientras los soldados del Orden batían la capital en su búsqueda, creyéndolo perdido o secuestrado. Había esperado durante horas, hasta que el demonio que tenía invocado le aseguró que el chaval estaba dormido, y entonces le había ordenado colocar el huevo. También recordaba la venganza de Sasha, una marca bien roja de sus dedos en el moflete.

—Sí. Lo hice porque no dejaba de pegarme.

Sasha bufó, incrédulo.

—¡Te pegaba porque intentabas adivinar mi nombre...! ¡Y te lo inventabas!

A Nize se le escapó la carcajada antes siquiera de que terminase de hablar. Sacar de sus casillas a Sasha era una de las cosas que más disfrutaba en el mundo, esa expresión suya mitad ultrajada mitad rabiosa que estallaba segundos después... Siempre le hacía gracia pensar en el poco aguante que tenía Sasha, para ser caballero.

Hacía mucho que no reía así. Casi se le había olvidado. Cuando abrió los ojos de nuevo, Sasha contemplaba a su madre como si fuese algo sagrado, y Nize lo imitó.

La casa entera olía a mandarina y Lu sonreía mientras separaba plácidamente las pegajosas milhojas de la pastelería de la esquina. Era una pena que no fuese invocadora. Hubiese sido un kleo a la altura de su rey. Sabia, paciente, hábil.

—¿Quieres una?

Nize asintió, y uno de los demonios les colocó un plato delante a cada uno.

—Has venido —dijo, y soltó su magia.

La magia de Sasha pareció huir de él, arremolinándose alrededor de su dueño en un pequeño tornado que Nize no podía ver ni tocar, solo sentir. No había hecho nada con ella, solo se había limitado a tirar un poquito de sus bordes, probando o, más bien, *comprobando* si funcionaba... Y así era. El caballero no le quitaba ojo, más confundido que enfadado, mientras cerraba la enorme puerta de sus aposentos a su espalda. Se notaba que se había vestido a toda velocidad por la rigidez de sus prendas de noche y porque había olvidado abrocharse el último de los botones del cuello. Nize sonrió, señalándose su propio botón, y Sasha se apresuró a terminar de cerrarse el collar.

—Apesta a incienso —espetó por todo saludo.

—Por qué será —replicó él, ocultando sin mucho disimulo los círculos de invocación plasmados sobre las vendas de su brazo izquierdo, la tinta aún fresca.

Con un suspiro hastiado, Sasha cruzó la habitación en tres largas zancadas y abrió de par en par el ventanal que daba al balcón de mármol negro. Más allá, las últimas luces de la ciudad; más allá, el mar. Más allá, la madrugada. La brisa nocturna pasó sin ser llamada, revolviendo el corto pelo moreno de Sasha y llegando hasta él, enfriando su piel aún húmeda del baño.

—Si me has llamado para que te riña por invocar demonios por capricho te vas a quedar con las ganas, porque no lo pienso hacer —dijo, con voz pétrea—. El cansancio te ayudará a dormir.

—Oh. —Sonrió—. ¿Tengo tu permiso, entonces?

—¿Qué es el permiso de un caballero para su rey?

Nize rio entre dientes, incorporándose hasta recostar la espalda contra el cabecero de dorada luna creciente.

—Aún no soy rey.

Sasha lo ignoró.

—No vuelvas a hacerlo. No uses mi magia para llamarme, es desagradable.

—Pero eficaz —apuntó, y percibió un cambio en el Vínculo, lo más parecido a un chasquido de lengua en el plano intangible. Contuvo la sonrisa—. ¿Cómo se siente?

—Así.

Y de pronto algo *le tiraba de las venas.* Todo su cuerpo reaccionó a la intrusión, uñas clavándose en su antebrazo, donde venas y tendones parecían retorcerse, enredarse unos con otros mientras él intentaba mantenerlos en vereda.

—Ugh —escupió, y se arremangó el brazo sano a tirones, luchando contra lo entallado del corte—. Qué asco.

Pero, bajo la tela, su piel permanecía lisa. Nada se movía realmente.

Antes de liberarlo, Sasha se encogió de hombros en un mudo «¿Lo ves?». Nize asintió, recolocándose la manga con dificultad. Incluso para dormir, la vestimenta vederesa se cerraba como un cepo en cada vértice, una segunda piel que impedía ver ni un solo centímetro de la que aguardaba debajo. La odiaba con toda su alma. Odiaba las mangas prendidas al dedo corazón, las hendiduras de las costuras, los cuellos opresivos. Toda prenda reproducía el mismo patrón, ya perteneciese al populacho o a la aristocracia, a un caballero o al rey. Nadie escapaba al decoro.

A esas alturas de la noche ya se habría descamisado, como mínimo, pero aún tenía compañía.

—¿Me has llamado para algo importante o solo para molestar?

—Molestarte *es* importante.

—Y has batido tu propio récord, haciéndolo a la tercera hora.

Nize no contestó, porque cuando alzó la vista sus ojos se toparon con las escarificaciones del pómulo izquierdo de Sasha, seis cicatrices ovaladas que indicaban el mayor rango al que podía aspirar un soldado real: caballero guardián.

Nize las veía todos los días, pero bajo la luz titilante del candelabro le asaltó un sentimiento desagradable, convulso y extrañamente cálido. Desconfianza. Una desconfianza tan virulenta que le dejó mudo y que hizo que Sasha se le aproximara con el ceño fruncido y los labios entreabiertos, a punto de preguntar qué ocurría. Sin embargo, no preguntó, sino que rugió:

—Los voy a encontrar, Nize. Como sea. Los voy a encontrar y...

—No es eso —le cortó, mirándolo por fin a los ojos—. Sé que lo vas a hacer.

—¿Entonces?

—Solo puedo confiar en ti.

Silencio. Nize dudó un momento antes de dar un par de palmaditas en el colchón, y él franqueó los postes de su cama endoselada para sentarse en mariposa a su lado. No sería la primera ni la última vez que el príncipe lo mandaba llamar a horas intempestivas, algunas noches encontrándose con ner Aren por el camino y acabando los cuatro hablando hasta salir el sol en los titánicos aposentos de su hermana.

Ahora, Sera estaba muerta, ner Aren torturándose y, ellos dos, al mismo tiempo más lejos y más cerca que nunca. A veces le daba la sensación de que el Vínculo se había comido todo lo anterior, de que esa conexión forzada había derretido la que los años y la confianza habían forjado entre ambos de la misma forma en la que la sangre de Sasha fundía el oro de un círculo.

—Eres el único que no pudiste ser —se explicó segundos después, las palabras un siseo entre sus dientes—. Estuviste conmigo todo el tiempo, durante todo el Color. —Recordaba su rostro manchado de púrpura—. Cualquier otro… cualquier otra persona con la que me cruzo podría ser el asesino. La guardia real —señaló vagamente hacia la puerta—, Rarra, Sum, mi padre. Ner Aren. Cualquiera. No lo soporto.

Sasha asintió con gravedad mientras se acercaba un poquito más.

—Lo sé. Pero voy a encargarme de ello, así que no tienes por qué tener miedo. Voy a…

—No tengo miedo —gañó, negando con la cabeza—. Solo quiero que paguen. Quiero encontrar al culpable, quiero desollarlo y colgar su piel como bandera en el mausoleo de mi hermana. Y para eso te necesito a ti.

El caballero pestañeó, de pronto tenso. Para ser el que sabía matar de los dos, era bastante sensible a la violencia, aunque Nize siempre lo había sabido. Que él era el peligroso de los dos. Pero, también, que por muy desagradable, sanguinolenta o brutal que fuese la orden, Sasha la cumpliría. Eso era lo que significaban las seis marcas en su pómulo.

—¿Qué te ha dicho el aire, antes? En tu casa.

—Tu nombre.

—¿Mi nombre? —Frunció el ceño, descolocado—. ¿Por qué?

Sasha se encogió de hombros, visiblemente abatido.

—No lo sé. Solo eso… —Y vaciló antes de añadir—: «Nize».

—Verenize —corrigió él. Sasha desvió la vista, incómodo ante la palabra—, ¿verdad? El aire se atreve a pronunciar mi nombre privado porque sabe que no puedo oírle.

—Dudo que los elementos puedan siquiera llamaros de otra forma, Alteza.

Nize bufó.

—Tratarme de «Alteza» para decirme lo que no quiero escuchar funciona con mi padre, no conmigo, Sha.

—Cierto.

No pidió perdón, pero Nize estaba acostumbrado a la cabezonería de su caballero, así que se limitó a zanjar el asunto con un gesto vago. Se negaba a encallarse en por qué los elementos andaban susurrándole su nombre verdadero a Sasha; no le merecía la pena. Cambió de tema:

—Hoy la lección con Sum ha ido mejor. Supongo que porque me he dignado a escucharla.

Con una risita suave, Sasha se acomodó sobre el colchón para escuchar el relato aderezado a grandes cantidades del príncipe. Aunque a Nize la instrucción correspondiente a un futuro soberano se le había impuesto inmediatamente después de la muerte de Sera (no había tiempo que perder), continuaba agobiándole hasta niveles insospechados. La mayoría de las veces ni siquiera comprendía las situaciones hipotéticas que la invocadora real le presentaba, por lo que encontrarles solución resultaba agotador (y, para el novato heredero, también imposible).

—Quién iba a suponer que lo que necesitabas era prestar atención —ironizó Sasha, imitando la voz del rey, pero muy bajito, como si así pudiese fingir que no lo estaba haciendo.

—Quién iba a suponer —repitió él— que mi hermana hacía algo más que lanzarse espada en mano a por cualquier cosa que respirase.

Sasha rio con esa carcajada perruna que hacía parecer sus dientes más afilados de lo que realmente eran.

Antes de perder a Sera, los roles de ambos hermanos habían estado claramente diferenciados. Como en cualquier otra monarquía al uso, los primogénitos heredaban la corona, pero a Nize no podría haberle importado menos que su hermana le hubiese sacado tres años de ventaja en eso de nacer. Nunca había envidiado su destino, más bien lo contrario. Demasiada responsabilidad (demasiado trabajo). Y eso sin contar con que la formación de heredero se especializaba en política, combate y pensamiento estratégico, campos en los que el príncipe no destacaba ni por casualidad.

No, el futuro de Nize había radicado en la magia. A fin de cuentas, los reyes no tenían tiempo para dedicarse al estudio de los mil círculos que requería el título de invocador real, y Sum no viviría para siempre. Así, donde Sera había sido fortaleza y valor, Nize era ensayo y error, pura fuerza de la naturaleza hecha magia. Y quizás el príncipe no supiese de estrategia, pero era retorcido, por lo que pronto se había visto capaz de invocar a demonios muy por encima de su nivel sin caer en trampas o palabras melodiosas. «Solo un demonio es capaz de engañar a otro demonio», clamaba el refrán. «Eso era porque no existías antes del dicho», había reído Sasha.

Pero ahora debía ser todo lo que su hermana había aprendido a ser. A toda velocidad.

Y dolía, porque Nize no había nacido para ser rey, había nacido para ser Nize.

—La echo de menos.

Lo había dicho Sasha, y lo había dicho distraídamente, sin pensar en que la persona a su lado lo hacía con muchísima más intensidad. Nize la pensaba a todas horas, se aferraba con garras y dientes al recuerdo de Sera fuerte y enérgica, espada siempre enarbolada y labios abiertos en una carcajada victoriosa contra ner Aren. La cinta dorada con la que recogía su cabello rubio, sus pestañas tupidas, sus dientes rectos. Sasha no había logrado vencerla ni una sola vez. Nize ni siquiera lo había intentado.

—No quiero ser rey —confesó, como si contestar eso tuviese sentido—. Siento que le estoy robando el reino.

—Ella lo habría puesto en tus manos con los ojos cerrados, Nize.

El príncipe alzó las cejas, rizando la sonrisa en una mueca.

—¿Sabes? Eso es justo lo que me dijo la capitana Rarra.

—Quizá porque es la verdad.

—O quizá porque a los caballeros os enseñan un número límite de respuestas épicas —bromeó mientras volvía a escurrirse bajo las sábanas—. «Oh, Sera habría puesto el reino en vuestras manos con los ojos cerrados, mi rey».

Sasha gruñó y se mordió la mejilla por dentro antes de arrojarle el primer cojín que encontró a su alcance. Nize lo apartó de un bofetón perezoso, demasiado ocupado ya en buscar la postura más cómoda para dormir. Cuando terminó de acurrucarse, arropado hasta arriba por mantas pesadas y calentitas, lo miró desde allí:

—¿Te quedas?

—Si no te importa... Hace demasiado frío como para bajar cinco pisos.

—Ya sabes dónde está todo.

Tras asentir, el caballero abandonó la cama, y Nize aprovechó que andaba distraído con su rutina nocturna para contemplarlo sin miedo, cosa que, por algún motivo, lograba darle un poquito de paz. Dormía mejor sabiéndole cerca, le calmaba verlo cerrar el ventanal o sacar del segundo cajón de la cómoda la manta que le tenía reservada para esas noches, quizá porque se movía con la naturalidad de quien se sentía en casa. Le gustaba que Sasha se sintiese en casa allí, no en el castillo sino allí, en...

Se le cerraron los ojos antes incluso de que Sasha apagase las velas.

Soñó que su hermana y él se hacían trenzas en el pelo, intercalando flores blancas y perlas entre las filigranas de largos mechones, y ella no dejaba de llamarle *Verenize* mientras reía y reía y moría.

2

MÁS ALLÁ DE SUS CÍRCULOS

La lluvia había vuelto, pero no sabía por cuánto tiempo. Dejó salir todo el aire encerrado en sus pulmones, arrebujándose aún más en su albornoz mientras cotilleaba desde el balcón las calles vacías de Venfica. Sus tejados y torres parecían terriblemente negros bajo las nubes grises y, por primera vez, sintió que el mundo y lo que llevaba dentro se sincronizaban. Allá abajo, en el patio de entrenamiento, un guardia veterano explicaba el funcionamiento de cada circuito a los nuevos reclutas, el repiqueteo de aguacero sobre armadura resonando alto y claro en sus oídos. Frunció el ceño. ¿Dónde se había metido Sasha? Los aspirantes eran responsabilidad suya, no del primer cualquiera que pasase por ahí. Un tanto escamado, Nize regresó al interior de sus aposentos. Todo seguía oliendo a aceites florales y a vaho; y el infinito espejo del baño, empañado. Bajo el jabón, incienso. Su brazo izquierdo todavía vendado.

A Nize le parecía que los días transcurrían demasiado despacio como para hacerse al nuevo ritmo. Desechó el albornoz sobre el diván, se acordonó las botas hasta la rodilla y se prendió las mangas al dedo corazón, pero no se dignó a abrocharse el último pasador del jubón hasta que salió al corredor, donde se encontró a una sirvienta cargada de sábanas limpias y al escolta que solía sustituir a Sasha en sus ausencias. Ambos inclinaron la cabeza al verlo, aunque, por la rapidez con la que ella se retiró, supo que llevaba un buen rato esperando a que el príncipe abandonase por fin el nido. No le importó. Si el escolta hubiese hecho bien su trabajo, ambos se habrían ahorrado tiempo. Pero no todo el mundo podía ser Sasha.

—¿Dónde está mi caballero?

—Con la capitana Aren, Alteza.

Él frunció el ceño.

—¿Con...? ¿Por qué?

Notó cómo el escolta empleaba todas sus fuerzas en no encogerse de hombros.

—Lo ignoro, Alteza.

Había tres capitanes en la guardia real.

La principal era Rarra, una mujer ancha y fuerte en cuyo rostro cicatrices y arrugas se entremezclaban con arrogancia, sin deslucir unos rasgos amables que en su día habían sido el orgullo del castillo. Era lo más cercano a una reina que tenía Veda, ya que hacía las veces de consejera real, confidente y amiga. Comandaba la guardia al completo, tal y como le correspondía al caballero del rey, y aunque el Orden poseía sus propios mandos, la palabra de Rarra prevalecía sobre cualquier otra.

Ner Aren y Sasha también ostentaban el rango de capitán, título que compartían todos los caballeros protectores y que les confería automáticamente la mayor autoridad del cuerpo. Sin embargo, a Sasha no le gustaban los títulos vacíos, por lo que había insistido en recibir la misma instrucción que ner Aren, quien, como caballero de la heredera, pasaría a ocupar el puesto de Rarra algún día.

Ese que ahora ocuparía Sasha.

—¿Y dónde está la capitana Aren?

—En sus aposentos.

—Bien. Podéis retomar vuestros quehaceres.

Y echó a andar a paso ligero hacia la escalinata norte. Nize no había gastado tiempo en visitar a ner Aren porque ni siquiera sabía si podría sostenerle la mirada. Su hermana había muerto porque su caballero no había cumplido su deber. Se había *dormido.* Una parte de él insistía en recordarle que había sido magia, que el asesino había sumido a ner Aren en un profundo sueño, pero... Un escalofrío le bajó escalón a escalón por las vértebras. ¿No servían para eso los caballeros? ¿Para protegerlos de cualquier cosa, incluso de sí mismos?

No acababa de descartar que la asesina fuese la propia ner Aren, aunque el pensamiento le daba vértigo. Y náuseas.

«Algunos humanos no están hechos para soportar la grandeza», había dicho Astrae. «Se rompen».

Los aposentos de los capitanes se encontraban cinco pisos por debajo de los dormitorios reales, en un ala del castillo a la misma distancia de las caballerías que de sus protegidos. Al contrario que el resto de plantas, revestidas hasta el último recodo en tapices y bordados, siempre vivas con el revoloteo de sirvientes, aquella suponía un remanso de silencio y sencillez, un descanso para la vista. Sus moradores disponían de biblioteca propia, baños propios, comedor propio... Un segundo castillo dentro del primero.

Cuando cruzó el arco que marcaba el inicio del Ala de Caballeros, del portón más cercano escapó un sollozo que resonó en la piedra desnuda y le frenó en seco. El silencio vino después, deslizándose como una serpiente, y no se atrevió a avanzar ni un solo paso más.

Así que alzó la mano y dibujó sus círculos en el aire, sin ayudarse de tinta o papel para traerlo a la vida. El trazo invisible chisporroteaba al paso de sus yemas como acero resbalando sobre acero, iluminándose por entero en el instante previo a la apertura del portal. Al siguiente, un gusano pálido y viscoso brotaba de la espiral y se dejaba caer sobre su palma extendida con un desagradable sonido húmedo.

La criatura lo miró, sus anillos compuestos de incontables pupilas minúsculas. Se les llamaba «demonios espía» por algo, al fin y al cabo:

—Quiero que te metas ahí dentro y me transmitas lo que veas.

¿En descripción o en imagen?, la voz resonó en el centro de su cerebro, mucho más grave de lo que Nize habría esperado.

—Imagen.

Será más caro.

—Di tu precio.

Semillas.

—No.

Sangre.

—Una gota directa de mis venas.

El gusano se revolvió, y antes incluso de aterrizar sobre la alfombra, la visión del ojo derecho de Nize comenzó a emborronarse, sustituida bruscamente por el caleidoscopio de pupilas del demonio. Podía ver a un tiempo el pasillo frío y el hueco entre el suelo y la puerta por el que se arrastraba hasta internarse en los aposentos de ner Aren. Las voces le llegaban claras y los sollozos ahogados, y distinguió cada hilo del tapiz al que trepó para obtener una panorámica de la antesala, donde el ventanal que daba al balcón estaba abierto de par en par y la lluvia entraba tímidamente a acompañarlos.

La tríada de capitanes se encontraba allí. Sasha sentado junto al lecho, rígido y sin armadura, vestido solo con sueltas pero firmes ropas de entrenamiento. Tenía la mandíbula tensa y los ojos fijos en Rarra, de pie al otro lado de la cama. Ella sí que lucía su argenta cota, que contrastaba vivamente sobre la piel de ébano. Su cabello enroscado le recorría el cráneo en caminitos zigzagueantes, la única forma de mantenerlo bajo control. A través de las pupilas del demonio, la capitana de la guardia real era enorme y mortífera.

—Aren, no hace falta que hables si no quieres —decía esta, con un dejo de tristeza—. Lo comprendemos.

Sasha asintió, inclinándose hacia el bulto en el colchón.

—Puedo…

—No —gimió la tercera voz, rota y pesada—. Nize no… Sera nunca…

Ambos capitanes intercambiaron miradas con los labios fruncidos. Nize se cubrió con la mano limpia el ojo libre de Pacto para concentrar toda su atención en la imagen cedida mientras se restregaba la palma de la otra contra el pantalón, limpiándose el icor como baba de caracol que el gusano le había exudado encima. Qué asco.

Entonces, ner Aren se incorporó, y al príncipe no fue al único al que se le cortó la respiración. Sasha la miraba, horrorizado, llevándose una mano a las escarificaciones del pómulo por puro acto reflejo. Hasta hacía bien poco, habían sido idénticas a las de su compañera. Ya no.

—Puedo recordar —comenzó ner Aren, toqueteándose también el pómulo, protegido por un grueso apósito. Nize sabía que, debajo, una única incisión enlazaba ahora los seis puntos, anulando así su marca de caballero— con absoluta claridad el día en que se me anunció que serviría a la princesa de Veda. Había trabajado tan duro... El precio que el rey pagó por mí fue enorme. Quería a la mejor, a la mejor de los ejércitos de niños de Sagrarés.

Sasha asintió. Todos los allí presentes, incluso el infiltrado, conocían la historia. La caballero se pasó una mano por el pelo imposiblemente liso, un reluciente espejo negro sobre sus hombros pálidos. Nize no había visto jamás sus ojos rasgados tan hinchados ni tan rojos.

—Yo estaba tan... orgullosa. No todos los niños llegamos a servir a reyes. Muchos somos vendidos como vanguardia bélica, a granel. O a nobles que quieren presumir de nosotros. —Asintió con la cabeza, como si una parte de ella hablase y la otra escuchase, vigilando que la primera dijese la verdad—. Mi vida entera ha girado en torno a ella. Me encargaron para ella, fui concebida, parida y criada para ella, no sirvo para otra cosa que para protegerla, y yo...

Todo su cuerpo se partió en mil pedazos de pena, encogiéndose sobre sí misma, clavándose las uñas en la carne marcada, castigándose. A Nize le habría gustado sentir algo más aparte de su propio dolor, porque el de ella... No lograba creérselo. No lograba superar ese bucle de rencor y suspicacia.

—No te tortures, Aren —oyó decir a Sasha. Niña y príncipe contemplaron la mano que el caballero acababa de apoyarle sobre la rodilla, la sábana como única barrera entre ambos—. Solo cuéntanos lo que viste cuando despertaste. No tiene sentido que...

—No, nada tiene sentido —le cortó ella, irguiéndose con brusquedad—. Es justo como tú dices, no tiene sentido. Yo estaba ahí, al otro lado de la puerta del templo, y estuve ahí desde el momento en el que me dio su ropa y se hundió en el agua. Podíamos oír las risas y los cantares del exterior, y cuando cerré la puerta me dijo que estaba deseando ir al Color.

Rarra peinó con los dedos la cascada sombría que era el cabello de Aren en una caricia que Nize envidió hasta notarla borboteando entre las costillas. Él no había tenido nada de eso. No había tenido ni un mísero abrazo compasivo, ni siquiera a puerta cerrada, donde nadie podría comprobar si se respetaba o no la tradición. «Los reyes deben estar preparados para la pérdida». Llorar o pedir consuelo (desearlo, incluso) traspasaba todo límite. Ya lo hacía el reino por ellos.

Y Sasha era demasiado recto como para saltarse las normas, así que Nize no le había pedido que lo hiciese.

Quería entrar y decirle que había pasado más de un mes, que no se merecía llorar.

Quería entrar y llorar con ella.

—No hacía ni diez minutos que había hablado con ella. No sé qué me gritó desde dentro, pero me reí muy fuerte. Lo siguiente que recuerdo es despertarme echada en el suelo, intacta. No tenía heridas de impacto, ni sentía la cabeza pesada. Tampoco olía a magia. —Oyó chasquear la lengua a Sasha, y la mano de Rarra frenó su caricia—. Entré y... todavía estaba cálida.

Silencio. Aren carraspeó, la vista clavada en su regazo. Ahora su voz sonaba fuerte y decidida. Sabía lo que quería decir:

—Fue rápido. No dejó huellas, ni en mí ni en ella. Llamé a la guardia para que localizasen al príncipe y lo escoltasen de vuelta al castillo sano y salvo. Organicé la partida que registró el templo y el castillo. Envié al soldado que avisó al rey. Coordiné al Orden como me enseñaste, Rarra, para cercar el perímetro y no dejarlo escapar. —Pestañeó, con el ceño fruncido—. Pero lo hizo. Vino, la mató, y escapó. E hizo esas tres cosas delante de mí.

Sasha se dejó caer contra el respaldo de su silla con un siseo entre los dientes.

—Delante de mí, que fui la primera de mi escuadrón desde que fui capaz de andar y dar órdenes, desde que se me puso un precio. De mí, que me rajé yo misma la cara nada más verla, estas seis marcas que...

Pero cuando elevó la mano y sus yemas tocaron el apósito también recordó eso. Miró con ojos muy abiertos a su superiora:

—No lo entiendo, Rarra. ¿Por qué...?

Con un suspiro, esta se sentó junto a ella en el colchón, y Aren se refugió en su pecho, abrazando su cintura metálica con fuerza, un mástil al que aferrarse en el naufragio a la deriva que eran ahora sus aposentos. Sasha desvió la vista ante la muestra de afecto.

—El rey sospecha que fue un intento por robar la magia de la princesa en un momento en el que el pueblo y la milicia miraban hacia otro lado.

Aren arrugó la nariz, negando muy levemente con la cabeza. Nize se fijó en que delineaba con la punta de los dedos los bordes de la armadura de Rarra, arriba y abajo, arriba y abajo, sin cesar.

—Pero eso... es estúpido. La magia de la familia real vuelve a la familia real tras la muerte, todo el mundo conoce el Pacto Real. Es historia de Veda. Hay leyes, hay...

—Siempre ha habido escépticos —le interrumpió Sasha suavemente, inclinándose de nuevo hacia ella—, gente que cree que el Pacto no funcionaría con un asesinato. Piénsalo, Aren. Solo hemos visto cómo la magia pasaba de monarca a heredero, nunca hemos sufrido ningún atentado que pudiese demostrar lo contrario.

—Pero el regicidio de la hermana de Irún ⁝ de Ved...

—Fratricidio —corrigió Rarra—. La mató la propia Irún.

Bueno, pensó Nize, *oficialmente fue ejecutada por alta traición.* Sasha frunció los labios.

—El caso es que la magia de un invocador asesinado se suma a la de su agresor, y el nuestro quería la de la princesa.

Silencio.

—Invocadores —dijo entonces Rarra, con un regusto de asco en la palabra—, son incapaces de ver más allá de sus círculos.

Nize no supo descifrar la mirada que su caballero le dedicó a la capitana, ojos entrecerrados en una línea de espesas pestañas y negras pupilas, pero esperaba que no significase que concordaba con ella. Lo observó mientras atendía de nuevo a ner Aren.

—¿Entró alguien más al templo antes o después que tú?

Ella pestañeó durante un segundo muy, muy largo, haciendo memoria.

—Solo el príncipe.

Rarra y Sasha se miraron. De pronto Nize se sintió expuesto, como si la tríada de capitanes supiera que llevaba allí desde el principio a pesar de que el Vínculo no daba señales de que el caballero hubiese percibido su cercanía. Esa sensación ya no desapareció, ni siquiera cuando ner Aren se desplomó en la cama con los brazos extendidos, relajados, y, tras una risita que le erizó entero, dijo:

—Ah, me encanta la lluvia.

—¿Aren? —llamó Rarra, cautelosa.

—A Sera también le gusta. Por eso estará tardando tanto en levantarse hoy, la muy vaga.

—Aren —susurró Sasha.

—Debería ir a buscarla. Ya casi es mediodía.

Sasha se levantó con tal virulencia que su silla cayó al suelo, pero nada en su rostro traicionaba lo que ahora Nize notaba a través de su conexión: algo negro y pesado, fango, que goteaba lentamente como si colgase de sus propias costillas. Tardó en entender que era horror, y que la intensidad con la que Sasha lo sentía obligaba al Vínculo a transformarlo en dolor físico para que el príncipe pudiese asimilarlo. El demonio espía resbaló de vuelta al suelo, su trabajo finalizado, y por un momento Nize vio simultáneamente la puerta abrirse y las botas de Sasha atravesándola.

Cuando Sasha lo miró también se vio a sí mismo tras las cientos de pupilas del gusano. No había notado haberse quedado pálido, ni la lágrima de frío sudor que le caía por la sien. Sin decir nada, se agachó para ofrecerle la palma al demonio, sintiendo su viscosa textura según le trepaba por los dedos. Mientras se incorporaba, entre mareado y asqueado, recuperó la visión por completo, a tiempo de ver cómo Sasha cerraba el portón de los aposentos de ner Aren sin un solo ruido. Por supuesto, seguía mirándolo con fijeza. Y, también por supuesto, Nize sonrió y echó a andar hacia el vestíbulo del Ala de Caballeros, la presencia de Sasha una segunda sombra a su espalda.

¡Mi precio!, le chilló el gusano.

—Sha, ¿llevas encima la daga?

Él no contestó, solo se inclinó sin perder paso para retirar esa hoja siempre escondida entre bota y piel. Se la tendió en silencio y Nize la recogió con la misma naturalidad con la que se aguijoneó la yema del dedo índice.

—Una única gota.

Ni siquiera le hizo falta mirar para saber que el caballero fruncía los labios, reprobatorio. El demonio espía se arrastró hacia la punzada con una boca minúscula y redonda ya abierta, casi otro ojo más en esa infinidad de pupilas, y absorbió la gota prometida como su mundo lo aspiró a él en cuanto tragó, arrancándolo bruscamente de su palma. Sasha chasqueó la lengua cuando el gusano le sobrevoló en su involuntaria marcha al portal, varios metros tras ellos.

Desdeñoso, Nize sacudió la mano, salpicando rojo y miel en la tupida alfombra del rellano. Tres, dos, uno…

—¿Qué has visto?

Ahí estaba.

—Lo interesante —contestó, mientras tomaba el camino a las cocinas, el lugar más adecuado para esconder una herida. Con tanto revuelo nadie se fijaría en qué andaba trasteando por allí—. La descripción de los hechos y esa magnífica puesta en escena de locura.

—No es fingida. —Sonaba a sentencia—. Por eso no he conseguido hablar con ella hasta hoy. Ner Aren no… vuelve a menudo.

Nize lo miró de reojo y Sasha alzó la vista hacia él. El horror seguía allí, prendido a su espalda como unas enormes alas negras. No contestó, así que el caballero volvió a hablar:

—¿En serio crees que está fingiendo?

Él suspiró, cuidándose de no tocar con el dedo ensangrentado el pasamanos marmóreo de la escalinata por la que ahora descendían.

—No es eso. Ner Aren quería a mi hermana con fiereza, y confío en ella tanto como confío en ti. Pero, al mismo tiempo...

—Ya.

Silencio. Sasha alargó la mano y Nize le devolvió la daga, solícito. De pronto, comprendió qué era lo que tanto le escamaba de las palabras de ner Aren. No, de las de ner Aren no. De las de Sasha:

—Lo que no me acaba de cuadrar es... ¿por qué matar a mi hermana? Porque a mi padre lo entiendo, es prácticamente un dios en la tierra, cebado como está con toda la magia de nuestro linaje... Pero ¿a Sera? ¡Si se cansaba al tercer círculo! No solía usar mucho su magia, no la... entrenaba. Decía que para eso ya estaba yo.

—¿A dónde quieres llegar, Nize?

Frunció el ceño.

—A que, si de verdad querían magia real, me habrían matado a mí.

Las voces le llegaban a través de la lluvia, utilizando los mechones de agua para trepar hasta su balcón. Coreaban una canción melancólica, una solo entonada en días como aquel, y el estribillo repetitivo, de una única palabra, le arrullaba como lo habían hecho las manos de su hermana al acariciarle el pelo. Como tantas otras mañanas nubladas.

Sabía que era injusto dejar que la lluvia calase a su pueblo hasta los huesos mientras él seguía acurrucado bajo las sábanas, la brisa fría (¿o era la música?) estremeciendo su piel desnuda, pero no podía moverse. No podía asfixiarse en esas prendas prietas que le cortaban la respiración y, sobre todo, no podía mantener el rostro pétreo que se le exigía a la sangre azul esa mañana.

Así que se había quedado en la cama y enviado a Sasha en su lugar.

Lo cual era una idiotez, porque Sasha debía estar presente igualmente en la ceremonia de la Primera Piedra del mausoleo. Y, aun así, no había protestado. Se había limitado a asentir y a cambiar su pesada capa blanca por una dorada, el color del heredero real.

El mausoleo se construiría no muy lejos de allí, sobre un amplio solar que había estado destinado a convertirse en el pulmón verde de Venfica. Ahora sería todo lo contrario. Se alzaría incluso más alto que el castillo, todo torres blancas y cúpulas de cristal, y lo que debería haber sido un oasis urbano daría paso a una intricada filigrana que acogería el cadáver de su hermana. Sería bonito, pero no lo suficiente. Aunque, claro, para Nize nada era suficiente. Para Nize, el mausoleo tendría que ocupar la ciudad entera para honrar una milésima parte de sus deseos.

La procesión hasta el solar se estiraba en el tiempo, y el príncipe se preguntó cuánta gente se habría reunido para cantar en las calles, pues desde la cama solo alcanzaba a vislumbrar el balcón encharcado, las nubes bajas y oscuras, las lanzas de agua asaeteando los tejados.

Lo oyó llegar antes incluso de que la puerta de sus aposentos se abriese con tal violencia que rebotó de un golpe sordo contra la pared. Nize ni siquiera se molestó en alzar la vista hacia la sombra negra que era su padre, con su corona y sus anillos y sus collares de hierro negro y ónice; ya sentía la rabia que emanaba de él.

—Levántate ahora mismo.

—No.

—Tu reino está llorando a tu hermana y tú aquí, durmiendo.

Nize se elevó sobre los codos apenas un par de centímetros y lo observó entre los mechones de su cabello revuelto, ni peinado, ni recogido.

—Sabes que es mejor que no vaya. No voy a conseguir contener las lágrimas, y no quiero dejarnos en evidencia.

—Los reyes no lloran.

—Aún no soy rey.

—*Verenize.*

Otra vez su propio padre usando su nombre como un insulto, transformándolo en una orden. Lo hacía a menudo, pero nunca con el de Sera (¿demasiado sagrado para él?). Los nombres completos eran peligrosos, solo había que ver cómo los padres de Sasha habían engendrado un brujo por confiárselos el uno al otro demasiado pronto... y, aun así, el rey Aurel lo vomitaba aquí y allá, un látigo de sílabas, sin importarle quién pudiese escucharlo. Lo odiaba. Lo odiaba. Y cómo se había cuidado de no hacerlo con Sera presente.

Ojalá supiese el nombre privado de su padre. Se la devolvería.

Antes siquiera de poder replicar (labios ya entreabiertos para disparar), unos pasos conocidos resonaron en el vestíbulo, y su dueño apareció en armadura plateada y terciopelo dorado tras su rey. Sasha saludó a su rey con una ínfima reverencia y luego se volvió hacia él, voz cruda y contenida, natural:

—Vamos.

Nize tuvo que hacer un esfuerzo titánico por no sonreír. Porque la mueca que habría cortado su rostro hubiese sido retorcida y victoriosa, y su querido padre jamás se la hubiese consentido. En cambio, lo que hizo fue estirarse teatralmente, haciendo chascar todos y cada uno de los huesos de su espalda, su pecho y cuello y brazos grotescamente descubiertos; y sin detenerse a taparse primero se deslizó fuera de la cama.

—Voy —contestó, tranquilo, mientras se encaminaba hacia el baño.

Sasha había hecho algo maravilloso y lo había hecho de tal forma que ni siquiera el rey podía protestar. Los caballeros no ordenaban a sus amos, y menos aún se atrevían a mirar su horrible piel expuesta. Nize había notado sus pupilas clavadas en el cabecero a su espalda, fingiendo sostenerle la mirada.

Cuando salió del baño, ya vestido de luto pero con el cabello sin secar, Sasha lo fulminó con los ojos. Estaban solos.

—¿Lo tenías planeado?

—No —rio Nize, toqueteando con la punta de los dedos una de las estrías de perlas blancas que decoraban su jubón de terciopelo—, pero cualquiera lo diría, ¿eh?

—Tienes que parar de retarlo, Nize.

—Cálmate —resopló mientras se sentaba en el diván para calzarse las botas que el servicio le había escogido—. Solo quería que viera que me importa más lo que diga un simple soldado que lo que me pueda ordenar él. Además —negó con la cabeza, sonriente—, has conseguido que vaya a la ceremonia. No puede decir nada.

—¿Y si no hubiese aparecido?

Nize terminó de acordonarse las botas y se irguió, contemplándole por encima de esos apenas cinco centímetros de altura que le sacaba al caballero. En las calles, el réquiem comenzaba de nuevo, esta vez entonado por las mujeres vederesas, agudo e irremediablemente mágico, más un hechizo que una plegaria. Sus versos hablaban de antiguos héroes, de tragedias y de cristalinas escaleras al Otro Cielo.

—La ceremonia me importa una mierda, Sha —dijo con voz relajada—. No iba a ir. Pero en cuanto Su Ilustrísima Majestad ha entrado a buscarme sabía que tú vendrías detrás. Jamás me dejarías a solas con él, ¿verdad?

Sasha frunció el ceño, rígido.

—¿Qué te hace pensar eso? Es tu padre.

—Y tu deber, protegerme.

Cuando por fin salió el sol, él también lo hizo, ataviado con la cómoda y holgada indumentaria de entrenamiento de la guardia. Se le hacía raro su color hueso, tan habituado ya al negro del luto, pero el corte le sentaba extrañamente bien. O, al menos, eso le parecía al mirarse de reojo en los espejos del castillo. Sin capa que los aplastase, sus hombros permanecían rectos y su columna erguida, y, junto al fajín anudado a la cintura, se le veía más esbelto, más... elegante. Sentía que flotaba en lugar de caminar, aunque también se sentía desnudo. Demasiado espacio entre tela y piel, demasiada libertad de movimiento. Tanta, que tenía la fea impresión de que, si vistiera así por mucho tiempo, acabaría olvidando dónde comenzaba y dónde terminaba su propio cuerpo.

En el patio de entrenamiento, la paja y el barro que había dejado la tormenta a su paso volaban por los aires bajo las envestidas de los guardias, y en sus oídos resonaban el chirriar del acero y el sordo golpazo de la madera. Peleaban sin armadura, relajados, otro día más de rutina hasta que la campana señalase el cambio de turno. Muchos tenían ya canas en la barba y arrugas en el rostro, pero seguían siendo tan enormes como robles; y en un reino acostumbrado a la paz como lo era Veda, su conocimiento se transmitía con sonrisas y mucha, *mucha* paciencia. Ninguno de sus guardias había probado el sabor amargo de la guerra, ni siquiera olido su amenaza. Nize esperaba que continuase así por muchos años.

Y, sin embargo, allí estaba él.

Como futuro invocador real, se había considerado innecesario que el príncipe aprendiese a empuñar una espada; y su rapidez con los círculos ridiculizaba la mera idea de esconderse una daga en el cinto. Pero ningún ejército seguiría a un rey que, vacío de magia, fuera incapaz de matar a hierro. Después de todo, los demonios eran un arma terrible, sí, pero no infinita: cada portal drenaba la energía del invocador, reduciéndolo a un simple humano cuando el cansancio golpeaba.

Su atuendo de entrenamiento lo mimetizaba con el resto de guardias, así que pudo disfrutar de unos maravillosos segundos de anonimato mientras se mezclaba entre ellos, atento a cada rostro. Nadie le prestaba atención, nadie inclinaba la cabeza a su paso, nadie se preocupaba si lo empujaba por accidente, o si le salpicaba de barro, o si nada. Respiró hondo, imaginándose como uno más. Sera lo había sido. Quizás él, con esfuerzo, también podría…

Por supuesto, fue Rako quien le fastidió el momento.

—Alteza —le saludó, fresquísimo y energético a pesar de que el sudor ya empapaba su cabello castaño—. Si buscáis a Sasha, no lo encontraréis aquí.

—Oh —se le escapó, sintiéndose de pronto ridículamente fuera de lugar—. ¿Y os ha dicho por dónde anda?

—No, pero lo he visto dirigirse al templo.

Lo dijo en tono más bajo, casi un susurro, mientras ojeaba discretamente a su alrededor para asegurarse de que nadie los escuchara. Chico listo. Así que Su Majestad por fin le había concedido a Sasha su indulto divino con el que acceder al templo, ¿eh? Demasiado tarde. A esas alturas, cualquier pista que hubiera podido delatar al asesino ya se habría perdido para siempre. Aunque no sería Nize quien impidiese al caballero registrar la escena del crimen por sí mismo, claro... A fin de cuentas, de no ser por su sangre de brujo, Sasha habría formado parte de la investigación desde el principio. Tabúes rígidos, estúpidos, arcaicos.

Asintió, retrocediendo un paso.

—Bien, pues entonces...

—¿Veníais a entrenar? Podéis hacerlo conmigo hasta que Sasha regrese, si queréis. La princesa lo hacía.

A Nize no le gustaba mirarlo a la cara. Era demasiado inquietante.

Rako había nacido de padres sirvientes, ambos guisanderos, tres años antes de que la reina falleciese en su segundo y último parto. Al principio, no había habido problema alguno. El problema había venido cuando Nize empezó a crecer.

Los padres del zagal fueron los primeros en notarlo, pero no dijeron nada, no hasta que la mismísima Sera ⁝⁝ de Veda tomó de la mano a su hijo y consiguió arrastrarlo hasta los jardines antes de darse cuenta de que ese niño no era su hermano. Y siguió ocurriendo, por supuesto. Las confusiones se habían dado día sí y día también, guardias reales inclinándose ante un simple sirviente, desconcertados por su ropa de faena, y guisanderas arreando un buen azote al pequeño príncipe al verlo meter mano a un plato que, a simple vista, no era para él.

Con los años, el parecido entre los dos niños había sido tan evidente que el rey se había resignado a esconderlo de la manera más sencilla posible: a plena luz.

Rako de Corte fue nombrado daena real del príncipe, y se le encomendó la tarea de examinar y estudiar cada uno de sus movimientos: su forma de hablar, de caminar, hasta de bostezar; un señuelo perfecto en caso de que el reino cayese en guerra. También se le negó su futuro como guisandero para trasladarlo a la guardia real, donde cambió las recetas de su madre por las lecciones de Rarra.

A Nize todo esto le parecía una soberana idiotez, porque tampoco es que se pareciesen *tanto*. Especialmente tras la adolescencia, cuando el príncipe había conseguido superar a su doble en altura. Al final (en su opinión), habían quedado empate. Donde Nize era alto, Rako era ancho, y donde Nize invocaba a varios demonios sin despeinarse, el daena los aniquilaba de una estocada. Muchas veces se había preguntado si, de no haber aparecido Sasha, le habrían asignado a Rako su protección.

Hasta tenía el lunar sobre el pómulo izquierdo que marcaba a los nacidos para servir a la Corona. Justo en el punto donde Sasha lucía una de sus seis ovaladas cicatrices.

—No creo que sea buena idea —contestó finalmente, masticando las palabras para obligarlas a salir—. Mi nivel es muy básico, Sasha...

—Os está enseñando, lo sé —le cortó él, con una sonrisa que reconoció al instante como propia—. No soy tan bueno como vuestro caballero, pero ambos aprendimos bajo la tutela de la capitana Rarra, por lo que os aseguro q...

—De acuerdo.

Rako alzó las cejas, sorprendido por el cambio tan brusco de opinión (o quizá porque el príncipe jamás aceptaba por voluntad propia alguno de sus planes), pero se rehízo con rapidez y señaló con la punta de su reluciente espada un cuadro de entrenamiento libre. Los cuadros se acotaban con tablones en desuso, y los soldados los cambiaban de lugar según necesitasen más o menos espacio para sus refriegas. Nize se puso en marcha, por dentro alegrándose de que su querido doble hubiese elegido el más apartado del núcleo de actividad. Hacer el ridículo contra Sasha en público le daba igual, porque la camaradería se comía el resto y sus soldados sabían del alto nivel combativo del caballero, pero contra Rako... Nize notaba la rivalidad entre ambos siempre presente, sutil y espesa a un tiempo, imposible de ignorar. Y, sin embargo, Rako jamás la había mostrado abiertamente.

Una vez Sasha le había dicho que estaba todo en su cabeza.

Nize tenía demasiadas cosas en la cabeza.

—¿He de suponer que practicáis con negras?

Le costó más de lo que creía posible asentir. Rako sonrió, volviéndose hacia un puñado de armas de oscuro hierro amontonadas como leña para hoguera. Nize no lo siguió, sino que lo observó sopesar un par de espadas, calculando su peso primero y colocándolas una junto a otra para comprobar que tuviesen la misma largura después. Había presenciado aquel ritual miles de veces, pero nunca antes una de ellas había sido para él. Normalmente había sido para Sera.

El pensamiento le hizo daño, así que lo aplastó con fiereza mientras Rako le lanzaba la espada ganadora desde unos metros de distancia. La atrapó al vuelo (menos mal) y su daena enarcó una ceja, curioso.

—¿Podría permitírseme abandonar las cortesías con vos, Alteza? He de empezar a pensar la frase casi cinco minutos antes de decirla.

—¿Cómo os las apañabais con mi hermana, entonces? —Sonrió Nize, ladeando la cabeza.

—Si no recuerdo mal, Sera me prohibió todo uso de mayestáticos cuando teníamos diez años. Títulos incluidos.

El príncipe parpadeó, descolocado. Aunque sabía que Sera había pasado la mayor parte de sus días entre soldados y capitanes, desconocía el cariz de su relación con ellos. Sí, la había visto reír a carcajadas cientos de veces allá en el patio, y hasta echarse la siesta en los montones de paja sin que ninguno se atreviese a decirle nada, pero nunca se le habría pasado por la cabeza que pudiera haber sido tan... cercana.

—Entonces no hay más que hablar.

—Gracias. —Rako entró al cuadro—. ¿Cuándo empezaste? No te he visto por aquí, con o sin Sasha.

—Hará unas dos semanas —contestó, con el ceño fruncido—. Usamos la sala de entrenamiento del Ala de Caballeros.

—Oh. Es... muy poquito tiempo.

Lo dijo un tanto vacilante, como si a mitad de frase hubiese decidido callársela pero no hubiese podido evitarlo. Nize se encogió de hombros, dispuesto a ser lo más honesto posible:

—El recuerdo de mi hermana me impidió hacerlo antes.

—Ya. Me pasó algo parecido.

¿Por qué la gente se empeñaba en hacerle creer que su respeto por Sera era ínfimamente comparable a lo que él tenía por dentro? Apretó los dientes con tal fuerza que creyó que podrían astillarse los unos contra los otros, pero se forzó a asentir. Por suerte, Rako pareció captar la indirecta, porque se puso en guardia, apuntándolo con su roma espada.

—¿Empezamos?

Asintió una vez más antes de imitar su pose.

—Bien. Tres, dos, uno...

El duelo fue terrible y vergonzosamente corto.

Y lo peor, *lo peor,* era que podía sentir a Rako conteniéndose tras cada estocada tal y como sentía a Sasha ir con cuidado en cada una de sus sesiones en el Ala de Caballeros.

Su doble, por primera vez en la vida, no se movía como lo hacía el original. Se movía como lo haría un rayo, ramificándose a su alrededor, colando su hierro por huecos desprotegidos que Nize no habría visto ni aun señalados segundos antes. Lo único que podía hacer era sortear los ataques, una parte de su mente en la espada y la otra en no rebasar las fronteras del cuadro, lo que lo proclamaría perdedor de inmediato. Trató de recordar las lecciones de Sasha, las distancias, los ángulos, los pasos y las guardias, pero a la hora de la verdad de nada le servía reconocer ese quiebro con el que Rako pretendía hacerle tropezar si su cuerpo no lograba reaccionar a tiempo, si sus ojos ni siquiera alcanzaban a digerir la rapidez de cada finta.

Al final, lo vio aproximarse por la izquierda, arma negra precipitándose en un tajo descendente de manual y expresión grave, concentrada, paso lo suficientemente amplio como para distinguir cada segundo del movimiento. También lo suficientemente *lento* como para que Nize tuviera ocasión de reparar en su vientre ahora vulnerable, de plantearse qué hacer con esa información, de tirar por la borda su empeño por esquivar y de acortar la distancia entre ambos para asestarle el golpe de gracia con la saña de una cuchillada en el callejón más sucio de Venfica.

Pero Rako ya no estaba allí cuando arremetió, sino justo a su lado, donde clavó los talones al barro y desde donde embistió brutalmente su costado con el hombro como haría un toro embravecido contra el cercado que lo separa de la libertad. Con la diferencia, claro, de que el daena actuaba por experiencia, no por instinto. Un soldado avezado, calculador, fugaz.

Ambos perdieron pie tras el impacto, pero solo Nize cayó al suelo.

Se quedó un momento así, tendido de espaldas, contemplando la inmensidad azul del cielo. Pese a sentir los brazos de gelatina por los golpes, todavía se negaba a soltar la espada (también a cambiar el gesto neutro). Rako apareció en su campo de visión con una chispa preocupada en el marrón de sus ojos y las manos en las rodillas.

—¿Todo bien, Alteza?

—Todo mal —gruñó, y él rio.

Debería enviarlo a la horca por reírse. Sin embargo, el pensamiento no duró mucho, porque sus ansias de venganza pronto encontraron un nuevo objetivo:

—Patético.

Cómo no. Nize suspiró muy hondo antes de alzarse sobre los codos y dedicarle la más brillante de sus sonrisas.

—¿Vos creéis, padre?

Al parecer, el rey no había acudido al patio para presenciar su humillación en el fango, ya que había sustituido su veneradísima corona por un sencillo aro de negro hierro idéntico al que Nize llevaba ahora a diario, y solo sus paseos matutinos a caballo conseguían arrancársela de las sienes. A su vera, toda ella contrastes entre el acero de su armadura y lo oscuro de su tez, la capitana Rarra lo miraba con los labios fruncidos. «Aquí viene de nuevo vuestra mala suerte, Alteza», leyó en ellos.

—¿Sabes, hijo mío? Tu hermana entrenó exclusivamente con su caballero en privado hasta que fue capaz de aguantar más de cinco minutos sin dejarse en ridículo.

Lejos de amilanarse, Nize asintió con lentitud, fingiendo absorber sus palabras mientras se acomodaba sobre el suelo como si se encontrara recostado en el mullido diván de sus aposentos y no en el viscoso barro del patio interior. Rodilla flexionada, cabeza recostada en un hombro, rostro vuelto al solecito. La más pura imagen de la despreocupación.

—Me pareció buena idea que mi guardia fuese testigo de mi evolución.

Silencio. Y, precisamente por ese silencio, Nize supo que había ganado el asalto. Al menos hasta que su padre se volvió hacia Rako con una mueca indescifrable tras su barba gris:

—¿Qué tal es? Sé sincero, muchacho, sabré si mientes.

El muy desgraciado tuvo el detalle de no bajar la vista hacia él antes de contestar.

—Su Majestad, sería incapaz de ofreceros una valoración exacta, puesto que el príncipe y yo únicam…

—Rako…

—Malo —se apresuró su doble y, esta vez sí, lo miró. Nize se encogió de hombros, manteniendo la sonrisa justo donde la quería mientras le indicaba con un gesto de mano que continuase—: Ahora mismo, es como batirse con un niño de cinco años.

—¿Y cómo era Sera?

De pronto, el silencio cambió de forma. El príncipe se incorporó hasta sentarse a mariposa, sin dejar de observar el súbito velo fantasma que cegaba sus ojos castaños, brillante y oscuro a un tiempo. Había visto muchas veces esa mirada; sabía lo que significaba. Casi podría adivinar cada palabra que poco después abandonó los labios del daena real, henchidas de un fervor tan sincero que a Nize le erizó el vello de la nuca:

—Como enfrentarse a un rayo de sol. Ni podías vencerle, ni querías hacerlo.

Le sonó más a sentencia que a respuesta, e incluso más cuando su padre lo agujereó con una larga, larguísima mirada. No hacía falta que añadiese nada más, ya estaba todo dicho, y, sin embargo, Aurel ∴ de Veda nunca soltaba a su presa. No cuando se trataba de Nize.

—Estás muy lejos de ser un rayo de sol. Termina hoy de divertirte, si tanto lo deseas, pero no volverás a insultar a mi guardia ocupando su tiempo en entretenerte. Bastante desperdicias ya el de Sasha de Corte cada día en el Ala de Caballeros.

Conversación finiquitada, rey y capitana continuaron su camino hacia las caballerizas. Con un bufido, Nize se despidió teatralmente con la mano, pero solo Rarra inclinó la cabeza en respuesta, su larga y pesada capa blanca arrastrando el fango a su paso. Ellos se quedaron allí, en silencio, la sonrisa ya desterrada del rostro del príncipe.

Aunque era consciente de que debía ser el primero en hablar, quitarle tal carga a su súbdito, Nize se veía incapaz de hacerlo. Estaba tan... *cansado* (esa era la palabra) de que su padre siempre apareciese en el momento justo para recordarle una vez más lo poco de azul que parecía tener su sangre... Y ni siquiera sabía por qué. Qué era lo que le hacía tan diferente de Sera a sus ojos.

Durante años había querido creer que, simplemente, el rey Aurel no lograba equilibrar el amor que sentía por sus dos hijos. Sin embargo, desde la muerte de su hermana, sus típicos comentarios hirientes eran cada vez más frecuentes, y Nize no entendía... Nize no entendía nada.

—¿Permiso para ser honesto?

Frunció el ceño mientras se ponía en pie al fin, espada negra todavía bien aferrada en la mano. Rako no lo miraba a los ojos, aunque había cuadrado los hombros, decidido a hablar. Y, si necesitaba su beneplácito para hacerlo, más le valía al príncipe prepararse para escuchar la ofensa del siglo. Durante un instante, se planteó denegárselo, pero la curiosidad le corría fuerte en las venas.

—Concedido.

Ahora sí, su doble buscó su mirada.

—Podrías ser mucho, mucho peor.

—¿Perdón?

Rako arrojó su espada a un lado, recuperando las manos para gesticular, cosa que hacía con generosidad, en amplios arcos. También avanzó un paso que Nize quiso retroceder. No lo hizo. Se limitó a arrugar la nariz en un gesto de confusión.

—Su Majestad no tiene razón..., no del todo. A la inmensa mayoría de guardias reales se nos adiestra desde niños para combatir —explicó Rako—. Cuando eres un crío, eres como... ¿cómo se llaman...? Como una esponja. Absorbes todo lo que te dicen, todo lo que te enseñan, y aunque tardes más o menos en aplicarlo, al final lo llevas dentro. ¡Mira Sera! ¡Ella empezó con siete años!

—¿Y qué me quieres decir con eso?

—Que tú no tienes siete años.

—No es lo que le has dicho a mi padre.

Al daena real se le escapó una risita que trató de ocultar sin éxito tras una mano. Él frunció aún más el ceño, sin saber si sentirse dolido.

—No son excluyentes —contestó Rako, resuelto—, jamás mentiría al rey. Pero me refiero a que, a tu edad, te va a costar más aprender a pelear, porque llevas mucho retraso, y...

—¿Ahora me estás llamando «viejo»?

—¡Déjame terminar!

Nize se cruzó de brazos, alzando la mandíbula en un ademán orgulloso.

—Llevas mucho retraso —repitió—, pero evolucionarás bien. Mira al nuevo conjunto de reclutas, están mucho más perdidos que tú. Tendrías que batirte con alguno de ellos para comparar tu nivel inicial de forma justa, no conmigo.

Eso no lo apaciguó. Hacía décadas que la guardia real no admitía nuevos miembros, ya que, como bien había dicho Rako, la mayoría accedían de niños, hijos de soldados que crecerían para tomar el puesto de sus padres. Todo se heredaba en Veda. La corona, la espada, la servidumbre. Era más cómodo así. O, por lo menos, más seguro. Nize se sentía a salvo sabiendo que los bisabuelos, abuelos y padres de quienes lo protegían habían nacido allí, en el castillo, y que, el día de mañana, sus hijos protegerían a los suyos.

Sin embargo, como con todo, el asesinato de la princesa heredera había traído cambios consigo, y ahora la guardia abría sus puertas a toda una oleada de vedereses que echaría raíces entre aquellas paredes. Sasha se encargaba de entrenarlos, tal y como entrenaba a los hijos de sus compañeros (y tal y como lo entrenaba a él), pero la mañana en que Nize había espiado a los tres capitanes quien se había ocupado de ellos había sido Rako. Los había visto desde el balcón. Así que, cuando su doble le decía que los novatos estaban mucho más perdidos que él, lo decía por experiencia, no por animarlo.

Pero aventajar a un puñado de exaspirantes a zapateros o peleteros le consolaba más bien poco.

Como si conocer en detalle hasta la última de sus expresiones le diera también acceso a sus pensamientos, Rako añadió:

—Eres rápido, y tu juego de pies, muy bueno. Me has esquivado correcta y efectivamente más veces de las que creí que lo harías, se ve que te sale de forma natural… Te vendría bien potenciar eso, centrarte en engañar a tu oponente con fintas, como hago yo, más que guiarte por el estilo de Sasha o de ner Aren, que van directos y tiran mucho de fuerza bruta. —Luego sonrió, muy poquito—. O el de Sera, que daba miedo solo de verla.

Continuó sin contestar, hurgando en el barro con la punta de su espada roma. Por mucho que disfrutara de que le regalasen los oídos, en boca de Rako cualquier piropo le sonaba a doble sentido. Y eso sin contar con la ironía de que su daena le sugiriese imitar su estilo. El imitador imitado. Patético. Y, aun así…

—También me he fijado en que sujetabas la empuñadura con las dos manos, ¿es que practicas con montante?

Nize asintió; Rako frunció el ceño.

—¿Por qué? Conozco tu cuerpo de memoria; es mi trabajo, y te aseguro que no estás hecho para blandir un montante. Quizá sí para lanza, pero tampoco es el arma más apropiada para un rey, y aunque ya sé que al final tendrás que aprender a manejarte con todas, es preferible empezar directamente por la que te siente mejor, ¿no? Con una espada de una sola mano serías más flexible, más rápido. ¿O es que no te apañas? Porque probarla la has probado, ¿verdad?

Para todo eso sí que tenía respuesta, así que esperó pacientemente a que su doble terminase de soltarle la perorata antes de alargar el brazo izquierdo para mostrarle la venda que, aun habiendo pasado más de un mes, todavía cubría el largo corte de Astrae.

—¡Ah! ¿Es por...?

—No —le cortó, seco, y señaló los círculos dibujados en el vendaje—. Al contrario que a vosotros, a mí me han enseñado a defenderme con magia, es a lo que acudo en cuanto inicio un duelo. Necesito mantener ambas manos en la empuñadura o invocaré algo por instinto con cualquiera que libere.

Rako murmuró un leve «ya veo», aunque no parecía del todo convencido.

—Entonces deberías aprender a invocar *y* combatir a la vez, ¿no?

—No —volvió a responder, ahora con mayor énfasis—, porque cuando me quede sin magia...

Calló. Su daena sonreía, y pondría la mano en el fuego a que lo hacía de una manera en la que él jamás lo había hecho. Quizá por eso no sabría decir qué significaba.

—A lo mejor digo una tontería, pero, a mi parecer, primero deberías centrarte en el escenario más probable, lo que vivirás seguro, y eso es pelear con demonios a tu lado. Filo y círculos. Solo así ganarás músculo, o resistencia, o como lo llaméis...

Oh.

El príncipe se quedó inmóvil, desmenuzando las palabras una a una y encontrándoles el sentido. Por un segundo, se preguntó por qué Sasha no le había aconsejado lo mismo. Luego recordó un argumento muy parecido, emborronado por el paso del tiempo y del dolor, seguido por el desdeñoso eco de un chasquido de lengua que reconoció como propio. Y aquel «pues cambiamos a espada de dos manos y punto» hastiado de quien se rinde por no discutir.

Vaya, que había sido él mismo quien se había emperrado en entrenar sin magia a pesar de que Sasha, como brujo, era perfectamente capaz de enseñarle a equilibrar ambas técnicas.

Se sintió un poquito tonto. También ridículo, pero sobre todo tonto. Ahora a ver con qué cara le proponía empezar desde cero. Su padre tenía razón. No hacía más que desperdiciar su tiempo.

—Te pareces tanto a Sera...

Nize se encogió de hombros al mirarlo.

—Tú también. A fin de cuentas, eres mi doble.

Él rio, llevándose una mano a la cara sin pensar. Las puntas de sus dedos ocultaron el lunar en su pómulo.

—Quizá, pero no tanto.

—¿Solía practicar mucho contigo?

—Sí —sonrió Rako, y le dio un pequeño puntapié a la espada a sus pies—. Yo no era rival para una princesa heredera, pero a ella le hacía gracia. Hace unos años me confesó que al principio se imaginaba que estaba batiéndose contigo. Aunque, claro, tú...

—Tenía prohibido tocar una espada. Mis armas eran los portales.

El daena asintió.

—Eran ellos tres quienes entrenaban siempre juntos; Sasha, Aren y Sera. La mayoría de las veces me dejaban unirme.

Había un tinte de melancolía en su voz, y Nize fue consciente entonces de los momentos que se había perdido solo por ser quien era. Se imaginó a los cuatro allí, riendo y sudados y cubiertos de barro derrota tras derrota, cada día más unidos gracias al acero con el que peleaban. Y recordó la locura en los ojos negros de ner Aren, el dolor en los de Sasha, incluso ese destello sin nombre en los de su doble, y quizá... quizá no era el único que había perdido a una hermana. Quizá Sera había sido más familia de esos tres soldados de lo que jamás lo había sido para él, solo tardes y noches robadas al duro régimen educativo de la familia real.

—¿Otra ronda? —preguntó Rako con un suspiro, aún sonriente, pero Nize no le devolvió la sonrisa.

Cuando el duelo comenzó, el ahora heredero atacó con una rabia que no sabía que le había ardido por dentro hasta ese momento.

No quería reconocerlo (ni siquiera ante sí mismo), pero tenía los brazos tan molidos de la sesión con Rako que había caído tan bajo como para invocar a un demonio que escribiese por él. Así, Nize dictaba los párrafos del libro de geopolítica que Sum le había señalado como importantes y el murcielaguillo los plasmaba en una caligrafía prácticamente ilegible a la que, con los años, el príncipe había terminado por acostumbrarse. Sus patitas dejaban huellas de tinta en los bordes del pergamino, y a cada segundo se detenía a mirarlo con esos enormes ojos amarillos, suplicante:

—¡Alteza, esto es esclavitud!

Nize suspiró.

—Se escribe «montaña», no «montania».

—¡Yo solo escribo lo que oigo!

—¿Quieres las flores o no, Kos?

Mientras el murciélago llamado Kos refunfuñaba, él se preguntó por qué siempre acudían a su llamada los demonios más vagos y protestones. Kos, Fos y Mos pertenecían a la casta más baja de su muerta dimensión, y, como tal, habían sido los primeros demonios que Nize había conseguido invocar, desde entonces siempre alerta para presentarse voluntarios tan pronto requiriese de sus servicios. Era bastante habitual que cada invocador dispusiese de su propio catálogo de criaturas, demonios que ya conocían sus gustos y planes o, sobre todo, que ya sabían que *cobrarían* por su trabajo. Al fin y al cabo, no faltaban los listillos que se aprovechaban de la debilidad de aquellos murciélagos para romper el círculo antes de pagarles.

—Sí… —respondió al final Kos, en un exageradísimo aullido de angustia, y tachó la palabra mal escrita.

Nize contuvo la sonrisa y volvió al libro. Se removió sobre el sillón de la modesta pero privada biblioteca del Ala de Caballeros, echando ya de menos la libertad de la ropa de entrenamiento. Había tardado más de lo normal en regresar a las suyas tras asearse.

—Nize.

No lo había oído llegar. Alzó la vista hacia Sasha, quien avanzaba en su dirección con su eterno ceño fruncido y una mueca extraña en los labios. Su primera reacción fue apartar de un bofetón al demonio para que Sasha no lo cazase de nuevo invocando criaturas por pura vaguería, pero ni le quedaban fuerzas para ello ni le pareció buena idea cuando este le mostró lo que traía aferrado en un puño.

—¿Qué es…?

—Lo he encontrado en el templo.

—Imposible. Lo revisaron mil veces antes que tú.

—Me ordenaste buscar y eso hice.

Nize cerró el libro con un sonoro golpe, poniéndose en pie con una torpeza que no recordaba haber experimentado nunca. La cadena que asomaba entre los nudillos de su caballero destellaba plateada, cada eslabón fino y delicado, un trabajo claramente realizado por el orfebre real. De ella pendía una medalla con el emblema de la Corona; seis círculos de invocación rodeando una luna creciente.

—Espera.

Sasha asintió y retrocedió un paso, guardándose el colgante en un bolsillo. A un gesto del príncipe, Kos soltó la pluma con un chillido y aleteó rápidamente tras él hasta llegar al ventanal que ahora Nize abría de par en par. Aquella ala del castillo daba la espalda a la costa más cercana, y allí las crestas de las olas habían sido sustituidas por el enjambre de barrios y palacetes que devoraba el color dorado de la arena. Venfica rodeaba al castillo en tonos grises y negros, coronándolo el centro de un titánico laberinto del que su príncipe nunca había logrado escapar.

El monstruito se lanzó en picado hacia las flores en el alféizar, aferrándolas con sus diminutas garras plateadas mientras hundía el morro en todos y cada uno de los capullos. Nize le concedió un par de segundos para que eligiese entre ellas y, con mucho cuidado, casi reverencialmente, Kos cortó el tallo de cuatro flores, tres blancas y una roja.

—Llévate otra más, por las molestias.

El murciélago pestañeó una, dos veces, antes de abrir muchísimo las fauces:

—¿De verdad?

—Claro. Has escrito bien «Gaesshili» a la primera.

—¡Gracias, Alteza! —chirrió Kos, y dejó que Nize arrancase una flor especialmente amarilla. La sujetó entre los dientes, aunque no llegó a clavar del todo los colmillos. Como siempre, los demonios tratando la vida de aquel mundo con más cuidado de lo que habían tratado al suyo propio. El portal no tuvo siquiera que absorberlo, porque el murciélago voló con gracia de vuelta a su espiral, la cual desapareció sin dejar rastro en cuanto la atravesó.

—¿Se lo has enseñado a alguien más? —susurró Nize al volver junto al caballero. Se encontraban a solas en la biblioteca, puesto que Rarra seguía de ruta ecuestre con el rey y ner Aren haciendo a saber qué en sus aposentos, pero no se sentía seguro hablando de eso en una zona común.

—No, claro —contestó él, con los hombros tan tensos como la magia que le rodeaba.

El Vínculo le decía que Sasha tenía tantas ganas de salir de allí como él, por lo que señaló con la mandíbula la puerta para que lo siguiera. El metal de su armadura repiqueteaba a cada paso, por completo engalanado con el uniforme de Caballero Real, una muestra de respeto a ese templo al que no le habían permitido visitar hasta aquel día.

Sasha se dio cuenta enseguida de hacia dónde lo estaba guiando.

—¿No sería mejor…?

—¿Qué pasa, la tienes desordenada?

Él bufó.

—Qué va. Pero...

Nize rio mientras abría la puerta de la cámara de Sasha, asomando primero la cabeza para cotillear el terreno. Su caballero le dio un empujón en la espalda, terminando de abrir la puerta y arrancándole una carcajada aún más fuerte antes de cerrarla tras ellos de un talonazo.

Aunque los aposentos de los capitanes de la guardia real compartían estructura y mobiliario, sus dueños poseían libertad para decorarlos a su antojo, ya que se trataba de la única vivienda que ocuparían durante el resto de sus vidas, incluso en caso de encontrar una pareja con quien desposarse (lo cual, a decir verdad, no era muy común).

Los de Sasha permanecían tal y como se los habían entregado, con las alfombras apiladas cubriendo por entero el suelo y los largos tapices narrando la historia del reino de Veda. Grabados de lunas y soles decoraban en oro y plata el techo de piedra, y la enorme cama se endoselaba en un fino arco de hierro. Los sillones de la antesala no parecían haber sido siquiera estrenados, de lo cuidados que estaban, y las puertas que llevaban al baño y al balcón se mantenían cerradas. El único toque que traicionaba que allí habitaba alguien provenía de una pila de libros amontonados en la mesilla de noche y de la capa en terciopelo dorado tirada sobre una butaca junto al lecho.

—No huele raro.

Sasha dio un respingo, visiblemente ofendido:

—¿Por qué iba a oler raro?

—Creía que te habías traído a alguien y me lo querías esconder.

Y ahí estaba, el gruñido, así que Nize sonrió, atrapando la carcajada que le subía por la garganta. Nada más fácil que crispar a su caballero.

—Métete en tus asuntos. Sabes que no traigo a nadie nunca.

—Pero *sabes* que puedes hacerlo, ¿no? No es una celda. Es tu casa.

No contestó, pero sí que chasqueó la lengua, lo que aniquiló bruscamente la conversación. Nize se encogió de hombros mientras se adentraba en la antesala para abrir el ventanal de par en par. Una cosa era buscarle las cosquillas y otra apestarle la casa a incienso, sobre todo sabiendo lo mucho que su caballero detestaba el olor a demonio. Lo notó observarlo desde la entrada, sin moverse.

—Bien, ya estamos. Enséñamelo.

Antes siquiera de que comenzase a extraer el colgante de su bolsillo, el príncipe le cortó en seco, señalando la butaca frente al ventanal:

—No. Lo que has visto. Quiero ver lo mismo que tú.

—¿Mis... recuerdos?

Nize asintió.

Otra de las cualidades de Sasha era que no les tenía miedo a las órdenes. Ni siquiera a las que, como aquella, infringían flagrantemente la ley. Invocar demonios memorial llevaba prohibido más de un siglo, desde que Irún ⁝ de Veda los usara para rastrear los recuerdos de su marido y comprobar así una infidelidad que, por supuesto, había acabado en tragedia. En la actualidad, aquella clase de Pactos quedaba relegada al interrogatorio de prisioneros de guerra; ni siquiera el Orden tenía permitido emplearlos sin autorización expresa del rey.

Pero todo eso a Verenize • de Veda le daba igual. Era imposible que, tras más de quince batidas a la escena del crimen, apareciese por fin la primera pista. Y quería verlo. Quería *ver* cómo jugaban con él, con Sasha, con la memoria de su hermana. No le interesaba qué había desayunado su caballero o si en realidad sí que había tenido compañía la noche anterior. Esas cosas ya habían quedado atrás.

—Vamos, Sha. ¿O es que hay algo que no debería ver?

Lo dijo con tono suave, más broma que duda real, pero la forma en la que todo el cuerpo de Sasha se tensó hizo que el suyo lo imitase; de pronto el aire se volvió pesado entre ambos. ¿Qué significaba? ¿Por qué?

Por suerte, el silencio no duró mucho:

—Claro que no. Pero odio que hagas estas cosas.

—¿Qué cosas?

Sasha solo hizo un gesto vago con las manos, su magia revolviéndose a su alrededor mientras buscaba una manera de explicar... Al final, se limitó a suspirar y avanzó a paso firme para dejarse caer con todo su peso en la butaca. Sin dejar de mirarlo de reojo, el príncipe se sentó enfrente, al borde mismo de la cama, donde rebuscó en sus bolsillos el pedazo de carboncillo que siempre llevaba encima, por si acaso. De adolescentes, Sasha lo había comparado a la daga de emergencia que los héroes de las leyendas se escondían en la bota, y a Nize le había dado demasiada vergüenza admitir que sus emergencias consistían en invocar a un demonio para que le quitase el dolor de un estómago empachado a dulces. Por eso había optado por callar y sonreír.

—¿Te importa? —Y, acto seguido, Nize se agenció uno de los libros apilados en la mesilla de noche y empezó a trazar círculos bajo su tapa. Ni falta que hacía aclarar que se trataba de una pregunta retórica, aunque Sasha protestó igual:

—Podrías habértelo dibujado en la venda.

—No me queda espacio ya.

—Pues ve a que te la cambien otra vez, que al final se te va a infectar.

—Luego.

El portal se abrió en cuanto unió la última de las circunferencias a la primera. La espiral de su interior giraba a velocidad de hormiga, lo que vaticinaba un demonio de casta media, a punto (¡a puntísimo!) de ascender al siguiente escalafón. Sasha se inclinó distraídamente hacia ella, vigilando el punto por el que aparecería la criatura.

A veces, los demonios también eran así.

El memorial batió sus alas de mariposa, una vidriera de colores que sostenía un blanco cuerpo aterciopelado y una larga lengua enrollada. Los ojos eran enormes, canicas de oro líquido, y sus patitas finas, peludas como las de un minino. Nize solo lo había invocado en otra única ocasión, durante la prueba que lo condecoraría como kyron, los invocadores de mayor nivel. El demonio, como ahora, había postrado las alas sobre el círculo, esperando órdenes, una mezcla perfecta entre polilla y hada.

¿Qué hora es?

—Diecinueve —contestó Nize, con una sonrisa amable.

¿Y cuáles he de cosechar?

Alzó la vista hacia su caballero, quien estudiaba al memorial con una curiosa expresión de sorpresa. Ah, claro. Sasha estaba acostumbrado a los murciélagos, a las babosas, a la parte desagradable y serpenteante del mundo muerto. No sabía de las maravillas que podían cruzar los portales, como la propia Astrae. Nize recordó al demonio que los había Vinculado pasándose las garras manchadas de sangre de brujo por el pelo húmedo, mirándole a los ojos con los suyos dorados anegados en icor, y sintió un extraño tirón en la espalda, justo entre los omóplatos. Pues sí que le había hecho polvo Rako, sí.

—Las horas novena y décima..., quizá un poco de la undécima —cedió por fin Sasha.

¿Día?

—Ah, perdón. De hoy. ¿Necesitas también la fecha? Estamos a quinto...

No es necesario. ¿Ambos de acuerdo?

Asintieron a la vez, y el memorial abandonó el libro, aleteando hacia la sien derecha del caballero, donde apoyó sus delicadas patitas peludas. Este ladeó un poco la cabeza, acusando el nuevo peso. Nize casi podía sentir cómo se controlaba por no mirar de reojo a la criatura sobre sí.

Entonces el precio será menor. Los demonios celebramos el compartir recuerdos, no el arrancarlos.

Sasha bufó, una risita irónica mal disimulada, pero no dijo nada. Todo lo contrario: cerró los ojos y relajó los hombros, dejándose examinar por el memorial, que desenroscaba su lengua en espiral para buscar un punto donde hundirla. Era una visión desagradable. Mientras la saliva del demonio se escurría por su piel morena, el Vínculo vertió parte del asco del caballero en el otro extremo, como si quisiera vomitarlo lo más lejos posible. Nize fingió no sentirlo.

—¿Qué vas a querer?

Semillas.

Normalmente, la respuesta a tal petición era un «no» rotundo. Y, sin embargo, él asintió en silencio. Así, Sasha jamás sabría si había aceptado la oferta o si habían pasado a discutir el precio en privado, como en ocasiones anteriores. No quería alargarle el mal trago al caballero y, además, ¿qué había de malo en pagarle un par de semillas a un único demonio? Sí, vale, estaba ese rollo de que si lograban recrear su mundo no vendrían al suyo a Pactar..., pero era solo uno, y en su interior palpitaba la urgencia de Sasha por deshacerse del bicho cuanto antes.

El memorial no perdió tiempo. Al segundo, los recuerdos del caballero se volcaron sobre sus pensamientos, una cascada de imágenes, colores y olores que le ahogaron la mente, llenándola como una copa vacía, dejando en sus paredes regueros de imágenes goteantes. Todos sus sentidos se retorcieron sobre sí mismos, desorientados, y luego viraron violentamente hacia esa nueva fuente de información. Aún conservaba el sentido del tacto, quizás el único que el pasado no había parasitado, porque sus oídos captaban ya la voz amortiguada del sumo sacerdote, quien refunfuñaba ante la carta que ahora mismo le entregaba... No, la carta que *Sasha* le había entregado esa mañana.

Raou lo miraba con desprecio, como si Sasha llevara años maquinando cómo colarse en el templo y al final lo hubiera conseguido con algo tan rastrero como la muerte de Sera. A Nize la rabia le aleteó en el pecho mientras se preguntaba cómo era posible que nunca antes hubiese reparado en el odio descarnado que destilaba el cuerpo del kleo en presencia de su caballero. Quizá nunca había prestado atención.

El muy cretino le arrebató la carta de un tirón brusco, pero Sasha ni siquiera se inmutó.

«No toques nada. Mantente alejado del agua».

«He de inspeccionarlo todo», oyó la voz del caballero. Sonaba ajena en sus recuerdos, más aguda y suave de lo que era en realidad. «También el fondo de la cala. Lo siento, kleo Raou».

«A tus padres no les va a hacer gracia. Rezan constantemente por ti y así se lo pagas, ensuciando la antesala a nuestros dioses. ¿Sabes cuánto tiene que llover para reemplazar toda esa agua? ¿Sabes cuán caro nos va a costar tu capricho?».

«Lo siento», repitió.

«Allá tú. Fuera de mi vista».

Y Sasha, como siempre, obedeció con premura. Nize oía su respiración contenida, el chirriar del metal de su armadura de gala, el correr del agua. Y, aunque sabía que aquella sería la primera vez que el caballero se adentraría en el templo en sus veintidós años de vida, nada lo habría preparado para la forma en la que el blanco de la estructura y el azul del cielo se derramaron en sus ojos negros, una lluvia de estrellas reflejada en la límpida superficie de la piscina. Su cuerpo frenó en seco a pocos pasos de ella.

Ningún otro punto de Veda se encontraba más cerca del Otro Cielo como el templo de su capital, lugar al que se acudía no para rezar, sino para desear. Desear a los dioses ser mejor persona, desear felicidad, misericordia, suerte o amor a los demás. Y por eso había sido construido con vidrio, metal y cerámica, moldeando así aquella titánica catedral, tan diáfana que la bóveda celeste parecía haberse hecho un nido en su cúpula de cristal.

Tras unos segundos de reverente silencio, Sasha continuó su camino hacia la cala artificial, descendiendo poco a poco la pendiente de blanquísimo mosaico, diseño perfectamente distinguible incluso a metros de profundidad. Nize se preguntó qué estaría pensando, o sintiendo, en ese momento.

El templo vetaba su entrada a los brujos, pero el agua de la que tanto había querido el kleo apartarlo ahora se enroscaba alrededor de los tobillos del caballero, trepando armadura arriba como una enredadera cristalina, empujándolo a sumergirse hasta las rodillas en su interior. Nize no podía oírla, porque entrar en sus recuerdos no implicaba compartir sus dones, y, aun así, supo que ella le estaba hablando. El agua.

—Me decía que me diese prisa —le explicó la voz de Sasha. La voz del Sasha real, del que lo esperaba más allá del recuerdo cedido—. Que quería enseñarme algo.

Se forzó a hablar, aunque le daba vueltas la cabeza de intentar equilibrar lo que veían sus ojos con lo que captaba el resto de sus sentidos:

—¿Así que fue el agua la que te guio hasta el colgante?

«¿El qué?», preguntó el Sasha interior, mientras los tallos líquidos le rodeaban las muñecas para arrastrarlo como arrastraban las madres a sus hijos especialmente rebeldes en los mercados. El caballero se dejaba hacer, sus botas negras contrastando con el blanco del suelo y desdibujando la silueta de los azulejos.

—Sí.

—Qué... curioso.

—Por enésima vez, Nize, los elementos no...

Pero levantó la mano para callarle, porque en ese momento el agua del templo se agitó en un diminuto remolino para señalizar un punto determinado en su fondo, y tanto a él como al Sasha encerrado en su cráneo se les cortó la respiración al divisar el destello plateado.

En silencio los tres mientras Nize observaba la mano del caballero atravesar el remolino para recoger la medalla de plata.

Una vez la tuvo entre los dedos el agua se dejó caer, salpicando y resonando en el templo, de nuevo lisa como un espejo. Sasha examinó el colgante sin moverse del sitio, dándole la vuelta solo para encontrarse con el grabado real. Finalmente, se lo metió en el bolsillo, y, aunque el agua no volvió a llamarlo, Nize asistió también a una inspección exhaustiva del templo, manos y pies barriendo hasta el último azulejo con la esperanza de hallar alguna otra pista.

Nize no prestaba atención ya. Continuaba encallado en el agua, en cómo había empujado a Sasha hacia el lugar en el que descansaba el colgante. ¿Cómo no lo habían encontrado antes ninguno de sus soldados? Se resistía a pensar que Rarra, capitana de la guardia real, hubiera pasado por alto una plata tan brillante. Y, ante todo, se resistía a pensar lo mismo precisamente *de ner Aren,* que había gastado días enteros recorriendo el templo de arriba abajo.

—¿Nize?

Los recuerdos habían terminado.

Alzó la vista, perdido, sin saber muy bien cuándo su visión había vuelto al mundo real. Sasha lo miraba con semblante preocupado mientras el memorial extraía de su sien aquella larga lengua de mariposa, manchada ahora de rojo. ¿Por qué todo siempre tenía que ver con sangre? ¿Y por qué el agua había guiado a Sasha hasta el colgante? ¿Por qué enseñarle eso? ¿Y si era el agua la que había colocado el medallón allí? ¿Y si...?

De pronto Sasha dio un respingo y siseó, horrorizado. Esa era otra de las desventajas del Vínculo: que funcionaba en ambos sentidos. Nize fue más rápido:

—Memorial, ¿pertenece este colgante a Sasha de Corte?

El grito ahogado que salió de la garganta del caballero era nuevo para él.

¿Me pides que busque en sus recuerdos?

—No. Huélelo, tienes su sangre en la lengua.

No me hace falta, contestó el demonio, batiendo sus alas de colores. No es suyo.

Si el alivio que sintió en ese momento pudiese medirse en tiempo, Nize diría que había durado días. Lo notó en el pecho, radiante por lo sueltos que le dejaba los músculos, pesado por la forma en la que notaba los ojos de Sasha clavados en él. Se dijo a sí mismo que no es que dudase de su caballero, solo... solo quería asegurarse de que nadie lo usara en su contra.

Porque hasta el idiota más redomado del reino sabía que Sasha sería el arma más efectiva en su contra. El pensamiento le dio náuseas.

—Mañana a las trece te invocaré de nuevo para pagarte. Ahora, *fuera.*

Silencio.

Nize hizo intento de levantarse, pero Sasha lo siguió, cortándole el paso, así que volvió a dejarse caer en la cama. Sentía la mandíbula tensa y la columna a punto de chasquear por tres partes, pero reunió agallas para sostenerle la mirada, alargando el silencio. Aunque mantenerse callado tampoco denotaba mucha valentía; más bien lo contrario. También injusticia, porque Sasha no era bueno con las palabras, y si las usaba acabaría estropeándolo todo.

—Sha…

—Creía que no desconfiabas de mí.

—Y no lo hago. No de ti.

—Entonces, ¿de quién?

Nize chasqueó la lengua, nervioso.

—¡No lo sé! Solo sé que… ¿No es raro que *justo* cuando tú entras lo encuentres? A tus pies. Como una ofrenda.

—¿Qué le has prometido?

—¿Qué? —Pestañeó, confuso. Podía percibir cómo la magia de Sasha se pegaba a la piel de su dueño, alejándose de él, girando furiosamente a su alrededor.

—Al memorial. ¿Con qué le vas a pagar?

—Con mi sangre —mintió. Mintió por instinto, por acto reflejo, como lo haría cualquier animal acorralado. E ignoraba qué parte de esa respuesta tan simple enfurecía a Sasha… No, «enfurecer» no era la palabra correcta: era frustración. Desasosiego. Alargar la mano y cerrar los dedos en el aire en lugar de en…

—Sera nunca pagó con sangre.

—Y la perdió toda.

No había querido decir eso. Porque, en cuanto lo dijo, las imágenes regresaron una vez más, ahora más nítidas que nunca con los recuerdos de Sasha aún frescos al fondo de su mente. Vio el agua teñida de rosa, y la piel de su hermana tan pálida que, si entrecerraba los ojos, casi se confundía con la inmensidad de los mosaicos. Sintió el peso de su cuerpo muerto en los brazos al intentar alzarla. Manchas naranjas y púrpuras en su propia tez, minutos antes danzando por una victoria en el Color. El corte en el cuello de Sera una segunda sonrisa roja, centelleante como un rubí tallado.

La sangre azul no tenía permitido llorar, para eso ya estaba el pueblo. Pero a Nize nunca se le había dado bien seguir las normas, y aquella no era la excepción.

Nize guardaba un caleidoscopio en su cuarto. La escena que veía ahora a través de las lágrimas se parecía bastante a la que se veía a través del cilindro, y mantuvo la mirada en un punto fijo a sus pies, intentando con todas sus fuerzas que el resto de su cuerpo no las acompañase con esos sollozos que tanto odiaba. Sentía el terremoto en sus hombros, la presión en sus costados, en su garganta, en sus manos. Y lo peor de todo era que se estaba rompiendo delante de Sasha, a quien se le daba harto bien seguir las normas.

Era injusto. Era injusto ponerle en esa situación en la que el caballero no tenía más remedio que ignorar el hecho de que su príncipe estaba llorando o verse obligado a pedirle que parase.

Pero lo que hizo Sasha fue sentarse junto a él en la cama y, más brusco que suave, tomar su mano en la suya, entrelazando los dedos con fuerza.

—¿Qué haces? —se le escapó, la voz en un hilo.

—¿Tú qué crees, imbécil?

El insulto no sonaba a insulto. Nize se atrevió a echar una ojeada, encontrándose con la línea rígida de su nuca, hombro, costado. Todo su cuerpo parecía querer apartarse de su lado, petrificado a medio camino de darle la espalda. Ni siquiera podía mirarlo a la cara, porque la tenía vuelta hacia la mesilla de noche. Por un instante, una ráfaga de vergüenza le encogió el estómago.

Luego comprendió.

Si no lo miraba, la infracción no quedaría grabada en sus recuerdos. Sasha estaba eliminando las pruebas del delito.

—Vamos, desahógate.

Sonaba a orden, y Nize obedeció.

3

TAN CERCA QUE ERES TÚ

Siendo sinceros, Sum daba bastante miedo.

No era por su estatura, porque apenas si le llegaba a Sasha al hombro, o por sus rasgos, que eran suaves y armoniosos; ni siquiera por su vestimenta de invocadora real, todo curvas aterciopeladas drapeadas sobre su cintura, no.

Nize lo achacaba a que se presentaba con su nombre privado, siempre acompañado de una enorme sonrisa en su rostro de ojos rasgados. Y también a que podría invocar al mismísimo rey de los demonios, claro. Aunque, para quienes la conocían, Sum se asemejaba más a un gato adormilado bajo el sol que a la poderosa kyron que era en realidad.

Como ner Aren, procedía de Sagrarés, pero, a diferencia de esta, las arcas del reino no habían comprado su presencia en el castillo. Todo lo contrario, de hecho.

Sum podría haber servido en cualquier lugar que se le hubiera antojado. Sum podría haberse labrado un futuro en su tierra natal, abierto y dirigido la academia de círculos que tan desesperadamente necesitaban los reinos del mar Indra, sacado los colores a todos y cada uno de sus superiores. Y, sin embargo, nada más recibir la máxima condecoración a la que un invocador podría aspirar, Sum escogió Veda, postulándose para el único puesto del continente desempeñado en exclusiva por un miembro de la familia real.

En cualquier otra ocasión, la kyron se habría quedado con las ganas. A fin de cuentas, la corte vederesa se autoabastecía con sus propios residentes, necesitara lo que necesitare. Un guardia, una sejmekán, un rey; igual daba. Todo cargo tenía reemplazo de su propia sangre.

Pero el rey Aurel era hijo único, y para cuando el anterior invocador real falleció Nize aún no se encontraba en situación de tomar el relevo (por eso de que apenas rozaba los cinco años), así que Sum había asumido felizmente el título.

«Lo siento por tu tío abuelo», le había dicho tiempo atrás, risueña, «pero se veía a leguas que la iba a palmar de un momento a otro. Que mi solicitud le llegase al rey *justo* el día de su muerte fue pura suerte».

—¿Por qué no duermes, Nize, amor? —preguntó ella con voz cantarina al oírle pasar al Registro.

—No puedo elegir solo una razón —contestó él, toqueteándose sin pensar las profundas ojeras que se empeñaban en afearle la cara. Sasha también se las había señalado el día anterior, en un momento bastante vergonzoso entre que se enjugaba las lágrimas y se sorbía los mocos. Nize se había limitado a fulminarlo con la mirada, sintiéndose traicionadísimo por su propio caballero.

—Pediré que te envíen una infusión al anochecer durante las próximas dos semanas, ¿de acuerdo?

Se encogió de hombros y, aunque Sum seguía con la nariz hundida en sus libros de cuentas, sabía que lo había visto. Curioso, se acercó al verla tachar varias veces un mismo nombre.

Pocos lugares del castillo resultaban tan fácilmente accesibles como el Registro. Ubicado en la primera planta, no hacía más de un lustro que se le había construido una entrada propia para ahorrar a sus visitantes el mal trago que suponía llegar hasta el despacho de la invocadora real desde el vestíbulo principal. Nize todavía recordaba la mirada de hastío de su padre cada vez que la guardia le traía algún invocador descarriado por los corredores del castillo. También recordaba la sonrisa de Sum al rescatarlos.

Con arcos altos como costillas de ballena, el Registro se extendía tan amplio como la biblioteca real, e igual de repleto de volúmenes. Sin embargo, donde una brindaba todo tipo de lecturas; otra recopilaba tomos sobre demonios, círculos y tintas, incluida una pequeña sección para el estudio de la nueva y misteriosa brujería de elementos. Nize había pasado la mayor parte de su vida en aquel laberinto de cuero y papel.

—¿Vienes a apuntarte? —preguntó Sum, por fin dignándose a mirarlo—. Mejor tarde que nunca, ¿no, *Alteza*?

Sum era experta en reñirle sin reñirle. Nize alzó las cejas mientras se acercaba al escritorio, agenciándose una de las plumas disponibles por toda respuesta. Junto al cubilete de plumas, el vaso de agua ya se encontraba enturbiado, grisáceo de tinta, lo que traicionaba que no era el primer invocador del día en cumplir con su deber.

Deber que Sum interrumpió al apartarle la mano de un bofetón rápido y cernirse desde su lado de la mesa para anotar otro nombre en el enorme libro abierto frente a él. En el escritorio, montañas de sobres cerrados. En el suelo, montañas de sobres abiertos.

—Veo que no soy el único que se retrasa —dijo, esbozando una sonrisita triunfal.

Ella se la devolvió, colocándose tras la oreja agujereada un larguísimo mechón de oscuro pelo liso. El pendiente de oro tintineó como monedas sueltas en un bolsillo.

—Estas cartas se enviaron diligentemente el último día del mes. Tú vives aquí y, aun así, llegas al tercero del siguiente.

—Es verdad —concedió, con un suspiro—, me he retrasado. Lo siento.

Satisfecha, Sum le sostuvo la mirada mientras regresaba a su butacón tras el escritorio. Nize, en cambio, puso los ojos en blanco lo más teatralmente posible antes de mojar la pluma en el primer cubilete de tinta e inclinarse sobre el Registro de Invocaciones del reino.

En la letra V, solo tres nombres componían la sección Veda. Para el tomo del año venidero, quedaría reducida a dos. Aunque, para lo poco que Sera había invocado en vida, bien podrían haberla borrado del Registro años atrás. Ni una sola marca en ninguno de los doce meses; un caminito de pergamino limpio que separaba a padre e hijo en el papel. Se cuidó de no mirarlo mientras apuntaba sus círculos en el mes correspondiente, se concentró en el conocimiento de que debía dibujar una rayita vertical negra para cada demonio de baja casta, una verde para cada demonio de casta media, una roja para las invocaciones de altas castas. Nize nunca había invocado a un alta casta, no más allá de su examen de kyron, pero de hacerlo habría de anotar además la clase de demonio, el Pacto realizado y sus más sinceras disculpas al rey de Veda.

La inmensa mayoría de las páginas del Registro estaban moteadas de negro, apenas un par de notas verdes aquí y allá. Por eso la única estría escarlata en aquellas, en el recuento de su padre, resaltaba como una herida abierta. Parecía sangrar.

Por supuesto, ninguna explicación la acompañaba, y menos aún una disculpa (el rey no le rendía cuentas a nadie, ni siquiera a su propia kyron), pero los dos invocadores allí presentes sabían que de aquella marca roja había surgido un Vínculo. Se la quedó mirando uno, dos, tres segundos. Luego Sum carraspeó y él se apresuró a continuar dibujando rayitas en modesto color negro.

—Ha habido un incremento en invocaciones este mes.

—También en los precios —contestó Nize, sumando un par de marcas más.

—He tenido que enviar dos o tres amonestaciones.

—Ah, ¿sí?

La vio asentir por el rabillo del ojo.

—Parece que, en tiempos de duda, olvidamos algo tan sencillo como el peligro de invocar más de diez demonios entre lunas.

Nize añadió la décima línea, tan negra como las nueve primeras, y se enderezó lentamente. Solo en la venda que había tirado esa mañana se amontonaba el doble de círculos de los que acababa de jurar, pero Sum no tenía razones para desconfiar del príncipe. Y Sasha, incluso habiendo tenido la lengua de un memorial hundida en el cráneo, jamás lo delataría ante la invocadora real.

—Se les pasará —dijo al fin, mientras aclaraba la pluma en su vaso de agua—; una advertencia tuya haría temblar a cualquiera, kyron.

—¿También a ti?

Nize sonrió, fingiendo una vergüenza que no sentía ni de lejos. En el libro, junto a su nombre, doce marcas negras. Las mejores mentiras se sostenían con un poquito de verdad; eso el príncipe lo sabía muy bien.

—Lo siento, Sum —mintió de nuevo—. No volverá a ocurrir.

—¿Se te pasará? —insistió ella, repitiendo sus palabras.

—Sí. Ya estoy mejor.

Con un suspiro, Sum le ofreció sus manos cubiertas en lujosos guantes de ante, palma arriba. Él posó las suyas encima durante un segundo, dientes apretados y labios fruncidos. Aquel era un gesto extendido entre los súbditos de más humilde cuna, para nada común en la corte, y fue precisamente eso lo que le molestó. La invocadora real, aun sagrarense, conocía a la perfección la cultura vederesa.

—¿Sabes si Sasha ha hablado con sus amiguitos de la naturaleza desde la última luna llena? —preguntó ella al apartarse, alcanzando una pluma limpia y pringándola de roja tinta—. Así me ahorro tener que mandarlo llamar.

—No.

—¿No lo sabes o no lo ha hecho?

—No lo ha hecho.

—Perfecto. —Y pasó páginas y páginas hasta dar con la C de Corte. En el instante en que marcó una cruz en el recuento mensual del caballero, un nuevo invocador entró en el Registro, y su voz cambió—: Podéis retiraros, Alteza. Recordad nuestra clase a las dieciocho.

Nize asintió y salió de allí a paso rápido.

Oyó las risas mucho antes de abrir la puerta y, aun así, le sorprendió lo que vio.

Los ojos de Sasha brillaban con un destello de renovado orgullo, las manos apoyadas sobre las rodillas y su pecho arriba y abajo, casi ahogado. La sonrisa le cortaba la cara como una maldición, al igual que la gota de sudor que caía por su sien; los nudillos blancos de la fuerza con la que apretaba la empuñadura de su espada.

Tirado en el suelo, Rako, también sudado y sofocado, echándose el pelo húmedo hacia atrás y con la carcajada aún aleteándole entre las costillas. Nize arqueó una ceja, pero el daena real ni siquiera tenía los ojos abiertos, así que desvió la vista hacia Sasha.

—Creía que esta ala se llamaba así porque solo podían entrar caballeros.

El único caballero presente lo miró mientras se enderezaba, sonriente todavía.

—Sí —admitió—, pero con ner Aren indispuesta y la capitana a su vera, no quedan muchos guardias con quienes pueda medirme.

—Y fuera hace frío —añadió Rako, con un bufido cómplice.

—Y fuera hace frío —repitió Sasha, asintiendo con la cabeza.

—Entiendo.

Hubo un pequeño silencio en el que su caballero comprendió, pero no su doble. Al menos, no hasta que Nize pasó a mirarle muy largamente, muy fijamente, cuando todo su cuerpo dio un respingo. Rako se puso en pie entonces a la velocidad del rayo, dirigiéndole una mirada confundida a Sasha y recibiendo por respuesta un encogimiento de hombros tan leve que, en verdad, Nize no podría asegurar haberlo visto.

—Creo que me voy a ir yendo —casi canturreó Rako, mientras sorteaba de un saltito la espada Pactada que había estado usando—, que hoy es mi día libre y ya dije que me pasaría por las obras del mausoleo.

—¿Del mausoleo?

Él asintió sin mirarle, ocupadísimo en recoger su capa del suelo.

—Sí, trabajo de apoyo en la construcción. Cuando puedo.

—¿Por qué?

Lo preguntó con las cejas alzadas, desorientado. Al instante, Rako hizo lo mismo, y la forma tan familiar en la que se movió su rostro le hizo recordar que, en vedés antiguo, el término «dæna» hacía referencia al reflejo de uno mismo en el espejo. Qué sensación más desagradable.

—¿Que por qué? —balbuceó el reflejo de carne y hueso—. Pues... pues porque quiero hacerlo. Quiero ayudar a levantar lo último que tendremos de ella, para ella.

Después, ambos guardias bajaron la vista a un tiempo, y de nuevo ese fango por dentro, esa envidia que Nize había descubierto también por culpa de Rako y con la que no sabía muy bien qué hacer. Se obligó a decirse que no la querría tanto si hacía un momento se andaba revolcando por los suelos sin parar de sonreír, ¿no? El pensamiento lo relajó, y destensó los hombros.

—Pues ve.

No necesitó que se lo dijeran dos veces. Nize lo siguió con la mirada hasta que se escabulló tras la puerta de la sala de entrenamiento. Al volverse, Sasha negaba con la cabeza, pero él lo ignoró, desabrochándose la capa para colgarla en su sitio. Debajo, las cómodas prendas de práctica a las que ya empezaba a acostumbrarse.

—Otra vez con esa competición imaginaria tuya —comenzó el caballero, recogiendo la espada de Rako del suelo—. Dale un respiro, Nize. Le caes bien.

—Odio la lealtad sin motivo.

—Yo te soy leal sin motivo.

—Espero que no.

Sasha sonrió. Al parecer, el duelo con el daena real lo había dejado de buen humor. Luego le lanzó la espada y él la atrapó por los pelos. Hacía relativamente poco que habían pasado de practicar con filos negros a Pactados, la única manera de habituarse al peso real de un arma sin miedo a perder un miembro por el camino, así que Nize todavía se sentía un tanto torpe.

Comparada con el patio interior del castillo, la sala de entrenamiento del Ala de Caballeros parecía diminuta, pero contaba con espacio suficiente como para acoger a tres caballeros y tres príncipes sin que se estorbaran los unos a los otros con sus cabriolas (y, tomando en cuenta que los reyes de Veda tenían prohibido parir más de tres hijos, tampoco necesitaban más). Los techos inclinados le conferían aspecto de buhardilla, y dos de las tres paredes se hallaban repletas de armas, una sucesión infinita de picas, espadas, arcos y otros muchos utensilios mortíferos de los que Nize no conocía siquiera el nombre. No aún.

Un amplio ventanal triangular, ahora cerrado a cal y canto, sustituía por entero la última pared. Sus franjas de vidrio rotaban como veletas al abrirse, y aunque en los meses cálidos el viento les traía el frescor del mar a cuchilladas, la ausencia de quitamiedos convertía el alivio en cautela. Nize apreciaba aquella lección encubierta, pero, si existía alguna otra que justificase la pérdida de toda una pared, se le escapaba.

Al fondo, encajada en el límite entre suelo y techo, una modesta figurita dorada de Visné, con los seis brazos en ofrenda y los seis ojos cerrados. Como siempre, la expresión del dios de la guerra era afable. No se combatía para dañar, sino para proteger.

—¿Qué sabemos del colgante?

Sasha dejó de sonreír. En su lugar, abrazó el cambio de tema y se posicionó para abordar las series de ataque y defensa con las que abrían sus sesiones de esgrima. Mientras esperaba la respuesta, él lo imitó, reproduciendo cada movimiento de su espada con la suya. La empuñadura todavía conservaba la calidez de la palma de Rako.

—Es la medalla que el rey entrega a los sirvientes del castillo.

Nize arrugó la nariz.

—Ni siquiera sabía que concedíamos algo así. ¿No tendrías que tener una, entonces?

—No —contestó Sasha, en mitad de una estocada tan exageradamente pausada que tuvo tiempo de sobra para reaccionar—. Solo la reciben quienes han nacido entre estas paredes, cuyos padres también fueron sirvientes, cuyos hijos también lo serán, cuyos…

Paró de contar, pero fue suficiente.

Lo que las palabras del caballero implicaban, en resumen, era que la dichosa medalla podría pertenecer prácticamente a *cualquier* miembro del servicio, dado que las familias del castillo solían permanecer en el castillo. Hasta los guardias solían ser hijos de guardias. Hasta los músicos solían ser hijos de músicos. Una vez había oído decir a Sum que entre vestíbulos y escalinatas había brotado una segunda capital, con sus propios cotilleos y amoríos y venganzas.

Chasqueó la lengua. Sasha asintió.

—Al menos nos quitamos a toda la guardia de encima.

—¿Por qué?

Sus espadas chocaron con un sonido sordo. Al otro lado, el caballero alzó las cejas. Era un gesto que ahora veía a menudo, algo muy parecido a un mudo «Qué poco sabes de tu propio mundo, Nize». Y con razón, porque todo lo referente a la vida en el castillo, en el reino, había sido cosa de Sera. Hubiera sido ella quien, en un futuro, se habría encargado de regalar esas medallas en agradecimiento por la lealtad de su gente; y no él. No, Nize se había encargado de aprender a invocar hasta el último demonio conocido de tal manera que le resultara tan fácil como respirar.

—Ningún soldado recibe medallas, Nize, ya pertenezca a la guardia real o al Orden. Nosotros tenemos nuestra propia marca.

—Ah, es verdad.

Lo que le gustaba una buena marca a su gente rozaba la locura. Ahí estaban las seis escarificaciones en el pómulo de Sasha, la cicatriz funeraria en el de ner Aren, la luna creciente tatuada al costado de todos y cada uno de los soldados vedereses, idéntica al grabado del colgante plateado.

Sasha no le consintió abstraerse mucho más tiempo, porque pronto empezó a intercalar entre las predecibles series alguna que otra finta aquí y allá, reclamando toda su atención.

—No mires a la espada, mírame a mí.

Él sonrió.

—Sí, *Sashavur.*

—¡Eh!

Aunque la estocada fue dura y violenta, y aunque se le clavó con saña en las costillas, mereció la pena. Nize rio solo de pensar en el moratón que dejaría a su paso, y un poco también por el ceño tan, tan fruncido con el que Sasha lo miraba. Adelantó la espada para bloquear un nuevo ataque…, movimiento inútil, pues salió volando por los aires en cuanto la del caballero la barrió con la fuerza de mil soles. Por puro acto reflejo, sus manos vacías se crisparon, se movieron, y Nize se dejó llevar porque Sasha aún le sostenía la mirada.

—¿Qué tienes, cinco años? ¿Volvemos a lo del nombre?

—Es lo único que logra distraerte.

—No estoy distraído —bufó.

—Claro que sí.

El tentáculo se le enroscó en la pierna antes de que pudiera reparar en el círculo y lo derribó de un tirón brusco. Con un grito ahogado de sorpresa, Sasha rodó sobre el suelo ya no tan firme de la sala de entrenamiento, tratando de liberarse a patadas de la criatura que poco a poco lo apresaba. Nize agradeció en silencio que se contuviera de atacarla con la espada. A fin de cuentas, por mucho que su filo jamás atravesaría carne, nada le impedía hacer daño, y no quería que ningún demonio saliese herido en una simple práctica.

—¿No decías que no querías entrenar con magia? —gruñó Sasha, mientras insertaba la hoja Pactada entre su muslo y el tentáculo para hacer palanca. Solo tres apéndices más emergían del portal abierto justo bajo sus pies.

—He cambiado de opinión.

—*Perfecto.*

Al instante, un crujido ensordeció su voz. Nize retrocedió de un salto por instinto, pero la piedra fue más rápida, o Sasha más listo; y el suelo se abrió en unas fauces hambrientas cuya garganta de escombros le mostró durante un segundo las alfombras de la estancia del piso inferior antes de tragárselo.

Aunque no lo hizo. No del todo.

Mientras caía, el pozo cerró la boca, oprimiéndole torso y piernas con duras aristas de roca. Se le cortó la respiración. Ni siquiera se dio cuenta de que había estado conteniendo un grito hasta que el susto se le escapó de un siseo flojo entre los dientes. Intentó patalear, mover los brazos, pero los metros de suelo se le clavaban en cada vértice.

Cuando se hubo asegurado de que la tierra no pensaba soltarlo, Nize alzó la vista hacia Sasha. Sonreía. Una sonrisita complacida en contraste con la masa de tentáculos viscosos que lo inmovilizaba por completo. Algo en ella traicionaba que estaba a punto de echarse a reír, aunque Nize sabía que no lo haría hasta descubrir si se encontraba de humor para bromitas.

De alguna manera, el Vínculo contestó en su nombre, así que Sasha rio al fin:

—¿Estás bien?

—Apenas puedo respirar —resolló Nize, y era verdad. El suelo le oprimía el pecho.

—Te lo mereces, por intentar jugar sucio.

—En el amor y en la guerra... ¿Qué tal tú?

—Tampoco me vendría mal un poco más de oxígeno —consiguió articular, mientras uno de los apéndices se le ceñía al cuello—. Dile que ya puede volverse para casa, con su pulpa y sus pulpitos... No hace falta que...

Riendo por lo bajo, Nize se apiadó de él. Y, ya que no podía alcanzar las flores que guardaba en la capa como precio de emergencia, abrió la mente para comunicar al demonio a qué hora y lugar le invocaría de nuevo. Este no tenía ojos ni boca a la vista, pero casi pudo sentir el hastiadísimo suspiro que estremeció sus tentáculos mientras liberaba a un Sasha ahora pringado entero de icor.

Su cara de asco le arrancó una carcajada. El caballero lo fulminó con la mirada.

—Te parecerá gracioso.

—Pues sí, la verdad.

Dejó de parecerle gracioso cuando Sasha se arrastró hacia él y, aprovechando que seguía atrapado, le restregó las manos viscosas de icor por toda la cara.

Las llamas de la chimenea se reflejaron en el cristal del ventanal al abrir sus enormes puertas dobles. La brisa nocturna se adentró enseguida, congelando todo a su paso, cosa que agradecería cuando los portales hicieran un horno de la estancia. Hasta entonces, la lumbre la mantendría templada.

Iba a ser una noche muy muy larga, pero se había preparado a conciencia: a su alrededor, cuencos con mandarinas y uvas, flores, pintura, agua. Enrolladas y amontonadas contra la pared, las alfombras de sus aposentos, descubriendo la helada piedra gris del suelo, su mejor lienzo.

La pantomima de retrasar tres días su visita al Registro también había formado parte del plan, pues, si Sum lo tuviera en el punto de mira (como tanto había temido), sería entonces cuando tomase cartas en el asunto. A fin de cuentas, Nize sabía qué pensaría él mismo de encontrarse en su posición: ¿tres días tarde? Tolerable. ¿Tres días tarde *y* dos círculos por encima del límite de seguridad? Alarmante.

Y, sin embargo, la invocadora real había esperado pacientemente a que fuera el propio príncipe quien confesase sus pecados, así que Nize le había concedido el capricho. Ahora ella le creía arrepentido y él era libre de juguetear otro mes más sin supervisión.

Por la mañana, los círculos quedarían ocultos bajo las alfombras y se acabó. Nadie tendría por qué enterarse. Nadie.

Nize se sentó en mariposa sobre uno de los mullidos cojines colocados a los pies de la cama y dejó su compendio de *La mano de Raergha* a un lado. Hacía años que no necesitaba consultarlo para invocar; tenía grabado a fuego el nombre de todos y cada uno de los demonios conocidos, sus castas, sus habilidades, sus portales... Pero existían círculos que jamás había dibujado, solo memorizado, de modo que prefería tener el libro a mano, por si las dudas.

Se hizo con el pincel ya goteante de pintura dorada. Ningún carboncillo, por muy barato que resultase, podría superar la capacidad conductora del oro. La magia fluía como si fuera líquida a través de aquella carísima tinta elaborada exclusivamente para los cientos de invocadores vedereses. Aun pesada y brillante, glutinosa como miel, su mano experta la extendió sin dejar ni una sola burbuja, ni un solo hueco en el trazo. Aquel era el único momento del día en que su mente se apagaba (¡adiós!), se derretía en blanco y oro, solo concentrado en el círculo ante sí, en el demonio a invocar, en el Pacto a ofrecer.

La espiral negra comenzó a rotar nada más separar pincel de piedra, y él se cernió sobre el más bajocasta de los demonios, una simple gota de oscuridad con un enorme ojo amarillo coronando su superficie gelatinosa. La criatura le devolvió la mirada, sin párpado con el que pestañear, y su cuerpecito asqueroso echó a temblar.

Nize sonrió.

—Dime, demonio. ¿Quién mató a Serafine ⁚⁝, princesa heredera de Veda?

Sentía que tenía una colmena entera de abejas en el cerebro, revoloteando y vibrando en el espacio entre sus sienes. No reconocía sus propios pensamientos, que se desintegraban en cuanto rozaban el zumbido que lo destruía todo. Era ese mismo zumbido el que hacía tiritar sus manos, y sus labios, y al demonio que ahora traspasaba el portal de regreso a su mundo había tenido que repetirle tres veces la pregunta hasta lograr hacerse entender.

Nize contempló las curvas del círculo, doradas, doradísimas, mientras alargaba una mano para pasar otra página más. Sin embargo, un ruido creó ondas en el cuenco del agua, lo que absorbió toda su atención. Le costó comprender que procedía de la puerta al cerrarse. Aún tardó dos o tres (o cincuenta) segundos en reaccionar, alzando la vista hacia Sasha.

—¿Qué haces aquí? —balbuceó, y, aunque poseía sangre de brujo y no de demonio, su caballero sí consiguió entenderle.

—Me has llamado.

—No.

Sasha se recostó contra la puerta. A través del Vínculo, su rechazo le llegaba a oleadas. Lo ignoró. O quizá no logró relacionar aquel asco con los más de treinta círculos agolpados unos sobre otros en el suelo. La pintura le teñía las manos y la camisa, y el olor a incienso empezaba a marearlo, a nublarlo por dentro. ¿O era otra cosa? El último demonio había intentado acunarle el rostro entre sus garras humanoides.

Tocó con la punta de los dedos la página, pero no llegó a pasarla, de lo pesados que los sentía. También se sentía pegajoso, el sudor febril una segunda capa de piel. Tomó aire largamente de nuevo y sus ojos se desviaron sin permiso hacia la antesala. Sasha seguía allí.

—¿Por qué... crees que te he llamado?

—Has usado mi magia.

—Oh. —Era posible. Estaba tan cansado... Quizá no había notado cuándo su magia se había agotado, tirando de la de Sasha para completar algún círculo—. Perdona, Sha. —Y rio, sin saber muy bien por qué—. No lo volveré a hacer.

Sasha no dijo nada. Sasha nunca decía nada. Y, en cualquier otro momento, Nize lo habría agradecido, pero en aquel solo aguardaba la irremediable regañina, manteniéndose recto con lo último que le quedaba de entereza. A sus ojos, la silueta del soldado se fundía con la oscuridad de su sombra, incapaces de distinguir dónde comenzaba una y dónde acababa otra.

—¿Qué significa todo esto? —preguntó él al fin, señalando el suelo.

—Tú buscas en Venfica, yo busco más allá.

—Ah, así que es eso —gruñó—. ¿Y qué te han dicho?

Nize pestañeó, descolocado, y volvió la vista hacia los círculos de invocación. ¿Qué le habían dicho? ¿Qué les había preguntado? Ah, sí... De pronto, toda la información regresó a un tiempo, tan confusa como lo había sido mientras la recopilaba. Las imágenes de diferentes demonios y sus respuestas atravesaron el zumbido en su cabeza, intensificándolo, y él se apretó las sienes con un quejido.

—No lo sé.

Pero sí lo sabía. De entre la treintena de voces que se habían posado en sus oídos y en su mente destacaba un mismo murmullo, una sucesión de las mismas palabras y cánticos. No sabía recomponer todas las piezas de sus recuerdos de esa noche, pero... Tan cerca.

Le habían dicho que estaba tan, tan cerca.

Tan cerca que eres tú.

Alzó la vista hacia Sasha.

Tan cerca que eres tú.

—Sha.

Este chasqueó la lengua, negó con la cabeza y por fin se despegó de la puerta para cruzar sus aposentos a pasos largos y firmes.

Lo primero que hizo fue cerrar el sumario de círculos con un sonoro golpe, antes incluso de arrebatárselo de entre las manos y guardárselo bajo el brazo. Lo segundo, recoger el recipiente de pintura dorada y perderse de vista en el cuarto de baño, desde donde Nize lo oyó volcarlo sin delicadeza alguna en la tina. Por contra, él se limitó a quedarse muy quieto, combatiendo la pesadez de sus párpados allí sentado en mariposa, músculos agarrotados ya fuera debido a las horas de inmovilidad o al entrenamiento de aquella tarde. Sin pensar, por simple costumbre, hundió las manos en el cuenco con agua para limpiarse la tinta dorada. Chorreaban cuando se mojó el rostro. Estaba fría, muy fría. Exhaló un largo suspiro de alivio.

Cuantos más minutos pasaban más se disipaba la niebla en su cerebro, y se removió, inquieto. Mira que el límite de círculos siempre le había parecido una tontería... Qué idiota. Los demonios habían ganado ese asalto, absorbiéndolo, cantando como sirenas para tentarlo con otro Pacto más... Y él había caído y caído y caído, su mano cada vez más débil trazando círculos de criaturas cada vez más poderosas. ¿Era a eso a lo que llamaban el «Frenesí del Invocador»? ¿A no poder parar?

Lo habían drenado. Si la magia de Sasha no hubiese esperado al otro lado, seguramente habría terminado por utilizar su propia vida como sustituta. Una gota de sudor le bajó escalón a escalón por la columna, levantando un escalofrío a su paso. Nize tragó saliva, horrorizado.

—Come —espetó el propio Sasha, lanzándole una mandarina antes de llevarse también esos cuencos. Era la única pieza de fruta restante, los racimos ya desnudos de uvas y ni un solo pétalo de flor. Ni siquiera sabía cuándo se había quedado sin precios. Ni siquiera sabía qué le había pagado al último demonio.

Se obligó a concentrarse en pelar la mandarina mientras Sasha seguía recogiendo el cuarto. Su característico olor no logró sobreponerse al intenso aroma del incienso, aunque la brisa nocturna los desterró a los dos por igual en cuanto el caballero abrió de par en par el ventanal (¿cuándo lo había cerrado…?). Fuera, la madrugada era tan negra que parecía otro portal.

Los demonios habrían podido darle un nombre perfectamente, pero formaba parte de su naturaleza el jugar a las adivinanzas. Nize siempre había creído que estaba hecho para ellas porque era tan retorcido como ellos, descubriendo el engaño o la respuesta adecuada al instante. Si lo habían cazado esa vez era porque el dolor le impedía pensar con claridad. *Sera* le impedía pensar con claridad. Muy, muy cerca, habían dicho.

Tan cerca que eres tú.

Se metió el primer gajo de mandarina en la boca; Sasha desenrolló la última alfombra, cargada de filigranas lunares. Después lo miró con el ceño fruncido, pero sus hombros caídos hablaban de cansancio, no de enfado.

—No confíes en los demonios, Nize. Acuérdate de Astrae…, intentó comerme la cabeza justo antes de Vincularnos.

Eso le llamó la atención. Pestañeó muy lentamente, sin parar de masticar.

—A mí también. ¿Qué te dijo?

Sasha hizo un gesto vago con la mano, como quitándole importancia al asunto… El mismo al que recurría cuando el asunto en cuestión era delicado para él. Se conocían demasiado bien como para caer en estratagemas de falso lenguaje corporal.

—Algo muy parecido a que me Vinculabais porque era idiota, para abusar de mi magia. Algo de que serás un rey temido.

Silencio. Había utilizado el tono de voz más ligero que podía entonar, delatándose una vez más. Nize aprovechó la pausa para levantarse, dormitorio ya recogido y Sasha en su centro, y se subió a la cama adoselada sin mirarlo.

«¿Es sabio compartir tal legado con otra persona?», había preguntado Astrae, tan certero que dolía.

Quizás... quizás en lugar de perder el tiempo invocando a todos y cada uno de los demonios a su alcance debería contactar directamente con una de sus altas esferas. Con uno de los que ya conocía, que había bebido su sangre, lo que aligeraría el portal. ¿Cómo no se le había ocurrido antes? Si recordaba el círculo a la perfección, si lo tenía grabado en las retinas, el oro líquido siseando humo bajo ácida sangre de brujo. Pero solo el rey contaba con permiso expreso para invocar a tal criatura y, como a Nize tanto le gustaba decir, él aún no era rey.

Sasha seguía esperando a que compartiese también lo que Astrae le había dicho aquel día, pero se mantuvo callado hasta que, al final, no le quedó más remedio que preguntárselo directamente:

—¿Y a ti?

Él suspiró mientras se arrebujaba bajo las mantas.

—Tonterías así.

Por mucho que el Vínculo no hubiera sido pensado para delatarlo de forma tan ruin, bien que lo hizo entonces, y Sasha se tensó como cuerda de arco, sus hombros cuadrados por acto reflejo. Nize no le había mentido, pero le estaba negando algo que jamás le había negado antes. Y, aun así, ninguno de los dos dijo nada al respecto.

Se llevó otro gajo naranja a los labios, fingiendo una tranquilidad que no sentía, no realmente.

—¿Quieres que me quede? —preguntó Sasha, con cautela.

«Tan cerca que eres tú», habían dicho.

—No. Puedes retirarte, gracias.

La reverencia fue rígida, casi pudo oír chirriar sus huesos al inclinarse, como forjados con partes de su armadura de gala. Murmuró también un quedo «Buenas noches, Alteza» antes de cerrar la puerta tras de sí. *Alteza,* no Nize. No había sido su intención recordarle a Sasha cuál era su lugar, pero, desde luego, eso era justo lo que acababa de ocurrir.

Era la primera vez que le hacía regresar al Ala de Caballeros, en toda su vida.

De pronto, la mandarina se tornó agria en su lengua, y suspiró.

Había sufrido muchas resacas a lo largo de sus veintiún años, pero ninguna de magia.

Le dolía hasta el último de los músculos y tendones del cuerpo, y la lengua seca no se comparaba a la sensación de que su cerebro también lo estaba. Tampoco había logrado reunir más que un par de horas de sueño, así que poco después del amanecer Nize se rindió, su cabeza palpitando con fuerza mientras salía de la cama.

Nada quedaba de la treintena de invocaciones de la noche anterior: ni los cuencos, ni las frutas, ni la pintura. Solo la forma descuidada en la que Sasha había recolocado las alfombras traicionaba que algo raro había pasado allí. Movido por un instinto ciego, abrió el primer cajón de su cómoda, donde guardaba los carboncillos y tintas para círculos. Vacío. El caballero se los había llevado junto con *La mano de Raergha,* y Nize resopló, poniendo los ojos en blanco.

Sabía que se había buscado él solito el castigo, pero no quería reconocerlo. De hecho, lo único que quería era limpiarse las trazas de pintura dorada aún moteando sus brazos. Y estaba de suerte, porque Sasha, pese a reprenderlo en silencio, había tenido el detalle de concederle el capricho.

Lo supo al entrar en el cuarto de baño, donde su ornamentada bañera de cerámica negra lo recibió a rebosar. La sorpresa fue grata durante un segundo, lo que tardó el agua en saludarlo con un borboteo saltarín. Nize contuvo una mueca, a punto de dar media vuelta de regreso a la cama. Al menos entre sus mantas podía fingir que los elementos no lo espiaban con mil ojos invisibles. Sin embargo, la superficie borboteó de nuevo, urgente, así que él se puso de puntillas para echar una ojeada cautelosa. Allí, al fondo de la bañera, una hilera de burbujitas le hizo saber que el agua comenzaba a caldearse. *Buen chico*, pensó, complacido, aunque descartó el pensamiento enseguida, mientras luchaba por sacarse la camisa por la cabeza.

A pesar de formar parte de los aposentos reales, la salita del baño era pequeña, con una finísima ventana orientada a la Vía de Var que apenas se llevaba el vapor cuando la abría. Suelos y techos del mismo mármol negro que el resto del castillo, decoraciones del mismo oro viejo, paredes de espejo. La luz matinal rebotaba en las mil bañeras y tinas del reflejo y lo deslumbró otras mil veces hasta que el vaho se lo comió todo.

Su cuerpo se movía por sí solo, en trance, ya acostumbrado a la rutina. Desvestirse, quedarse mirando la ropa amontonada a sus pies sin saber muy bien por qué, meterse en la bañera. Únicamente la temperatura casi volcánica del agua consiguió despabilarlo lo suficiente como para sisear y:

—Ya puedes parar de calentar... ¿gracias?

Un tercer borboteo.

Era la primera vez que uno de los elementos reconocía su presencia y, aun siendo consciente de que solo lo había hecho para contentar a Sasha, seguía sin fiarse. Vaya, que no le seducía mucho eso de sumergirse entero en un líquido autoconsciente.

Se sintió ridículo ahí de pie, en guardia dentro de la bañera, esperando a que el agua hiciese (¿dijese?) algo más. Pero no lo hizo, así que finalmente se sentó poco a poco, ahora incómodo hasta la médula. Tampoco ocurrió nada cuando se estiró como siempre, ni cuando el agua le trepó hasta el cuello. Uno, dos, tres minutos de calma. Cuatro.

Nize suspiró y cerró los ojos, relajando por fin los músculos. A cada respiración honda, el vapor que la bañera emanaba parecía viajar hasta el centro mismo de su resacoso cerebro, rehidratándolo. Estaba tan cómodo, tan calentito, que la idea de moverse le era inconcebible.

Si viviera en Agavlia no tendría que hacerlo. Lo pensaba cada vez que se metía en la bañera, cada vez que la pereza convertía en tortura el simple hecho de alcanzar los jabones y limpiarse. Es decir, siempre. Todo por culpa de Caesia, que se había pasado el verano anterior relatando las virtudes del reino vecino. Así que, si viviera en Agavlia, como bien le había dicho su princesa mientras paseaban por los campos de naranjos a las afueras de Venfica, los esclavos de la corte se encargarían de enjabonar, adecentar, maquillar y vestir hasta el último rincón de su cuerpo. No tendría que volver a mover un solo dedo en la vida.

Al oírlo, le había parecido una práctica repulsiva, pero se había forzado a recordarse que Agavlia no compartía con Veda la visión del cuerpo humano como algo incompleto y corrompido, un pedazo de carne que era mejor guardarse para uno mismo. Y, sin embargo... lo que daría en ese momento por tener a una jauría de cortesanos hundiéndole las manos en el pelo.

Quizá, cuando se casasen, le pediría probar esa costumbre.

Bueno, pensó, *eso si la boda sigue en pie*. Al fin y al cabo, él ahora heredaría el trono, y su estatus excedía por mucho al de una segunda hija que ni siquiera era invocadora. Sera, en cambio, había estado prometida con el hermano de Caesia y futuro monarca de Agavlia, matrimonio que hubiese unido ambos reinos por primera vez en la historia... Obviamente, Nize había llegado a plantearse que el asesino fuese agavle, pero era una teoría estéril, puesto que no existía punto de la alianza en el que Agavlia no saliese ganando. Su futuro reino sería superior en todos y cada uno de los sentidos.

Cuando abrió los ojos, Astrae estaba allí.

El demonio sonrió como lo harían las pirañas, y Nize se tensó tanto y tan rápido que temió romperse en mil pedazos.

—Buenos días, mi rey.

—¿Qué haces aquí? —logró articular, notando la lengua igual de paralizada que el resto de músculos. No se movió ni un centímetro—. ¿Cómo has cruzado?

—Tú sabrás. Tú eres el invocador.

Entre la espesa bruma de vaho y los suelos de mármol negro, sus curvas y vértices se emborronaban, se difuminaban. A Nize le resultaba complicado encontrar la frontera entre baldosa y carne, entre cerámica y garra; aunque oía alto y claro el eco de sus alas al desplegarse, el ritmillo con el que su cola de cocodrilo tamborileaba graciosamente contra el suelo. La sombra latiente que era Astrae se había arrodillado muy cerca, demasiado; el brazo encaramado al borde de la bañera una almohada para su mejilla y las puntas de sus dedos sumergidas en el agua.

No pudo evitar fijarse en el icor que exudaba esa piel aún más negra que el abismo, en el rastro irisado que dejaba sobre la superficie, como aceite derramado.

—¿Descansando de una larga noche de interrogatorios? Adelante, te lo mereces.

Solo entonces se dio cuenta de que la voz de Astrae no sonaba en el interior de su cráneo, sino que salía al aire, se evaporaba junto al vaho de la sala. Nize frunció el ceño: los demonios no solían usar sus cuerdas vocales.

—¿Eso te han dicho tus colegas? ¿Que los he *interrogado*?

Astrae rio, cerrando durante un segundo los ojos. Tenía las pestañas larguísimas, tan empapadas y viscosas como todo lo demás.

—Me han dicho que sigues empeñado en encontrar al asesino de la princesa heredera.

—¿En qué iba a estar empeñado si no?

—¿En aprender a ser buen rey? —aventuró.

Fingiéndose avergonzado, Nize desvió la vista hacia el suelo para buscar algún tipo de círculo. No encontró nada, pero bien podría haber sido trazado en tinta negra, mimetizándose así con el mármol... Al alzar de nuevo los ojos, Astrae lo miraba con una chispa divertida en sus iris dorados y un suspiro claramente fingido entre los labios gruesos.

De los demonios se sabía lo mismo en la actualidad que milenios atrás: nada. Siempre habían estado allí, susurrando a los invocadores, acudiendo al instante a su llamada, cumpliendo deseos. La religión de los seis ojos los consideraba los primeros hijos, el gran fallo de la diosa Var; y antiguos cantares narraban que su mundo no era mundo sino dimensión, un espacio cruel donde ya nada crecía. Allá penaban los mismos humanos que lo arrasaron, cuya maldad había retorcido sus cuerpos hasta transformarlos en aquellas criaturas que ahora hacían literalmente *lo que fuese* por un precio cálido o vivo: sangre, flores, frutos, semillas.

Eso era lo único que tenían; mitos y conjeturas. Con los siglos, sin embargo, los invocadores habían logrado arrancarles dos pequeñas confesiones: que acudirían sin falta al ser llamados y que beber sangre de rey los ascendía de casta.

Qué contenía esta sangre que los hacía reyes a ojos demoníacos aún era un misterio, al igual que la eterna pregunta: las dinastías que hoy reinaban, ¿habían llegado al poder por sus propios actos o por el favor de los demonios? ¿Un rey nacía o se coronaba?

Astrae no había querido cobrarse su sangre en el Vínculo y, aun así, había accedido.

Nize había pensado en invocar a Astrae la noche anterior y, ahora, allí estaba.

—¿Qué quieres?

—Un Pacto, claro.

Su voz sonaba rica y llena, equivalente a la sensación de morder una fruta madura. Se le escurría por los oídos como el néctar lo haría por su barbilla, le dejaba la mente pegajosa. Esta vez no se había molestado en cubrir su desnudez de mujer bajo las alas, y Nize apartó la mirada, incómodo. *Un Pacto,* se forzó a pensar. *Un Pacto.*

—¿Puedes traerla de vuelta?

El demonio abrió mucho los ojos. Al instante, un hormigueo de tenebrosa victoria le recorrió las venas. Ganó ímpetu cuando Astrae frunció los labios en una oscura línea y contestó:

—No. Ni siquiera yo puedo hacer eso.

Claro que no. Claro que no.

Nize rio, la carcajada ensordecida por el vapor, y se puso en pie de un único movimiento fluido, derramando agua irisada del baño sobre negro suelo y negra piel. Astrae ni siquiera cambió el gesto. Qué típico de los demonios, ofrecer sin dar. Quizás en cualquier otra ocasión, o con cualquier otro príncipe, habría funcionado, pero no con él.

—Se reencarnará en su debido momento, mi rey.

—Vete.

El vaho emborronaba los espejos y lo protegía misericordiosamente del reflejo de su cuerpo, la única mancha blanca en aquel revoltijo de sombras. Lo odiaba. Odiaba que hasta el último rincón del castillo hubiera sido concebido en base a alguna parábola, pecado o virtud que recordar. Los miradores sin balaustre, los oratorios sin luz, los espejos sin reflejo; todo. Y, a pesar de los intentos de sus devotos antepasados por cegarlo, distinguió con escalofriante nitidez cómo la figura nocturna de Astrae se incorporaba, cómo sus ojos lo observaban avanzar los tres pequeños pasos que lo separaban del lavamanos y apoyar las palmas en la loza fresca.

Nize le devolvió la mirada desde allí.

—He dicho *vete*. ¿Y tu círculo?

Solo era consciente de que Astrae se acercaba porque a cada segundo aquellas dos monedas doradas del reflejo crecían y crecían y crecían.

Cuando lo tocó, sus manos resbalaron por su cintura, arrastrando icor y agua sobre la piel. Nize no se atrevió a moverse, rígido de impresión. No se atrevió más que a seguir con la mirada el caminito de sus dedos sobre su vientre; ni siquiera cuando Astrae se pegó de arriba abajo contra su espalda, firme e insistente, como una pieza de puzle incrustada a la fuerza. No encajaban, no del todo, pero el icor ayudaba. El escalofrío que le bajó por la columna entonces fue incendiario, volcánico, un hilo incandescente que los cosió el uno al otro. Oyó sus labios partiéndose en dos al sonreír.

No sabía qué sentir, qué hacer. Le costaba incluso nombrar lo que en ese momento le serpenteaba por dentro. Miedo, desde luego. Miedo y algo más. El resto de las sensaciones se licuaba bajo el toque cálido y escurridizo del demonio, le goteaban por la garganta, por el estómago. Tardó mil años en darse cuenta de qué significaba aquel tirón entre los muslos. Chirrió los dientes.

—¿Y si te doy el nombre del culpable?

—¿Por qué tanto interés en Pactar conmigo?

—¿Ahora tienes reparos? —le replicó Astrae al oído, divertido—. ¿Después de torturar a mis criaturas durante *horas*?

—No las tortur...

—Sí lo hiciste. Les preparaste un banquete que tenían prohibido comer. Y lo sabías, lo sabías desde que el Ojo se echó a llorar y aun así continuaste invocando e invocando e invocando.

Estuvo a punto de protestar, porque ¿qué habría querido que hiciese si no? ¿Pagarles por nada? Bastante generoso había sido, dando flores a cambio de migajas, prácticamente regalánd... Ah, espera.

—¿Cómo que prohibido? —resolló—. ¿Prohibido por qué? ¿Por quién?

Por supuesto, Astrae no contestó, pero Nize tampoco lo necesitaba. Ya lo sabía.

En su lugar, el demonio paseó esas garras suyas tan humanas por su pecho, surcando las dunas de sus costillas, dejando un rastro meloso a su paso que juraría se le colaba por cada poro dilatado de vapor, la misma niebla húmeda que le dificultaba el respirar, sofocado.

Le oyó reírse por lo bajo. El icor resbalaba como óleo y Nize quería que parase y continuase a la vez.

—Querías que Pactase *contigo,* por eso se lo prohibiste —dijo, cansado de esperar. Por fin, Astrae asintió—. ¿Cuánto poder tienes sobre ellos?

—¿Sobre los demonios que te rondan? Absoluto.

—¿Por qué?

—Esa no es la pregunta que debes hacer, Verenize.

Verenize.

—¿Cuál es tu precio?

Astrae apoyó la barbilla en su hombro.

—La Merced. No necesitaré portal alguno para permanecer en tu mundo.

—No —respondió de inmediato, casi con un rugido—. Nada vale tanto como para dejar suelto a un demonio. Y menos a uno como tú.

Por un momento creyó que le hundiría las zarpas en el pecho, que lo partiría en pedazos, pero lo que hizo fue soltar una risotada tan densa como el icor de su piel. Se preguntó si estarían hechos de lo mismo. Astrae estrechó su abrazo durante uno, dos, tres segundos.

Y luego lo soltó. Nize le miró desperezarse a través del espejo. Mientras se enroscaba perezosamente la cola alrededor de los tobillos, los huesos de su columna chasquearon. O, al menos, supuso que eran huesos.

—Será un gran rey —canturreó a su espalda antes de que un colosal bostezo dejase a la vista unos colmillos de madreperla—. Y, como todos los reyes...

Él frunció el ceño, descolocado, y quiso preguntarle por la canción. Quiso. Porque, al siguiente pestañeo, Astrae ya se había ido.

Solo entonces se permitió soltar la tina, a la que se había aferrado con fuerza para frenar los temblores que ahora lo sacudían de arriba abajo. Y sabía que debería buscar el círculo del que había salido, pero su cerebro seguía igual de marchito que al despertar, encallado en el Pacto que le había propuesto (y en el subir y bajar de su pecho). Ni siquiera le sonaba ningún Pacto llamado «Merced».

Bajó la vista hacia el icor que la barbilla del demonio le había dejado emplastado en el hombro y suspiró. También tenía en la espalda, en el pecho, en la cintura. Había huellas de cristalina miel en el suelo. Y, tan torturado por su propia pereza como siempre, Nize deseó que Astrae se hubiera pasado a visitarlo *antes* de meterse en el agua.

No tuvo fuerzas ni para refunfuñar mientras regresaba a la bañera.

—Qué raro veros enjoyado, Alteza.

Nize abrió los ojos, alarmado, pero era ner Aren quien cerraba la puerta tras ella, devolviendo el oratorio a su penumbra habitual. Solo la diminuta vela a los pies de la estatua alumbraba su sonrisa cansada, y muy a duras penas. Al principio no entendió a qué se refería, puesto que (como siempre) nada le adornaba los dedos ni las orejas. Luego ya reparó en la pequeña medalla de plata enredada entre sus manos.

—No es mío. No sé de quién es.

No quiso decirle que pertenecía al asesino de su protegida. No quería otro ataque de pánico, y menos en esa oscuridad sagrada, ante los ojos de Var.

Ner Aren avanzó los pocos pasos que los separaban y se arrodilló ante la diosa como lo haría frente al rey, con una rodilla en el suelo y la otra una meseta donde apoyar sus manos entrelazadas. Nize se hallaba en la misma posición, aunque ya notaba en las piernas el zumbido de las horas rígidas. Por supuesto, él no había ido a rezar, sino a rapiñar algo de soledad, a recuperar poco a poco su magia sin estorbos estúpidos. A ocultarse de Astrae incluso siendo consciente de que, si era capaz de cruzar sin círculo, la estatua de Var no sería impedimento para que el demonio fuese a buscarlo.

—He oído que hoy has salido a entrenar.

Cuando ner Aren terminó de murmurar sus plegarias, contestó:

—Eso no es… del todo cierto. Rarra me ha arrastrado al patio y yo me he dejado hacer.

—Tampoco es que haya otra opción con Rarra.

—Eso sí que es del todo cierto.

Se sumieron en un silencio cómodo, el que siempre reinaba entre ellos. Nize lo notaba familiar, casi una reminiscencia de lo que había sido su vida antes de la muerte de Sera; ner Aren había sido una sombra eterna a su lado, inexistente cuando ella marchaba. Y lo entendía (o eso creía). Entendía la confusión de la caballero, criada para ser una cosa y forzada a ser otra. Sin Sera. Por Sera.

Y, al mismo tiempo... Esa era la mujer que había jurado proteger a su hermana y la que había fallado. Su único cometido.

Nize estaba cansado de ser así de ruin, de rencoroso, pero no podía evitarlo. No podía evitarlo.

—A veces pienso que, si hubiese sido un poco más como ellos, habría podido salvarla.

Sus ojos rasgados no abandonaban la estatua dorada, y él la imitó.

Var no era muy diferente al resto de los dioses del panteón, solo más grande y, según las escrituras, padre y madre de todos ellos. Tenía forma humana (o, más bien, los humanos tenían su forma), pero en su rostro pestañeaban seis ojos de oro bruñido y dos pares de brazos más surgían bajo el primero, cada mano sosteniendo un objeto diferente. Pechos lo suficientemente llenos como para reconocer en su silueta a una mujer; sexo de hombre entre un único par de piernas. Larguísimos mechones de liso cabello caían en cascada sobre sus hombros hasta arremolinarse alrededor de sus tobillos como un interminable hilo dorado.

Un cirio solitario precedía al icono, su débil llama la única fuente de luz en esa habitación carente de ventanales, de espejos, incluso de adornos metálicos; de todo lo que amenazara con iluminar las sombras. Nize podría alargar la mano y tocar la fría pared a su izquierda. Ner Aren, tan cerca que notaba el calor de su piel, podría hacer lo mismo a su derecha. No había otro lugar donde posar la mirada más que en la diosa ante ellos, titilante entre las tinieblas, tal y como requería todo oratorio de los Seis Ojos.

—No creo que más ojos o más brazos hubiesen podido evitar la tragedia, ner Aren.

Odiaba llamarlo *tragedia.* La palabra no correspondía con lo que se le descamaba por dentro cada vez que pensaba en la sonrisa de Sera.

—Pero, si los hubiese tenido, si tuviese...

—Entonces habrías sido una diosa y la vida de mi hermana no te habría importado lo suficiente como para salvarla.

Porque Var los había creado incompletos, lo sabía todo el mundo. Accidental o deliberadamente, a los humanos les faltaban miembros, ojos, sentidos, colores. Les faltaba todo. Y por eso rezaban en la penumbra, donde las sombras escudaban a los dioses de contemplar lo horripilante de sus cuerpos amputados. Solo así se aventuraban a escucharlos: encubiertos, camuflados, apenas un contorno latiente a sus pies.

—Los odio.

A Nize le hubiese gustado no sentir hastío al oírla hablar. Sonaba tan infantil... Ni siquiera se dignó a responder, de pronto consciente de que algo le estaba haciendo daño. Cuando bajó la vista, se encontró con que había cerrado tan fuerte los puños que la cadena se le había hendido en la carne, la huella ovalada de las arandelas decorando sus dedos como anillos.

—Algún día les plantaré cara y me vengaré por llevársela —añadió ner Aren, como si su palabra aún tuviera valor. Como si quedara alguien vivo capaz de creerla.

Rechinando los dientes, Nize volvió a apretar la cadena entre los dedos.

—Puedes vengarte ahora mismo. Basta con atrapar al culpable.

—Todavía te niegas a aceptarlo, ¿no? —La voz de la caballero sonaba extrañamente suave, así que se giró a mirarla. En sus párpados faltaban pestañas, y sus labios agrietados dolían tan solo de verlos—. Yo jamás hubiera fallado a mi princesa, al igual que Sasha de Corte jamás te fallaría a ti. Lo llevamos en la sangre, está en nuestra naturaleza; así nos creó Var. Y, como creador nuestro, también posee la potestad para cambiarnos. Si fallé, fue porque Él lo quiso así. Var quiso que Sera muriese.

Sasha tenía razón: ya nada quedaba de la cordura de ner Aren.

Crispado, Nize abrió la boca para replicar, para rugir, pero entonces creyó notar de nuevo las manos de Astrae deslizándose por su pecho, reclamándolo con total impunidad ante la mirada múltiple de Var, y se encogió del más puro terror.

Por suerte, la sensación desapareció enseguida. El miedo, no.

—¿Lo ves? Tu cuerpo también sabe la Verdad.

Esta vez, Nize no pudo contener la lengua:

—¿Sabéis, ner Aren? La única manera de plantarles cara a los dioses es muriendo. Quizá debáis considerarlo, si tanto deseáis vengaros.

Ella parpadeó, pétrea. Sus ojos eran tan negros como los de Sasha, pero, mientras los de su caballero le recordaban al espacio entre las estrellas, los suyos le hacían pensar en el hueco oscuro bajo la escalera.

—Qué fantástica idea, Alteza.

4

CONVENIENTE

—¿Todo bien?

—Todo bien.

Hubo un pequeño silencio al otro lado de la puerta y, por un momento, Nize creyó que el caballero insistiría, pero no lo hizo. En cambio, optó por respirar hondo antes de decir:

—De acuerdo. ¿Debería dar aviso de que comerás aquí hoy?

Siempre tan atento... Aunque, bueno, en eso consistía su trabajo, ¿no? En prestar atención. «Y no necesariamente *a mí*», se forzó a recordarse, amargo.

—Sí, gracias.

—¿Quieres que les pida algo en concreto?

—No. Lo que cocinen para mi padre me basta.

—De acuerdo —repitió Sasha—. Pues me voy, entonces. Si necesitas cualq...

—Adiós —le cortó.

Esperó a oír sus pasos alejándose por el vestíbulo de la torre. Lo hicieron tras unos segundos de duda, pero Nize se quedó otros tantos de pie allí, alerta, para asegurarse de que de verdad se estuviera marchando. Por fin, su voz le llegó en un eco grave, una charla despreocupada con los guardias a la entrada del corredor, y sus hombros se relajaron al instante. Con un suspiro, apoyó la frente en la puerta.

Algunos días eran como aquel. Amanecía, abría los ojos, y se daba cuenta de que era incapaz de abandonar la seguridad de esas cuatro paredes. Un vértigo en sus piernas solo de pensar en salir al vestíbulo, en que alguien pudiera mirarlo a los ojos y descubrir, irremediablemente, que no estaba hecho para ser rey. Hasta Sasha era más rey que él. La gente lo quería, lo adoraba, confiaba en él. Y Nize lo entendía, porque se sentía igual.

Ah, Sasha. Si no le había dejado entrar era porque no habría soportado verlo otra vez (bastante tenía ya con la ingente cantidad de piel cobriza que había tocado en sueños). Molesto consigo mismo, con su subconsciente y con el mundo en general, Nize chasqueó la lengua y regresó al balcón, donde se había aovillado nada más salir de la cama hasta que el caballero había ido a buscarlo bien entrada la mañana. Mientras trataba de reacomodarse en el diván, volvió a envolverse con su mantita preferida, agradeciendo el suave tacto del algodón contra la piel desnuda.

Hacía un día espléndido, con un sol bien redondo y radiante y una temperatura templada que anunciaba a gritos el comienzo de la primavera. No se veía ni una sola nube en el horizonte, y los klimas de la corte tampoco auguraban lluvias a corto plazo... Les esperaba un verano seco pero dorado, como el anterior. Detalle que les venía como anillo al dedo, ya que sería en los meses más calurosos cuando su padre pretendía retomar los Acuerdos con los reyes de Agavlia, en pausa desde la muerte de Sera.

Nize no tenía del todo claro qué interés le veía su padre a Agavlia. De los cinco reinos nacidos a orillas del mar interior Indra (capitaneados por la propia Veda, en ocasiones apodada «la Espiral» en honor a la característica topografía de la península vederesa), Agavlia no era ni el más cercano, ni el más rico, ni el más nada. No poseía la capacidad bélica de Sagrarés, o las reservas mineras de Córtega, o las explanadas perfectas para sembrar y ganadear de las que tanto presumía Servea. Sí, su industria pesquera aventajaba a la de sus vecinos, y sus cosméticos se comerciaban incluso en las distantes naciones continente adentro, pero tampoco es que los agavles pusieran mucho empeño en sacarles provecho a sus virtudes. Estaban demasiado ocupados disfrutando la vida mientras sus esclavos los servían hasta en las tareas más íntimas; reyes, héroes y placeres vistiendo las mismas galas por igual, trapos tan breves como etéreos que exponían casi por entero su piel al sol. Y, protegidos por una escarpada cordillera al noreste, el desierto al sur y el Indra al oeste, ni siquiera tenían que preocuparse de posibles fuerzas invasoras.

Vamos, que se habían ganado la fama de vagos a pulso.

Pero, más allá de lo que el rey Aurel hubiera visto en Agavlia y más allá del obvio beneficio que Agavlia podía sacar de la mayor potencia del mar interior, establecer los Acuerdos no había resultado fácil. A pesar de compartir religión, cada nación había digerido los textos sagrados de forma diametralmente opuesta, y tales diferencias desembocaban en culturas igual de opuestas. «Esto ha sido cosa de Var», les había dicho la madre de Sasha tras anunciarse las dos bodas reales que sellarían los Acuerdos. «Debe de haber suavizado el camino entre nosotros».

Por suerte, la unión de ambos reinos no implicaba cambio alguno en sus costumbres. O por desgracia, porque, siendo sinceros, a Nize los agavles le daban un poquito de envidia. No por su repulsiva manía esclavista (la que habían peleado con uñas y dientes por conservar), sino por..., bueno, por la ropa. Siempre le había parecido ilógico, antinatural, verse obligado a enfundarse esas prendas tan rígidas, tan agobiantes, tan todo, hasta en el más extremo bochorno veraniego. Algún día...

Desterró el pensamiento enseguida, cubriéndose aún más con la manta pero estirando las piernas para apoyar los tobillos en la balaustrada. *Veda está bien como está,* se reprendió, aunque no se le escapó el retintín irónico con el que habló su voz mental. Ni siquiera conseguía creerse sus propias mentiras. Menudo príncipe.

De pronto, algo en el mar le llamó la atención, un destello, un guiño cegador. Y otro, y otro, y otro. Se relajó nada más localizar su procedencia, allá en la siguiente orilla, únicamente visible en días de cielos despejados. Los centelleos ora frenéticos, ora pausados, nacían de los paneles de espejo repartidos a lo largo del enroscado litoral vederés, la forma más rápida de transmitir información de un extremo a otro. Nize había aprendido a leer el código de pequeño, junto a Sasha, y no dejaba de sorprenderle la sarta de idioteces que llegaban a decirse entre costas. A fin de cuentas, aquellos mensajes lumínicos solo lograban divisarse desde las alturas del castillo y puestos costeros de control, y ni el rey ni sus capitanes perdían tiempo contemplando el horizonte. Los niños, en cambio...

«¿Enhorabuena, condolencias o bronca?», decía la primera secuencia, y Nize alzó las cejas, curioso.

Dejó contestar al espejo real en lo que alcanzaba la infusión de manzanilla que Sum había ordenado entregarle religiosamente cada noche (esa que siempre apartaba hasta por la mañana, ya fría y pastosa), pero el siguiente fogonazo llegó antes incluso de darle el primer trago:

«Cobarde. Te mereces que se busque a otro».

Pestañeó, incrédulo, aunque sonreía mientras negaba con la cabeza.

Así era Veda. Hasta la realeza era cotilla, y los rumores se propagaban como las coloridas chispas de los fuegos artificiales, de boca en boca y de oído en oído, sin pausa. Los asuntos del corazón se vociferaban en cada esquina, ni rastro de secretos ni en la corte ni en el pueblo sobre quién se revolcaba con quién. Quizá porque, aunque para los devotos de la religión de los seis ojos el sexo suponía algo sagrado (cuidado y reservado para la persona amada), se entendía que la mayoría acabaría experimentándolo mucho antes. Así, en tanto el interesado no confesara en voz alta, las habladurías nunca tacharían su imagen.

«Yo sí que te mandaría a tomar vientos si tardaras diez años en pedirme matrimonio».

Con los nombres, en cambio, los vedereses no eran tan laxos. Cuando un niño nacía, sus padres escogían un nombre formado por varias sílabas, de las cuales una de ellas, ya fuera prefijo o sufijo, se regalaba en ofrenda a Var. Ella la acunaría en su pecho hasta que el niño ya no tan niño decidiera compartirla con otra persona, por lo general su cónyuge. Hasta entonces, únicamente su núcleo familiar más cercano y los propios dioses conocerían el sonido completo de su nombre.

Nize no tendría tal privilegio, porque su padre se había encargado de escupir su nombre privado delante de media corte, pero al menos no había salido de él. Al menos no había hecho lo mismo que los padres de Sasha, quienes habían intercambiado nombres a las *horas* de conocerse. Vale, se habían casado de inmediato, y salvo por su sangre de brujo el hijo les había salido sin taras, pero aun así...

Qué asco. No le extrañaba que Sasha se guardase el suyo con tanto celo, que se ofendiese tanto cada vez que Nize bromeaba con adivinarlo. Esperaba que Lu y Tena le hubiesen dado un prefijo o sufijo especialmente sagrado para paliar su propio pecado. Quizá otro Vere, como el suyo, o el nombre de algún dios. Hacía años que no pensaba en eso.

Pero tampoco quería pensar en eso aquel día. No quería que nada relacionado con Sasha lo tocase por dentro.

«¡No pienso pedírselo por ti!», leyó en los centelleos de la costa opuesta, y suspiró mientras se llevaba la manzanilla a los labios.

A Nize no le molestaba engalanarse algún que otro día, colocarse el aro de hierro negro en las sienes y llenarse los dedos de oscuros anillos. Tampoco arrastrar tras de sí la pesada capa, el cosquilleo del pelaje del cuello en la garganta o lo mucho que el jubón le oprimía las costillas. No.

Lo que no soportaba era tener que hacerlo cada vez que su padre lo convocaba a la sala del trono. Era una costumbre estúpida (como muchas otras en Veda) y, hasta cierto punto, también denigrante. Cualquier otro padre, de querer hablar con su hijo, se limitaría a acudir a su encuentro, sin importarle si este se encontraba acicalado o en ropa de cama. Pero el suyo no. El suyo le exigía porte impoluto en su presencia incluso aunque solo fueran a verse cinco minutos. Le ardían hasta las venas de pensarlo.

Al final, Nize agradecía cada día que su padre se olvidaba de él. Casi parecían vivir en dos castillos paralelos, nunca cruzándose.

Sin embargo, aquella mañana no había tenido tanta suerte, por lo que Sasha le había dado un par de palmadas de ánimo en el hombro mientras terminaba de abrocharse la capa.

—¿Vendrás conmigo?

—No. Hoy Rarra tiene asuntos que atender con el rey, así que me ha dejado a cargo de ner Aren. Estoy pensando en sacarla a cabalgar.

Nize había puesto los ojos en blanco, recordando el numerito que la muy dramática le había montado en el oratorio.

—A mí me parece que se está recuperando.

—A mí también, pero prefiero no perderla de vista. Todavía no sabemos qué va a querer hacer Su Majestad con ella, y es mejor si...

Aunque Sasha no había completado la frase, él tampoco le había insistido, porque sabía a qué se refería. Los niños guerreros de Sagrarés solo servían para combatir y ner Aren tenía ya demasiadas aristas sueltas: era posible que el rey decidiera devolvérsela a sus criadores. Su Majestad no tenía tiempo de arreglar juguetes rotos.

Después, ya arrodillado a los pies del trono, había creído que el destino de la caballero sería el tema a tratar. Quizá por la postura severa de su padre, o por la fijeza con la que lo miraba.

Pero de sus labios habían caído palabras muy distintas.

—¿Qué? —balbuceó Nize, confuso, consiguiendo mantenerse recto a duras penas—. ¿Por qué?

—Conoces tu reino. Veda funciona como un único organismo. La Corona somos su esqueleto; el Orden, su músculo; el pueblo, su sangre.

Dicha con la voz de su padre, la cita le sonó extraña. Su hermana la había repetido hasta la saciedad, la había usado en todas y cada una de las ocasiones posibles, orgullosísima.

—La sangre borbotea, nerviosa, cree que la muerte de Sera es preludio de una desgracia aún mayor. Si permitimos que continúe agitándose, será ella misma quien la provoque.

Nize asintió. De eso estaba al tanto: Lu ya les había comentado la subida de precios la primera vez que habían ido a visitarla, tras el Vínculo. Sin embargo, también sabía que el cambio en el heredero al trono de la Espiral había afectado a las relaciones con Agavlia, debilitadas a causa de la incertidumbre. Matrimonios, reyes, reinos. Él nunca había querido formar parte de aquello.

—¿Y creéis que adelantando mi Color se tranquilizarán…? Nunca se ha hecho. Todavía quedan meses para mi cumpleaños.

Juraría que su padre había estado a punto de poner los ojos en blanco, así que abrió la boca para replicar, airado, pero Rarra se le adelantó, eternamente fiera junto al rey:

—El Color no solo purifica al pueblo, Alteza. También os purifica a vos.

—¡Ya sé cómo funciona el Color! —Nize chirriaba de rabia—. He celebrado veintiuno propios. Padre, ¿de verdad creéis que hace falta purificar la ciudad?

—No, Venfica está bien —respondió él—. El problema eres tú.

—¿Cómo?

Una vez más, fue Rarra quien habló en su lugar, ahora la vista clavada al suelo.

—Vuestros súbditos os han visto afligido por la muerte de la princesa Sera, y los rumores se extienden rápido. Un rey no debe llorar. —Ni siquiera lo miraba a los ojos—. El Color nos purificará a todos… y se llevará lo que quede de ella.

Ah, así que era eso. Nize frunció los labios y su cuerpo reaccionó por sí solo, irguiéndose con rectitud y alzando la mandíbula en un gesto de orgullo. Si lo pensaba, tenía sentido. Sera había muerto en el Color, la festividad más sagrada en esas tierras, manchando de rojo el único cuerpo que debía haberse mantenido incoloro. Era lógico que el pueblo temiese que el ritual no se hubiera completado, que necesitaban otro… Que el fantasma de Sera seguía allí, enganchado en las pestañas de su nuevo heredero, la única razón posible por la que lo veían llorar.

—De acuerdo, entonces. Lo haré.

—No estaba rogando permiso —suspiró el rey, haciendo un gesto vago con la mano—. Bien sabe la diosa Var que ningún ritual es suficiente contigo.

Le habría gustado reaccionar más violentamente de lo que lo hizo, solo un pequeño grito ahogado que salió sin sonido alguno. Estaba harto. De las adivinanzas, de los despechos velados, del secreto que sentía podrido por dentro. Casi podría jurar que podía *olerlo,* justo bajo su lengua, a punto de resbalar como veneno.

—¿Cuándo dejaréis de ser un cobarde, padre?

Y su padre lo miró, sorprendido, enarcando una ceja con curiosidad. No sabía si se había imaginado el sonido en la garganta de Rarra, pero sus ojos negros lo martilleaban con alarma. Le daba igual. Es que le daba igual. Quizá sí que tenía el cadáver de Sera encajado dentro, quizá sí que se le había pegado su forma de morder, con las garras por delante.

—¿Cuándo seréis claro conmigo? —insistió.

—¿Quieres saberlo?

—Claro.

El rey se inclinó hacia él con una sonrisa tan amplia que, por alguna razón, le dio grima.

—Pues verás, mi querido Ver…

Pero nunca supo lo que Su Majestad, el rey Aurel, tenía planeado confesar, porque en ese momento las puertas de la sala del trono se abrieron con brusquedad y un soldado del Orden cayó de rodillas ante sus superiores, su cuerpo temblando de tal manera que las placas de su armadura repiqueteaban sin fin. Nize se puso en pie, frunciendo el ceño.

—¿Qué ocurre, soldado?

—Ner Aren.

Él ya había vivido eso.

—Ner Aren —repitió, entre espasmos, intentando completar sin éxito la frase.

«Qué fantástica idea, Alteza».

Nize alzó la vista hacia su padre, quien volvió a acomodarse en el titánico trono dorado y negro. Nada en su rostro traicionaba sus nervios. Comenzaba a sospechar que carecía de ellos.

—Ve —ordenó.

Al parecer, la noticia aún no se había extendido, pues el mercado continuaba su vorágine de colores, olores y sabores. Había saludos a voz en grito, enfados, trifulcas, regateos al mismo volumen que los saludos pero también en susurros, siseos aquí y allá tras el sonido metálico de las monedas cambiando de manos.

El mercado se celebraba cada trece días, y los tenderos rapiñaban cada centímetro de la plaza real, esa que nacía a los pies del castillo, sus puestos resbalando por la calle principal de la capital hasta desembocar en una segunda plaza, más pequeña, ante el templo. La Vía de Var conectaba ambos edificios, pero en ese momento parecía más granja que calle, y Nize se vio obligado a callejear para llegar al templo lo más rápido posible. Pronto comenzó a oír gritos agitados según el Orden se abría paso por el mercado, taponando las salidas con sus cuerpos.

Había sido Sasha quien había dado la voz de alarma, junto con las primeras órdenes; las mismas que dio ner Aren el día de la muerte de Sera.

Sorprendentemente, Nize no sentía pena, ni horror, ni vacío. Nize sentía un picor que le retorcía las entrañas y las tendía de sus costillas, que le descolocaba cada órgano de su interior. Tardó en identificarlo como rabia. Esa mala perra de Sagrarés, atreviéndose a escupirle así en la cara; casi confesándole días antes lo que iba a hacer y haciéndolo además allí, justo donde Veda había perdido a su futura reina.

No le importaban las razones de la caballero. Era un sacrilegio.

La marea de soldados que amurallaba el templo se partió en dos para darle paso, y el príncipe subió las limpísimas escaleras de mármol con mil pares de ojos clavados en su nuca. No era así como querría haber vuelto a ese lugar. Y, ah, ahora sí que iban a necesitar un Color…

y lo antes posible. ¿Una muerte en la antesala a los dioses? Trágico, pero superable. ¿Dos? Imposible. Casi podía sentir cómo el blanco de sus cúpulas y columnas se corrompía.

La cólera mantuvo a raya los recuerdos a pesar de que la grotesca escena parecía haberlos calcado punto por punto. Solo Sasha marcaba la nota discordante, en guardia y a la espera a pocos pasos del agua. Esta vez, nadie le había impedido entrar al templo.

—Sha —lo llamó, aunque no sabía qué quería decirle.

Cuando se volvió hacia él, tenía el ceño fruncido.

—Fuera —ordenó al instante, y los cuatro lanceros que lo acompañaban se retiraron con una última reverencia antes de retomar su puesto en la entrada—. Nize, no estoy seguro de que debas estar aquí.

—Mi padre me lo ha encomendado a mí.

No quería mirar más allá. No quería ver el cuerpo aún blando pero ya pálido de ner Aren, sumergido en el fondo, intacto.

—El rey, como siempre, pensando en lo mejor para su reino.

Pero no para su hijo, completó mentalmente, porque eran palabras que su caballero no podía decir en voz alta. Ni siquiera allí, con tan solo un cadáver como testigo.

Al final, Nize se adentró en el agua teñida de rosa. Inundó sus botas, caló sus pantalones y trepó por su capa, añadiendo incluso más peso a sus hombros, pero no reparó en nada de eso hasta muchas horas después, después de que su mirada captase las curvas muertas, la segunda gargantilla carmín que vería en su vida. Sasha no se había atrevido a mover el cuerpo, así que la daga con la que ner Aren se había segado el cuello continuaba entre sus dedos, y sus ojos, cerrados plácidamente en un sueño que duraría el resto de sus días.

Parecía tan satisfecha. Se reía de él. Y, por un momento, estuvo seguro de que había sido ella. Sera. *Ella.*

—Supongo que —comenzó Sasha, con la voz rasgada— quiso irse lo más cerca posible de ella.

Nize lo miró, por fin prestándole la atención que se merecía. El caballero permanecía tan recto y sereno como siempre, aunque se adivinaba una sombra en su porte, un nuevo peso en su esqueleto. Tenía los dientes tan apretados que creyó que podría astillárselos los unos con los otros, y sus ojos no abandonaban los restos de la capitana ni por un segundo. Y era raro, era horrible, porque Nize quería que lo mirase a él, no a ella. Ner Aren no era digna de la mirada de Sasha.

No notó la acritud que le sacudió por dentro, pero sí que reaccionó a ella:

—La única testigo, muerta. Qué conveniente.

Le gustó saberle demasiado anonadado como para responder como realmente querría, ya que buscó sus ojos con los suyos, abrió la boca para hablar... y luego la cerró, y la volvió a abrir, hasta que consiguió ordenar sus ideas:

—Nize. Se ha suicidado.

—¿Tú crees?

Sí, ner Aren se lo había advertido. Había jugado con él, con su hermana, con todos; estaba seguro. «Qué fantástica idea, Alteza», había dicho. Y aun así, aun así... Un golpe final maestro, aprovecharse del remordimiento y la mente rota de la única persona que podría recordar algún detalle de aquel Color para quitársela de encima.

—Pregúntale al agua, o al aire. Pregúntales si había alguien más con ella.

—Nize.

—*Hazlo* —rugió, y Sasha agachó la cabeza en reverencia, una respuesta instintiva—. Te recuerdo que me lo enseñaste, me enseñaste al agua llevándote hasta el colgante. Sé que puedes comunicarte con ella, así que hazlo. Ahora mismo, que hable, que te hable. Vamos.

—No me lo va a decir.

—Ni siquiera lo has intentado.

—Alt...

—¡No! —le cortó, jaleado por el tembloroso reflejo del agua sobre su armadura, ondas de luz que lo marcaban sin siquiera tocarlo. Las siguió con la mirada hasta el cadáver de ner Aren, de pronto pensativo. Quién sabe. Quizás había sido el propio elemento quien se la había cargado. Estaba tan cansado de no entender, de sospechar...—. Como quieras. Si no vas a ayudarme, ya me encargo yo. Por mi cuenta.

No era un círculo que soliese trazar a menudo, pero aún lo notaba fresco en la memoria, de aquella noche hacía ya tantas otras. Lo recordaba tan nítidamente que no necesitó tinta, ni superficie, ni nada; y el recorrido de la punta de sus dedos en el espacio entre ambos destellaba surcos dorados a su paso. Sasha avanzó un paso hacia él, pero se detuvo enseguida, labios fruncidos frente a la espiral de oscuridad.

El demonio no era antropomórfico, no del todo, aunque bien se le podría describir como tal. Su piel compartía color y textura con la de Astrae, moteada de aquellos copos grises que los hacían parecer tallados en piedra, y destilaba icor sin descanso sobre el agua corrompida del templo, estremeciéndola. Su cuerpo, en cambio, se conformaba únicamente de un torso humano del que brotaban un cráneo desnudo y brazos demasiado largos. Ante la ausencia de piernas, un revoltijo de icor y entrañas burbujeaba allá donde su vientre terminaba de forma abrupta, como un broche palpitante.

Sasha retrocedió el paso que había avanzado; Nize sonrió.

Últimamente me llamáis mucho, Alteza.

—Gajes del oficio —contestó, desechando el asunto con un gesto vago. Sin perder tiempo, señaló el cadáver a sus pies. No sabía por qué le resultaba tan sencillo pensar en aquel bulto como cadáver en lugar de como ner Aren—. ¿Quién ha sido?

¿Quién ha acabado con su vida?

—Sí.

—Nize...

—Cállate, Sha, *por favor.*

Precio.

Si algo había aprendido rápido como heredero era que, en ocasiones, debían hacerse cosas horribles por el Bien Mayor. Y, aunque deseaba que esa vez fuera la primera y la última de ellas, estaba dispuesto a enfrentarse a las que estuvieran por venir. Porque todo lo que hacía, lo hacía por Sera. Incluso aquello. Incluso aquello.

—Te ofrezco la sangre que le quede dentro —dijo, sin apartar la vista del cadáver hundido—. Todavía estará caliente.

Quizá fue justo ahí donde comenzó todo, y no con la muerte de Sera.

Al instante, Sasha se puso rígido, seguramente luchando por mantener el rostro pétreo, pero él no se molestó en girarse a comprobarlo. Ya sabía que lo que estaba haciendo era repulsivo, inmoral. Qué más daba.

—Venga, dame un nombre.

Y entonces el demonio se echó a reír.

—¿Qué?

Perdido, Nize pestañeó mientras la criatura seguía carcajeándose. Un gorgoteo de icor supuraba por entre sus colmillos, más y más denso según la risa se extendía en el tiempo. Solo se detenía para tomar aire, casi asfixiado por sus propias risotadas.

—¿Qué es tan gracioso? —espetó al final, dolido.

—*¡Tú!*

—¿Perdón?

—¡Tú, tú eres lo gracioso! —Y seguía, seguía riéndose, tan desbocado que ni siquiera era capaz de proyectar la voz en sus mentes—. ¡Me has pagado… *tanto*! ¡Por decir…! ¡Tú!

Ni siquiera reparó en que Sasha se colocaba a su lado, mano izquierda ya en la empuñadura de su espada, preparado para desenvainar, pero sí en la cautela que irradiaba su cuerpo, el suyo respondiendo con un desagradable rayo de adrenalina que hizo chirriar todos sus músculos.

—Basta —gruñó Nize, aunque no sonó todo lo tajante que habría querido—. Dime quién ha sido.

—¡Tú! ¡Vimos que eras tú!

No le dio tiempo a reaccionar antes de que Sasha arremetiese contra el demonio y, aun así, cuando lo vio hacerlo no pudo evitar la satisfacción que le picoteó de arriba abajo, la sonrisa al comprender que pronto tendría la piel salpicada de icor interno. Y quería sentirlo, quería hasta la última gota, porque eso era lo que ocurría cuando se insultaba a un rey.

Y, sin embargo, su caballero no llegó siquiera a rozar al demonio. Visto y no visto, su espada salió despedida hacia el extremo más profundo del templo, donde hendió el agua con un chapoteo. El silencio que vino después fue tan denso que incluso el eco turbio del metal al tocar fondo se oyó alto y claro.

El demonio ya no reía.

Sasha se miró las manos vacías, desorientado, y una brisa leve le revolvió el corto cabello negro en una caricia de disculpa.

Cómo se atrevía. Cómo se atrevía el aire a defender a un demonio, su enemigo más visceral, y sobre todo a defenderlo *de Sasha.* Nize notó el sabor de la sangre en la lengua, dándose cuenta entonces de que había estado mordiéndose el interior de la mejilla con saña.

—No te entiendo —dijo Sasha en ese momento, la vista fija aún en sus palmas.

A nadie le hizo falta explicar que no hablaba con ellos, sino con el aire. Otra vez los murmullos al oído, a sus espaldas, secretos.

—¿Qué dice?

Él lo miró con el ceño fruncido, sus ojos cubiertos por una sombra que no supo identificar.

—Que el demonio no ha mentido…, pero que tampoco ha dicho la verdad.

El muy desgraciado volvió a retorcerse en carcajadas, chorreando copiosamente sobre el agua rosa, pero, a esas alturas, a Nize ni siquiera le importaba, porque tenía otras cosas en la cabeza. Porque *tan cerca que eres tú,* porque *vimos que eras tú,* y hasta el maldito aire había tenido que salir a enfrentarlo. La sonrisa burlesca de Astrae en el reflejo del espejo y sus garras puntiagudas en su pecho mientras le pedía la Merced a cambio de un nombre. Porque *vimos que eras tú.*

¿Y si era verdad que había sido él?

Por la expresión en el rostro de Sasha, ahora mismo no solo compartían magia, sino también línea de pensamientos, clara como la escalera cristalina hacia al Otro Cielo, imposible de perder.

¿Y si había sido él?

Cuando Nize se metió la mano en el bolsillo, la cadena plateada pareció salir al encuentro de sus dedos.

Y comprendió.

5

VIRULENTO, VIOLENTO Y VISCERAL

El callejón era estrecho e irregular, repleto de ventanucos que los observaban como los cientos de pupilas de un demonio espía. Puñados y puñados de soldados desfilaban ante ellos, pero Nize se mantenía a un lado, mirando sin ver cómo Sasha repartía órdenes, su rostro duro y serio, sin expresión alguna. Su magia de elementos se había replegado hasta convertirse en una segunda piel sobre la suya morena, y borboteaba a sus pies como un caldero hirviente. El príncipe nunca lo había visto así, emanando esa energía tan cruda, casi sombría, que hacía que guardias reales y soldados del Orden por igual lo llamasen *capitán,* cosa que ninguno había hecho hasta entonces.

Quizá porque Sasha nunca antes había tenido que actuar como tal.

De vez en cuando desviaba la vista hacia él, sin virar siquiera el cuerpo, asegurándose de que siguiera allí donde lo había dejado, a medio paso de la pared de piedra. Y era normal, puesto que tras los asesinatos de una princesa y su caballero, cualquiera lo señalaría como el siguiente de la lista. Nize se estremeció, pero no sabría decir si por miedo o por efecto secundario de lo que habían visto sus ojos (otra vez) en el templo. Había sido todo... tan... exacto, tan idéntico. Aún estaba empapado, aunque esa vez no había cometido el error de tocar el cadáver con las manos. Se las miró de nuevo aun así, esperando encontrarlas tan ensangrentadas como aquel día.

Pero en sus palmas solo quedaban la medalla plateada y la promesa de un rojo aún más brillante bajo las uñas. Porque se lo merecía, se merecía ese rojo. En las manos. En la boca, en la lengua, en los dientes. Sus manos eran blancas pero las quería de rubí.

En ese momento, algo susurró desde la ventana a su espalda, pero al girarse hacia allí una corriente de aire la cerró de un portazo, haciendo crujir sus carcomidos postigos. Le pareció que el callejón olía ahora diferente, raro, aunque bien podría ser fruta podrida del interior de la casa o de lo que quedaba del mercado desmantelado a toda prisa entre tenderos, comerciantes y soldados. Cuando se volvió, Sasha lo observaba. El negro de sus ojos nunca había sido tan oscuro.

—Vamos.

A veces parecía que era el caballero quien ordenaba al príncipe y no al revés. Sasha lo guio hasta la bocacalle más cercana, donde un guardia veterano los esperaba con las riendas de dos caballos en la mano. Tras él, un escuadrón de jinetes del Orden por completo cubiertos con armaduras más imponentes que efectivas inclinó la cabeza ante su capitán y ante su futuro rey. Nize no se molestó en echarles más de un vistazo antes de encaramarse a su montura, un enorme ejemplar de fuertes huesos, crines negras y cuerpo dorado... Ah, ni siquiera recordaba cuánto hacía de su última escapada a caballo, aunque tenía una idea aproximada, puesto que Sera lo había acompañado.

Antes de partir, se dirigió a los jinetes:

—Lo siento mucho.

Ellos bajaron la mirada. Sasha también. Porque ese día el ejército de Veda, su músculo, no solo había perdido a un capitán, sino también a un hermano. Nize suspiró y condujo a su caballo hacia las obras del mausoleo.

Tomaron la Vía de Var, donde los rezagados se apresuraron a postrarse de rodillas, ojos fijos en los adoquines. Pasaron por encima de cestos caídos, puestos a medio desmontar y pañuelos olvidados en la prisa de sus dueños por desaparecer de una escena del crimen. Al final de la avenida, el castillo se alzaba como una maldición, todo torres afiladas y cúpulas doradas, y de sus balcones ya colgaban largos estandartes de luto, lenguas negras en la mañana.

Pudo distinguir la figura de Su Majestad el rey Aurel de pie en el mirador real, contemplando la pequeña marea plateada a caballo. Nize no lo saludó, ni dio muestras de haberlo visto. Se concentró en tirar de las riendas para abandonar la Vía y encauzar la comitiva hacia el solar del mausoleo. En la Vía de Raergha, los edificios lo escudaban de la penetrante mirada de su padre, pero a cambio lo enfrentaban cara a cara con los rostros preocupados de la gente de a pie al ver pasar a diez jinetes armados liderados por el mismísimo príncipe heredero de Veda y su caballero.

En realidad, Nize no habría necesitado diez soldados. Para aquello, con tener a Sasha a su lado le habría bastado, pero así funcionaban las cosas. Cuantos más testigos atrajese el eco de los cascos, mejor. Cuanto más se corriera la voz, mejor. Pronto, todo el mundo lo sabría.

Aunque algo dentro de él lo había sabido siempre.

Quizá por eso estaba tan extrañamente calmado, vista al frente y riendas flojas.

Algo dentro de él quería encarar a Sasha y decírselo, decirle: «Lo he sabido siempre».

Pero ni siquiera él era tan ruin.

¿Verdad?

Encontraron a Rako de Corte tallando una figurita de madera en el mismo corazón de las obras del mausoleo, manchado de barro de arriba abajo y sentado sobre uno de los pilotes amontonados a orillas de la titánica cavidad excavada en el solar. Constructores y voluntarios trabajaban día y noche para levantar la última posesión de la difunta princesa, y el daena real les reía las gracias cuando pasaban por su lado. Tan ligero, tan feliz, tan todo. Los aposentos de Sera habían estado repletos de figuras de madera esculpidas en formas animales, sillas diminutas, coronas del tamaño de su yema meñique. Nize siempre se había preguntado de dónde salían.

Misterio resuelto, al parecer.

—¡Alteza! —saludó Rako, poniéndose en pie con una enorme sonrisa.

Así, tan tranquilo. Nize no le devolvió la sonrisa, sino que se forzó a ladear la cabeza en un movimiento destinado a fingir una calma que no creía que pudiese volver a sentir jamás. Hombros bajos, rostro relajado. Nudillos blancos de apretar las riendas con fuerza.

—Buenos días, Rako.

—¿Sabéis? —comenzó, ajeno a la tensión de la escena—. He tenido una idea fantástica. ¿Y si os dejáis barba? Si queréis, puedo dejármela crecer, y si os gusta cómo nos queda al rostro…

Sasha chasqueó la lengua con violencia y Rako calló. Tardó un poco más en fruncir el ceño, por fin reparando en la hilera de jinetes que los escoltaban. Lo vio saludar a Sasha con un leve asentimiento, pero él no le devolvió el saludo. Al final, su doble volvió a mirarlo.

—¿Venís a ayudar, Alteza? Nunca nos sobran manos.

Increíble.

—No exactamente.

—Suéltalo, Nize —espetó entonces.

—*Eh*.

La tosca advertencia de Sasha no logró surgir efecto, pues Rako alzó la mandíbula en un gesto orgulloso que solo podría haber sacado del príncipe heredero, ese rostro tan semejante al suyo convirtiéndolo en un segundo rey. A su alrededor despertaron murmullos de incredulidad, y, la verdad, se parecía bastante a lo que le serpenteaba por dentro. Pero Nize estaba mucho, mucho más enfadado, viéndole usar sus propios rasgos en su contra.

—¿Dónde habéis estado esta mañana, daena? —preguntó, luchando por mantener la voz tan ligera como la quería.

—Recuperando horas de sueño e invirtiendo ese descanso en construir un buen lugar para vuestra hermana, Alteza.

Mientras lo decía, la capataz de la obra se acercó, una mujer tan corpulenta como fea con una larga trenza despeinada en la que recogía su cabello rojizo. Amat siempre había sabido leer el ambiente allá donde iba, y esa vez no fue diferente, los ojos clavados en su príncipe, esperando la pregunta.

—¿Cuándo llegó, capataz?

Ni siquiera dudó:

—No ha más de una hora, mi señor.

Distinguió cómo Sasha se encogía a su lado y bajaba la mirada al suelo. Hervía, su magia. Casi le abrasaba a él. A la luz de la mañana, los ojos castaños de Rako eran lava volcánica, pero a Nize le recordaban al brillante dorado de los de Astrae. *Demonio.* La falta de rojo en sus manos blancas.

—¿Algún testigo que corrobore que os encontrabais en casa?

Y esa barbilla aún alzada.

—Sabéis que no.

—¿Es esto vuestro?

La cadena en sus dedos se desenroscó con un sonido serrado, la medalla ondulando como un péndulo de un lado a otro. Al daena se le escapó un grito ahogado y soltó de golpe el pedazo de madera para llevarse las manos al cuello, confuso. Allí, en presencia de curiosos y compañeros por igual, se desabrochó frenéticamente los prietos botones de la camisa con dedos temblorosos (qué buen actor, ¡qué buen actor!) ahora hundidos en su pecho. Vacío, claro. Cuando Rako alzó de nuevo la vista hacia él, estaba pálido.

—Arrestadlo.

Junto a Sasha, dos de los jinetes desmontaron a un tiempo, el chirriar de sus armaduras paralizando de una vez por todas la construcción del mausoleo. Los obreros los observaban con los brazos embarrados hasta los codos y Amat retrocedió para abrir camino a los soldados, sus labios deformes torcidos en una mueca de asco. Nize se sentía igual que esa mueca. Deforme, torcido, pero justo en el lugar donde debía estar.

Rako dio un paso atrás, adelantando las manos ante sí como si eso pudiera detenerlos. Como si tuviese una ínfima oportunidad. Sasha llegó a su altura primero y Nize se preguntó cómo era posible que esa copia barata hubiese acabado con la vida de las dos mujeres más mortíferas del sur del continente. Con una reina, con una niña guerrera de Sagrarés. Era imposible. Imposible.

—¿Puedo saber, al menos, de qué se me acusa?

Vimos que eras tú.

—Rako de Corte, quedáis arrestado por el asesinato de la princesa heredera de Veda y de su leal caballero, ner Aren. Espero que la diosa Cénesis se ensañe con vos cuando Sejmek os arroje a sus pies.

Las palabras debieron de tardar en calar, porque Rako se dejó atrapar fácilmente, sus ojos castaños fijos en los suyos y los labios entreabiertos. Y, cuando perdió el control, cuando de su garganta tronó un salvaje «No», Nize se preguntó si aquella era la cara que él había puesto al descubrirlo también. Era como verse apresar a sí mismo, cuerpos plateados crujiéndole los brazos a la espalda y Sasha enfrente, alerta.

—¡No! —repitió, en un ladrido—. ¡No, es mentira! ¡Es mentira, Sasha! ¡Alteza!

—Sha, llévatelo.

—¡NO! ¡YO NO LE HE HECHO NADA A LA PRINCESA! ¡Ni a ner Aren, a ninguna! ¡Jamás podría haberle hecho daño! ¡Sasha, tú lo sabes! —Y el caballero frunció el ceño mientras le sostenía la mirada—. ¡Yo… nunca! ¡Nunca!

Los soldados del Orden trataron de arrastrarlo, pero Rako se revolvía como un animal en un cepo, gruñendo y aullando y gritando, desesperado. Nize lo estudiaba recto y frío desde las alturas de su montura. ¿Por qué aferrarse a la mentira, tras tantas pruebas? «Cállate», quería decirle. «Cállate o te mato aquí mismo».

Sin embargo, lo que hizo fue sonreír y preguntar:

—¿Y por qué debería creeros?

—¡Porque la quería! ¡Porque *nos* queríamos!

Su respuesta le subió como bilis por la garganta y quiso vomitar. Un coro escandalizado recorrió el gentío al tiempo que Sasha siseaba, afilado:

—Rako, ¿qué dices?

—Sasha, créeme, créeme. Sera y yo. ¡Sera y yo!

Todo. Demasiado. Deprisa. *No.*

—Cállate —escupió Nize, perdiendo la compostura por un segundo.

Pero Rako no se amedrentó. Todo lo contrario. Siguió luchando, retorciéndose, gruñendo, intentando arrastrarse hasta él. El barro resbaladizo impedía a los soldados clavar los talones en tierra firme y su caballo retrocedió por instinto, como si percibiese en el daena de su dueño el depredador que realmente era. En sus ojos desesperados latía algo oscuro que Nize llevaba viendo en su propio reflejo desde el día en que Sera había muerto. Quiso pensar que solo era otra más de sus semejanzas.

—Nize, yo jamás le hubiese hecho daño a Sera —consiguió jadear Rako a pesar de las manos que aplastaban su cuello, hombros, brazos—. Yo la quería.

Cállate, pero esta vez permaneció en silencio, porque la voz de su doble sonaba a verdad, sonaba igual que cuando él decía la verdad, y se le colaba por entre los dientes, torturándolo.

—No ensucies su nombre.

Al instante, Rako se detuvo en seco, con la boca entreabierta y las pupilas dilatadísimas. Le dio vértigo. No debería haber dicho eso. No debería haber dich…

—Sí, su nombre —repitió él, maravillado—. Me quería tanto, nos queríamos tanto, Nize, que me lo dijo, me dijo su nombre completo.

—Rako —advirtió Sasha.

—Serafine. Su nombre era Serafine, y nos lo confiamos el uno al otro bajo los seis ojos de Var. Me quería, y yo la quería, y jamás, *jamás*, le hubiese hecho daño.

Sintió náuseas, y no fue el único. El nombre de la difunta princesa, pronunciado sin ningún tipo de pudor en mitad de la calle, justo frente a su futuro féretro. Uno de los jinetes que tenían preso a Rako se dobló en dos y vomitó a sus pies sin siquiera soltarlo, pero Nize no llegó a oír el salpicar del líquido porque todo el mundo bramaba a un tiempo, horripilado y encendido. No sabía qué hacer. No sabía qué hacer para calmar a la masa enajenada, para enderezar al soldado, para cortar la escena entera de raíz.

Pero Sasha sí.

Ni siquiera lo vio. Solo oyó el impacto metálico y el gemido ahogado de Rako. Y de seguido, como una mala sombra, la oleada de suspiros de alivio.

Ya recuperado el control, los jinetes irguieron el cuerpo inconsciente del daena, ignorando el riachuelo de sangre que manaba de sus labios, de su nariz. Tenía los dientes manchados de rojo. Muy, muy rojo.

—Lleváoslo —ordenó Sasha, limpiándose la sangre del guantelete.

Nize lo miró, y en ese momento un sentimiento virulento, violento y visceral se le encarnizó por dentro, a punto de decir esas palabras que llevaba guardando durante años; esas tan o incluso más vomitivas que el nombre de su hermana en los labios de un sucio impostor. Le encharcaron la lengua, la garganta, lo ahogaron, y solo cuando Sasha regresó a su lado, manos libres de rojo, pudo tragárselas y enterrarlas de nuevo al fondo de sus entrañas.

Siguió mirándolo mientras el caballero inclinaba la cabeza en una leve reverencia, una disculpa muda por obrar sin permiso. Desde allí arriba, Nize alcanzaba a ver la sombra de la armadura contra su nuca, tan cerca que podría trazarla con la punta de los dedos. Quiso deslizar la mano en ese hueco entre piel y acero.

Y, como no podía decir las palabras que realmente quería decir, dijo otras:

—Lo he sabido siempre.

Sasha asintió.

Rarra se encargó del resto desde el instante en que pusieron el primer pie en el castillo. Nize hubiera querido acompañar a sus guardias hasta las mazmorras para asegurarse de que Rako quedara encerrado bajo siete llaves, para velarlo hasta que despertara, para *charlar* con él a solas, pero de alguna manera había acabado siguiendo a Sasha hasta sus aposentos, bien lejos del revuelo militar del recibidor. No le había sorprendido a ninguno de los dos, ya que el cuerpo de Nize solía seguir al del caballero allá donde fuese si no recibía órdenes directas de su dueño.

Sasha lo había llevado allí porque muy pocos sirvientes tenían acceso al Ala de Caballeros y, llegado el caso, estos perderían un tiempo precioso buscándolo cinco pisos más arriba. Nize ni siquiera registró cuándo se desplomaron en la cama, mirando al techo grabado de lunas llenas y crecientes, lunas nuevas y menguantes.

Habían querido descansar, o al menos dejar la mente en blanco, pero Sasha continuaba tenso, a cada rato incorporándose sobre los codos para vigilar la puerta de entrada. Nize, a su vez, lo vigilaba a él.

El silencio se estiraba como miel al caer de la cuchara, cada segundo más y más fino.

Hasta que se acabó.

—¿Lo sabías?

Sasha tardó en despegar los ojos de la puerta para mirarlo, y aún más en contestar:

—No.

Y, sin embargo…

—¿Lo sabías? —insistió, notando la garganta seca.

Con un suspiro, Sasha volvió a tumbarse. Luego se giró hacia él de costado y Nize lo imitó, ambos ahora cara a cara sobre el colchón. Durante un segundo quiso que hablase y que no dijese nada a la vez, porque no quería… no quería dudar de él. No de Sasha.

—Era consciente —comenzó, con tono extrañamente firme— de que Rako tenía sentimientos muy fuertes por Sera, aunque no…

Abrió la boca para replicar, para preguntar, pero el caballero alzó un dedo en advertencia, así que Nize obedeció a regañadientes. Ah, dientes. Los apretó tan fuerte que podía notarse las encías temblando tras ellos.

—No te dije nada porque no creía que fuese a llegar a ningún puerto... y porque encontrarías la manera de hacerle sufrir por ello.

Hubo un pequeño silencio que Nize utilizó para digerir lo que acababa de escuchar.

De haberse tratado de cualquier otra persona, decir algo así no solo hubiera sido ofensivo, sino castigable; y el príncipe no habría siquiera pestañeado antes de hacérselo pagar personalmente. Pero se trataba de Sasha: la mentira no era capaz de tocar sus labios. Se conocían demasiado bien, demasiado profundo, como para que una verdad abierta y expuesta doliese.

Mentira. Dolía igual. Nunca estaba a la altura. Ni como príncipe, ni como hijo, ni como amigo. Ni como hermano.

—Y mira lo que ha provocado tu silencio —espetó al fin, cuidándose de empapar cada palabra con el veneno que le corroía por dentro y acodándose sobre la cama para mirarlo desde arriba—. Mi padre podría encerrarte por eso.

Sasha enseñó los dientes como un perro herido y se alzó también:

—¿¡Cómo iba a saber que Sera le correspondía!?

—¡No! Ella no... Sera nunca caería tan bajo. Rako... No estaban juntos. Es absurdo.

—¿Qué...? —Confuso, Sasha sacudió la cabeza—. ¿Es que crees que Rako nos ha mentido? ¿Por qué iba a hacerlo?

—Bueno —empezó, alzando la mandíbula en un ademán orgulloso que no pudo evitar—, es imposible que nos parezcamos solo en el físico. —Y se enderezó del todo, sentándose en mariposa a su lado—. Debió de oír su nombre por ahí...

El caballero resopló, amargo.

—¿Dónde? ¿Dónde iba a haber oído el nombre *de la futura reina*?

—¡No lo sé! Pero de ella no, desde luego. Sera nunca se lo habría dicho. ¡Y menos todavía estando prometida con el heredero de Agavlia! Nunca nos hubiese hecho eso. Sera sab...

—Rako no ha sido, Nize.

Pero el príncipe ya no lo escuchaba, porque había algo... algo en sus propias palabras. Heredero de Agavlia. Prometida. «Me quería, y yo la quería», había dicho Rako. Le temblaron las manos y las imaginó hundiéndose en piel, tirando, tirando, un rastro rojo y blanco debajo... Una bandera cuyo peso la impedía ondear.

—Fue por celos —susurró al fin, casi sin aire—. Porque Sera se iba *a casar.*

—Nize...

—No, Sha —le cortó, férreo—. Ese... ese despojo se creyó su propia mentira, su fantasía, y ahora estaba intentando borrar sus pasos... Primero se cargó a mi hermana y luego también a su guardiana, por si acaso estuviera al tanto. —Bufó—. ¿No lo entiendes? Seguro que después iba a matarte *a ti.* Y lo habría conseguido, porque, por muy fuerte que seas, no lo eras tanto como ellas. Te habría matado.

Podía ver sus dientes más allá de sus labios entreabiertos de horror. Eran rectos y blancos, pero a veces, cuando gritaba o reía, parecían extrañamente puntiagudos, como los de un perro, o lobo, o zorro. Un animal de bosque encerrado en una armadura de plata.

—Creo... que Rako no ha sido.

—Tenemos su medalla. Los demonios lo dicen. *El aire* lo dice —resaltó, ignorando deliberadamente la forma en la que Sasha lo miraba—. ¿O es que te ha dicho algo más mientras yo no miraba?

—No.

—No —repitió, triunfal.

Pero entonces comprendió, y no recordaba haberse sentido tan ruin, tan sucio, en ninguno de sus veintiún años de vida. Abrió la boca para..., no sabía para qué, así que la cerró, aún con la vista fija en su caballero.

Sasha se había quedado solo. Lo leía en la manera en la que había vuelto a dejarse caer sobre las mantas, en sus ojos clavados en el techo, incluso en el largo, larguísimo suspiro que intentaba disimular con todas sus fuerzas. Habían sido cuatro, los tres guardias y su reina, pero ahora solo quedaba él. Y pensar, solo por un momento, que uno de sus amigos había destruido al resto... debía de ser horrible.

Y entendió que Sasha defendería la inocencia de Rako con la misma vehemencia con la que lo protegía a él. Porque era lo único que le quedaba: creer.

Nize siempre había sabido que tenía algo dentro que no debería estar ahí. Era pegajoso e infecto, y se enganchaba a cada cosa pura que sentía, tiñéndola de negro. De pequeño, había creído que se disiparía con los años, y, cuando creció, había confiado en que la presencia de Sasha le ayudase a erradicarlo; pero solo lo había hecho más fuerte. Una vez había soñado que lo vomitaba, espeso y oscuro como brea, y que el caballero bajaba una brillante antorcha hasta el charco, al instante las llamas trepando el negro para devorarlo desde el interior.

Normalmente no lo notaba, pero en ese momento latió con saña, porque estaba sintiendo *alivio.* Le aliviaba que Rako hubiese cumplido sus expectativas, que hubiese confirmado no ser más que un monstruo enmascarado con su rostro. Le aliviaba tener a Sasha tendido tan cerca, magia cansada y ojos cerrados para contener las lágrimas, quizá pensando en que ya solo le quedaba Nize.

Le gustaba ser lo único que le quedaba. Quizás había merecido la pen…

No. Nada, absolutamente nada, podía paliar la ausencia de Sera.

Ni siquiera eso.

—No quiero creer que Rako sea así —dijo entonces Sasha, y Nize alzó la vista hacia él—, no puedo permitirme creerlo. Pero…

Le dejó tiempo para masticar las palabras mientras se recostaba a su lado, a una distancia segura para ambos, porque sabía lo que iba a decir. A Nize no le gustaba, pero a la Cosa de Dentro sí. Y le gustó aún más cuando Sasha tomó su mano derecha entre las suyas y se la llevó a la frente con los ojos de nuevo cerrados, el frío hierro negro de sus anillos contra su piel morena. Parecían haber pasado siglos desde que se los había puesto junto a la corona para acudir al llamado del rey. Quizá tenía todos esos pensamientos retorcidos porque el jubón le oprimía las costillas. Quizá le faltaba oxígeno.

—Pero —continuó al fin— si es cierto que Rako... que Rako hizo lo que hizo por celos, y por guardarse las espaldas, eso significaría que tú estás a salvo.

—Después de esto nunca voy a estar a salvo. Voy a ser rey.

Sasha asintió y besó uno de sus anillos antes de dejarlo ir.

Aunque su cuerpo sabía que no había dormido tantas horas como parecía, su mente no andaba muy convencida. Quizá por eso se sentía tan desorientado, tan lento, según iba recuperando la conciencia. No reconocía el tacto de la manta, ni la dirección en la que se encontraba tendido, ni por qué el atardecer alumbraba el cuarto desde el punto equivocado. Parpadeó, intentando abrir los ojos, pero nada más conseguirlo se dio cuenta de que no los había abierto. No los de su rostro, al menos.

Cuando por fin abrió los ojos (los suyos), lo hizo con un gemido aterrado, todavía sintiendo pegajosas legañas en los otros, los otros ojos. Los que lo vigilaban desde el dorso de su mano, verticales y amarillos y viscosos. Uno en su muñeca pestañeó, pero Nize supo de alguna manera que en realidad había *guiñado*, travieso.

El terror duró solo un segundo, porque en cuanto se incorporó para arrancárselos ya no estaban ahí. ¿Dónde? ¿Dónde estaban? ¿Debajo de su piel, escondidos? Nize se clavó las uñas en el brazo, dispuesto a levantarse la piel como quien abre una puerta. Una puerta hecha de carne y tendón.

—Hoy has hecho un buen trabajo.

Sus manos temblaron antes de paralizarse por completo, y alzó la vista hacia su padre. Nada parpadeaba aparte de sus propios ojos, que se acostumbraron rápidamente a la intensa luz del ocaso hendiendo los aposentos de Sasha. Ah. Así que no se habían movido de allí... Miró de reojo el espacio ahora vacío al otro lado de la cama. Solo quedaba sangre azul en aquel cuarto.

—Gracias —contestó tras un carraspeo, mientras recostaba la espalda contra el sencillo cabecero de hierro. No pudo evitar llevarse una mano al pecho, donde el corazón aún le latía con brío, agitado—. ¿Y S… el capitán Sasha?

—Encargándose del cadáver junto a la capitana Rarra.

El rey Aurel se hallaba acomodado en una de las butacas de la antesala abierta al dormitorio, hojeando con curiosidad el último libro que Sasha había tomado de la biblioteca. Desde allí no alcanzaba a leer el título, aunque, conociéndolo, seguro que se trataría de algún manual sobre agricultura, técnicas de regadío o las propias estaciones. Su caballero tenía alma de héroe, pero sus raíces continuaban bien hundidas en el campo.

Y, por supuesto, no debía de saber que Su Majestad estaba allí.

Aunque Nize no recordaba el momento exacto en que había dejado de envidiar a Sasha por el aprecio que le profesaba el rey, sí tenía claro que había ocurrido de niños, en alguna ocasión de los cientos que su padre había maltratado su nombre privado. Quizá cuando lo escupió frente a aquel embajador de Servea («¡Verenize! ¿¡Es que no puedes quedarte quieto ni un minuto!?»), cuando Nize, encogido y humillado, se había topado con la mueca de la más pura repulsión en el rostro de su aún minúsculo caballero.

Al principio lo había achacado a la conmoción: una vez oído, ya era tarde. Ya había oído un nombre que no le pertenecía, que no le había sido dado libremente; ya no podía dar marcha atrás. Pero después… después Sasha siempre se le adelantaba, siempre parecía saber qué decir o dónde colocarse para reconducir la atención del rey, como una barrera humana entre padre e hijo.

«No me gusta cómo lo usa contra ti», había dicho.

—¿Cómo lo supiste?

—¿Perdón?

—Que Rako era el asesino.

Nize entornó los ojos, pensativo. Como en otros muchos reinos, las leyes de Veda desestimaban toda prueba ofrecida por demonios, ya que tendían a mentir o engañar a cambio de un buen precio; y los elementos suponían fuerzas todavía demasiado desconocidas como para que se las considerase fiables, así que no le favorecía sacar ni a unos ni a otros a colación... Aunque ambas realidades habían señalado a Rako. El aire, el demonio. Todos los demonios, incluso Astrae, intentando jugar con él.

La voz no le tembló al mentir:

—Sasha encontró una medalla de Corte detrás de uno de los altares del templo. —Coló la mano por dentro del cuello de su camisa y extrajo la fina cadena de plata para enseñársela—. Supusimos que se le habría caído a alguno de los sirvientes enviados por la Corona a fin de asistir al kleo Raou con el reemplazo del agua, pero aun así decidimos interrogar a todo el servicio y requerir que se nos mostrase la medalla.

Su padre asintió, sin apartar la vista ni un mísero segundo del tomo entre sus manos. Pasó una página muy, muy lentamente, el eco rasposo ensordeciendo sus medias verdades. Porque por supuesto que aquella había sido la línea de actuación, el siguiente paso. Aunque ignoraba si Sasha se había puesto con ello...

Pero, a esas alturas, ya daba igual. Incluso si no hubiera llegado a interrogar ni a un solo sirviente, el rey Aurel jamás dudaría de la supuesta palabra de Sasha. ¿Por qué iba a hacerlo? Era Sasha.

—Bien. ¿Y qué más?

—Hace unos días, mientras rezaba en el oratorio de Var, ner Aren vino a mí para confesar que sospechaba de Rako de Corte. Creía que el enlace entre Sera y el heredero de Agavlia podría haberle trastornado, dado que albergaba sentimientos muy intensos hacia la princesa. —*Gracias por acompañarme en mis oraciones aquel día, perra de Sagrarés,* pensó, sin siquiera cambiar su expresión mientras se enroscaba la cadena entre los dedos. Quizá no la había matado ella, pero la había dejado morir. Y, sin Sera, ner Aren no era nada, no era nadie. A Nize, desde luego, no le dolería su ausencia—. Hasta entonces, nada inculpaba a Rako de Corte, puesto que, como guardia real, no debería poseer más medalla que el tatuaje propio de la milicia vederesa, pero...

—Es hijo de sirvientes —completó su padre, con un leve asentimiento, y por fin cerró el libro.

Él asintió también.

—Al momento de su arresto hemos verificado que no se encuentra en posesión de su medalla; y tanto demonios como elementos coinciden en que esta cadena le pertenece.

Cuando Su Majestad lo miró, ocurrió de nuevo: Nize pestañeaba con más ojos de los que tenía en el rostro. Notaba el roce de las pestañas contra la costura interior de su pantalón, y por el rabillo del ojo alcanzaba a ver la tela ondear bajo el abrir y cerrar de párpados. Un estremecimiento le escaldó los huesos, pero se mantuvo inmóvil mientras oía sin oír la voz de su padre al preguntar:

—¿Cuánto tiempo ha pasado desde tu conversación con ner Aren en el oratorio?

—Seis días.

La tela volvió a temblar. Alargó la mano hacia allí, sintiendo el picor del miedo en la punta de los dedos.

—Verenize, ¿estás sugiriendo que sospechabas que Rako había asesinado a mi hija a sangre fría y no hiciste nada durante *seis* días?

Eso le hizo regresar a la conversación con la brusquedad de un navajazo, ojos muy abiertos y el ceño fruncido. Ah, no había estado listo ahí. Cazado como un gazapo, contuvo a duras penas las náuseas que empezaban a rondarle en la garganta mientras se barría el muslo de arriba abajo con la palma, buscando, buscando los ojos. En ese momento no podía mentir, no podía medir sus palabras, debía... primero debía deshacerse de ellos. Primero los ojos y luego la mentira. Pestañeó. Pero ¿con qué ojos había pestañeado? ¿Y ahora? ¿Y ahora? Quiso chillar.

—No teníamos... No tenía suficientes pruebas.

—¿Pruebas? ¿Acaso la palabra de la única testigo no era prueba suficiente? ¿Tenías que esperar a que la matase a ella también? —Se reclinó contra el respaldo con un largo resoplido, como derrotado por la estupidez de su hijo—. Estaba dispuesto a pasar por alto el espectáculo que has montado esta mañana porque lo compensabas habiendo atrapado al culpable, pero ahora veo que eso también podría haberse evitado, como todo lo que tiene que ver contigo. —Nize se encogió—. No tienes ni idea de lo que te estoy hablando, ¿verdad? —No se atrevió a negar con la cabeza, solo a seguir mirándolo—. En lugar de limitarte a arrestarlo, le diste la oportunidad de defenderse y la tomó. Es por ti que media Venfica sabe el nombre privado de su princesa, es por ti que media Venfica sabe que su princesa se encamaba con sirvientes, y es por ti que, más pronto que tarde, también lo sabrá Agavlia. ¿Y qué crees que pensarán ellos de que la futura reina se dedicara a darle su nombre al *doble* de su hermano pequeño?

Cada palabra se le metía por debajo de las uñas, dejando un rastro hediondo y blasfemo a su paso, embotando sus sentidos. Ya ni siquiera notaba los pestañeos, o quizá es que los ojos lo contemplaban largamente, expectantes. Las náuseas volvieron, pero Nize logró hablar sin vomitar:

—Es mentira. Ner Aren sospechaba de Rako por sus sentimientos hacia la princesa, pero no eran... no eran recíprocos.

—¿Y tu caballero? ¿Sospechaba él de Rako?

—No. Sasha no sabía nada.

—¿Y qué piensa ahora?

—Lo mismo que pienso yo, como debe ser —afirmó, una vez más la mentira natural en su lengua. No iba a permitir que Rako lo arrastrase consigo, jamás. Sasha ya había sufrido suficiente a su costa—. Que Rako de Corte es el asesino de la princesa Sera :: de Veda y de su caballero, ner Aren, y que ha de pagar por sus crímenes.

—¿Eso dice? ¿No eran amigos?

Solo asintió.

—Sí que es fiel ese perro.

Perro. Qué manera más errónea de describir a Sasha.

—Y, sin embargo..., Rako no miente. —Lo dijo mientras se ponía en pie, mientras Nize lo miraba con la boca entreabierta, confuso. Lo dijo con un suspiro cansado como punto final, antes de continuar—: Pero jamás habría imaginado que precisamente Sera traicionaría a su nombre y a su reino de esta manera tan mezquina. Casi me alegro de que tu madre no esté aquí para verlo.

Sus manos estaban demasiado limpias para lo que quería que estuviesen. Las quería empapadas de azul escarlata, apestando a hierro; las quería secándose al sol hasta que el color le tironease la piel al cerrar los puños. Y por fin cubrió con una de ellas el punto donde había pestañeado el ojo ajeno.

Nada. Solo lisa piel bajo asfixiante tela. Se hincó las uñas con saña en la pierna y la punzada de dolor le alentó:

—¿Tú lo sabías?

—Conocía todos los escarceos de tu hermana, al igual que conozco los tuyos.

La cara le ardió más de indignación que de vergüenza.

—¿¡Y lo permitiste!?

—Var me libre de negarle un capricho a quien cumple su deber con diligencia. Somos reyes, hijo mío, no célibes.

El rey Aurel cruzó la antesala con andar ligero, grácil, un paseo por los jardines. Sus capitanes retirando un segundo cadáver y él moviéndose así, como si… como si nada de aquello le sorprendiese lo más mínimo.

Abrió la boca para replicar, pero no dijo nada, encallado en esa última idea. La corona de obsidiana contrastando sobre su trenzado cabello blanco, sus rasgos firmes y regios a pesar de la edad, los ojos tan azules como su sangre. El rey con la inteligencia estratégica más desaprovechada del continente, decían algunos. Un señor de la guerra atrapado en una eterna y pacífica primavera.

—Tu Color se celebrará en trece días —anunció, mientras abría la puerta de entrada—. Después partiré hacia Agavlia para solucionar este estropicio.

Nize podría *rugir.*

—Te llevabas bien con la princesa Caesia, ¿verdad?

Su padre cerró con calma al salir.

Parecía haberse convertido en un hábito, pero no pensaba dejarlo.

Había atrancado la puerta del oratorio para asegurarse de que nadie más entrara y perdido la cuenta de los minutos u horas que llevaba encerrado en esa oscuridad solo rota por los cirios a los pies de las estatuas, flamas titilando en color amanecer aquí y allá. Al tercer día se había cansado de Var, así que ahora visitaba cada vez un oratorio diferente, haciéndoles compañía a los distintos dioses que tenían cabida en el castillo.

No iba allí a rezar, claro, sino a descansar. Había hecho del ala de oratorios su nuevo escondrijo porque lo de confinarse en sus aposentos de sol a sol empezaba a granjearle fama de débil, y prefería ser un fanático religioso a un cobarde. Al menos de cara a la galería, puesto que de puertas adentro ya ni siquiera se molestaba en arrodillarse, sino que se sentaba tal y como le pareciera más cómodo. Aquella mañana, por ejemplo, con la espalda apoyada en la portezuela y las piernas cruzadas en mariposa, postura más que impropia para presentarle sus respetos a la pareja de dioses ante sí.

Sejmek y Déndera siempre iban tomados de la mano, aunque su escultor no los había inmortalizado en una pose así de inocente. Eran dioses antiguos, compartidos con otras religiones del continente, y lo ajeno de sus nombres hacía sospechar que provenían de una fe incluso anterior. Quizá por eso eran sus preferidos. O quizá porque eran los únicos cuya talla jamás se bañaba en oro, conservando la piedra tan desnuda como sus cuerpos entrelazados.

Sejmek, la diosa de la muerte, había sido cincelada en mármol negro, vetas blancas como venas en su piel brillante; mientras que el dios de la vida Déndera, su opuesto, mostraba mármol blanco y vetas negras. Él recostado sobre el altar, sus seis manos en diferentes puntos del cuerpo de la diosa. Ella sobre él, dos manos guiando la erección del dios entre sus piernas oscuras y las cuatro restantes colocándose el larguísimo cabello de ónice sobre un hombro. Nize no dejaba de preguntarse cómo una escultura parecía fluir eternamente, moverse sin hacerlo, fascinado por las uñas de Sejmek, puntiagudas y afiladas como garras.

Los cantares y leyendas narraban con todo lujo de detalles la tragedia de los amantes. Al parecer, Sejmek y Déndera solo se cruzaban durante el crepúsculo de una vida, donde el dios de la vida, habiéndola concedido y vigilado de cerca, indicaba a la diosa de la muerte en cuál de los dieciocho infiernos debía penar aquel alma moribunda o si, por el contrario, debía acompañarla hasta el Otro Cielo. Nize había leído con curiosidad testimonios de supervivientes que juraban haber visto a los amantes besarse sobre su cuerpo agonizante y oído a la luz blanca decir: «No, esta alma aún no, pero me alegro de haber podido verte».

Se preguntó si Sejmek y Déndera desearían en secreto plagas y guerras. A fin de cuentas, no existía otra ocasión en la que se sucedieran más muertes por segundo. También se preguntó si Sera los habría visto, y si habría saludado a Sejmek con esa gran sonrisa que había sido su escudo y su lema. Seguro que se habían llevado bien.

Nize no creía mucho en los dioses, pero quería hacerlo por ella. Al igual que quería creer en los dieciocho infiernos, gastando más horas de lo que jamás admitiría pensando en cuál de todos ellos acabaría Rako.

Ah, Rako.

Había pasado una semana desde su encierro en lo más profundo de las mazmorras del castillo y Nize aún tenía prohibido ir a verlo. Por supuesto, su padre tampoco había aceptado su sugerencia de ejecutarlo públicamente, decisión que seguía sin entender. Seguía sin entender por qué Rako todavía respiraba allá abajo cuando ni Sera ni ner Aren lo hacían ya. Y Sasha, por una vez en la vida, se había mostrado de acuerdo con el rey. No le gustaba esa sensación, la sensación de ser el único que pensaba con claridad.

Incluso se le había pasado por la cabeza... hacerlo él mismo, ofrecérselo a Sejmek en bandeja. Matar a un hombre no sería tan difícil, ¿verdad? Y el pueblo lo amaría. Veda lo amaría porque habían querido a Sera desde mucho antes que él, y clamaban venganza con la misma virulencia con la que lo hacía ese músculo que le latía entre las costillas.

Recordó la primera vez que se lo había planteado. Su padre acababa de abandonar los aposentos de Sasha y este no había tardado ni un suspiro de más en aparecer, estudiándolo de arriba abajo con un reflejo extraño en sus ojos negros.

—¿Qué te ha dicho? —había preguntado, sin aliento y chorreante de agua sacra. En algún momento se había deshecho de la armadura, ya solo grueso cuero mojado aprisionándole.

Él no había querido responder aún. En cambio, le había sostenido largamente la mirada a su caballero.

—¿Qué sabes que yo no sé, Sha?

—¿Nize?

—¿Por qué tanto miedo a que mi padre y yo nos quedemos a solas? Es tu rey.

Silencio. No dijo «no», pero dijo:

—*Tú* eres mi rey.

Y eso había bastado. Le había bastado para saber que, llegado el caso…, Sasha estaría de su lado y a su lado.

Nize frunció los labios, ojos todavía fijos en la pareja de dioses mientras intentaba captar algún eco de su caballero haciendo guardia al otro lado de la puerta. Aunque, como no era poco común que Sasha acabase recorriendo el ala de los oratorios en infinitas rondas, tampoco se preocupó por no oírlo siquiera respirar.

También existía otra razón por la que prefería esconderse allí a poner un solo pie en la calle, pero de momento no le había servido de mucho. Y es que, de alguna manera, los rumores y cuchicheos siempre se las apañaban para encontrarlo, siempre.

Ese día tampoco se libró. La única diferencia fue que lo pilló con la guardia baja, relajado y distraído, pensando en si preferiría tomar el lugar de Sejmek o de Déndera en la estatua del oratorio.

—La sangre real está podrida —dijo la voz en el pasillo. Nize la sintió como una bofetada, las duras erres y el ritmo atropellado delatando el origen plebeyo de su dueño—. Es por el peso, ¿sabes? Tienen demasiada magia dentro y, al final, se vuelven locos. ¡Una pena!

—¿En serio? —contestó otra voz, con el mismo soniquete—. Pero la princesa Sera nunca pareció estar mal…

El primer sirviente rio:

—No, pero ahí estaba, queriéndose tirar a su hermano pequeño.

Los dioses lo miraron; doce ojos de piedra buscando los suyos. Y habría jurado que Sejmek se soltaba los cabellos para señalar la puerta con dos de sus seis manos, pero Nize no pudo girarse a comprobarlo, porque su cuerpo se movía por sí solo, ya levantándose con la mano en el pomo de cristal tallado, ya abriendo la puerta muy muy lentamente.

La luz mañanera, radiante y blanca, reflejaba las sonrisas de ambos sirvientes. Ninguno era especialmente alto, ni corpulento, ni nada digno de llamar su atención más allá del barro que había salido de sus bocas. Nize lo notaba mezclándose con su sangre, la que bombeaba su corazón a la velocidad de una estrella fugaz, ensuciándolo por entero por dentro. Se sentía pesado, embotado.

No le hizo falta preguntar quién de los dos había sido, porque el más menudo señaló al otro, tragando saliva. Sus miradas de horror eran idénticas.

—Alteza, pue…

Cuando tenía diez años, Nize había visto la cuerda de un violín saltar por los aires en mitad de un banquete. Ocurrió en un pestañeo, y dejó perplejo el rostro del músico y quebrado al instrumento, arrastrando los segundos de silencio más esperpénticos que había vivido hasta entonces.

Aquello fue un poco igual. Hubo algo en su interior (una cuerda, un tendón, *algo*) que de pronto saltó, rompiéndolo, pero no fue silencioso. No fue silencioso en ningún momento, porque ahí estaban los pasos del chivato huyendo por el pasillo, y los suyos al avanzar hacia la boca abierta de terror, y los chasquidos y chillidos y súplicas y rugidos. Vio todo rojo incluso antes de que el color le manchase los dedos, acumulándose bajo sus uñas tras cada golpe. Y se oyó a sí mismo, al mismo tiempo lejano y cercano, reventándose los oídos:

—¡La lengua! ¡Enséñamela!

Pero el muy desgraciado insistía en mantener la mandíbula fuertemente cerrada mientras Nize abría y presionaba y arañaba labios y encías, empapándose las manos de saliva naranja y roja y con ese tremendo hedor a hierro que le emborronaba aún más por dentro. Visto y no visto, el sirviente temblaba y gritaba entre dientes en el suelo, su rostro hinchado por los golpes. ¿Qué golpes? A Verenize le daba igual. Quizá su bota hubiese impactado un par de veces contra su inmunda cabeza nada más derribarlo. Quizás ahora se encontrara sentado a horcajadas sobre su estómago, intentando conseguir que abriese la boca para arrancarle la lengua.

Objetivo inútil, al parecer, así que sus manos (sus manos, no él, él no) tiraron de mechones de pelo lacio para alzarlo y estallarle el cráneo contra el suelo. Una, dos, tres veces.

—¡Alteza! —cedió al fin—. ¡Perdonadme! ¡Perdonadme...!

Pero ya no le interesaba tanto su lengua, porque había tenido una idea maravillosa y no podía esperar a compartirla. Todo era marfil bajo la carne.

—Tus huesos —aulló, pues no había otra manera de definir el chirrido que vomitaba su garganta—. Voy a construir su mausoleo con tus huesos. ¡Con todos vuestros huesos! Voy a... sí, voy...

Se irguió para buscar algo afilado, algo con lo que clavar y abrir y separar..., pero era Sasha quien iba armado ese día, no él, y rugió. Porque los necesitaba, los huesos. Para el mausoleo. El sirviente continuaba suplicando y protegiéndose la cabeza con los brazos y cómo se atrevía a llorar cuando había dicho lo que había dicho y cuando se había reído como se había reído y cuando lo había hecho *hablando de Sera*. Ensuciándola así.

¿Y cuántos más pensaban igual? Esperaba que todos y ninguno.

Volvió a estamparle el cráneo contra el suelo, esperando un crujido que no llegó. Ni siquiera se dio cuenta de que seguía hablando, de que de sus labios goteaban promesas y salmos, instrucciones precisas de lo que haría con su piel y sus músculos y tendones y dientes. Cómo le arrancaría las uñas. Las pestañas, una a una. En público, si hacía falta. Con sus propias manos, si hacía falta.

Alzó el puño para martillearle de nuevo los dientes, que le bailaban en la boca, pero solo cuando jamás bajó fue consciente de que su cuerpo ya no le respondía.

No, no era su cuerpo: era Sasha. Y, aunque hasta entonces nunca había habido mucha diferencia entre ambos conceptos, ahora su caballero lo aferraba con la fuerza de un cepo y lo arrastraba lejos, demasiado lejos. El sirviente se acurrucó sobre sí mismo, pringando el suelo de espeso carmesí.

—¡Vete! —ordenó Sasha.

—¡No! —Y esa era su voz.

Nize se revolvió con saña ciega, pero Sasha siempre había sido más fuerte, más todo, y logró aplastarlo contra la pared. Entre piedra y pecho se retorció como la bestia salvaje que era en ese momento, aullando de rabia cuando distinguió al despojo alejarse cojeando pasillo abajo. Bueno, no pasaba nada. Un alto en el camino, nada más. Aunque no recordara su rostro, sería fácil dar con él... Solo tendría que seguir el caminito de migas de sangre.

—Nize, ¿qué...? Nize, mírame.

No lo hizo.

—¡Mírame!

Al final, Sasha recurrió a la fuerza bruta para obligarlo a obedecer, girándole el rostro con dedos como hierro al rojo en su mandíbula, y Nize lo fulminó con la mirada aún temblando de arriba abajo, aún intentando escapar, dientes mostrados como los de un animal.

—Nize, escucha. Estoy contigo, ¿vale? Estoy contigo.

—¿Seguro? —quiso rugir, pero la voz le salió fría y sibilina, una serpiente deslizándose por su lengua—. Porque eres tú quien me ha detenido.

Sasha lo soltó como si quemase, la boca entreabierta en una mueca de incredulidad. Nize permaneció pegado a la pared. Sus palmas absorbían el frío de la piedra y aun así le quemaban, le ardían las manos, aunque no sabía si era por la sangre o por los golpes.

—¿Crees que *esto* es faltar a mi deber? —preguntó el caballero, señalando con la barbilla la dirección que había tomado el sirviente.

—Si hubieses oído...

—No hay excusa —le cortó—. No hay excusa.

—Sha.

Aunque lo vio fruncir los labios, Nize avanzó hacia él, decidido, recreándose en cada paso que su caballero retrocedía y en ese segundo en el que desvió la vista, muy rápido pero no lo suficiente, antes de volver a mirarlo a los ojos.

—No paras de decir que *no* —acusó—. No creo que haya sido ner Aren, no creo que haya sido Rako, no creo que ese infeliz se mereciese que le arrancase todos y cada uno de los dientes por decir que la princesa Sera quería follarse a su hermano. —A Sasha se le escapó un grito ahogado—. No creo que Rako deba morir, no creo que debas matarlo. ¿Algo más?

—Nize, ¿te estás oyendo?

—¿Te oyes tú? No me estás ayudando a limpiar su memoria. No estás conmigo. No estás a mi lado.

Sasha sacudió la cabeza, confundido, pero sus hombros y la línea de su mandíbula seguían tan rectos y en guardia como siempre. Luego bajó la vista. Nize tardó unos segundos de más en comprender que estaba mirando sus manos manchadas. Y, aunque no se arrepentía de nada, poco a poco la cuerda volvía a su sitio, tensa, trayendo consigo las imágenes de lo que había hecho su cuerpo. Ahora sí notaba la sangre picoteándole en las mejillas, y los nudillos doloridos, pero se resistía a sentirse avergonzado o culpable: había defendido a Sera porque ella ya no podía hacerlo por sí misma.

Sasha debería entenderlo. Debería entenderlo porque era su caballero y porque esa paliza debería haberla dado *él*.

Y su caballero abrió la boca para replicar, y Nize para cortarle, pero ninguno de los dos llegó a hacerlo. En su lugar, Sasha chasqueó la lengua, molesto.

La familiaridad de ese sonido le aflojó entero, le relajó los hombros. Solo entonces se atrevió a mirarse las manos, tirantes de rojo. El color era más oscuro bajo las uñas, donde quedaban encajados diminutos pedazos rosados cuya procedencia prefería no averiguar. En sus palmas, las salpicaduras parecían trazar figuras premonitorias tal y como lo harían los posos de manzanilla, y casi sintió la necesidad de llevárselas a la lengua.

Cuando volvió a alzar la vista, él lo observaba con gesto serio. Nize no pudo evitar pensar que el jubón de cuero oscuro hacía juego con su piel. Suspiró.

—Ya no sabes ni a quién proteger, ¿eh?

No resultaba sencillo leer a Sasha, siempre tan hermético, entrenado desde niño para desterrar toda emoción del rostro y ya de por sí dotado de entereza natural, pero después de tantos años juntos hasta el más mínimo pestañeo hablaba a voces. Por eso al caballero no le hacía falta mirar hacia atrás, ni fruncir el ceño, ni los labios, para que Nize supiese que seguía preocupado por el sirviente (y no por él). ¿A quién le importaba esa rata? Así aprendería a tener la boca cerrada y, con suerte, se correría el rumor. El primer rumor que el príncipe quería oír de regreso.

—A ti —le contestó finalmente—. De ti mismo.

Quiso responder, reírse incluso, pero no hizo ninguna de las dos, porque entonces Sasha se arrodilló ante él y clavó su espada envainada en el espacio entre ambos.

—¿Qué haces? —preguntó Nize, poniendo la cantidad exacta de curiosidad y burla en la voz.

—Renovando juramentos, ya que tanto dudas de mí.

—No, Sha. No es necesar…

Pero ni siquiera a un rey se le ocurriría decirle que no a esa mirada, así que Nize asintió y entrelazó los dedos a la espalda como dictaba la tradición a pesar de que nada en aquella escena seguía la tradición. Los juramentos debían renovarse cada decenio en pomposas ceremonias, de esas que tanto disfrutaba su padre, y no en un pasillo de ventanas abiertas olvidadas por el servicio. Bajo la mirada atenta de Var, y no espiados por los miles de ojos de Sejmek y Déndera tras la rendija de la puerta de su oratorio. Con el pueblo coreando las palabras del caballero, y no con su sangre en las manos.

A Nize nunca le había parecido tan real.

—Intentaré que no suene a papel viejo.

—Hazlo como quieras hacerlo. No hay público.

Sasha asintió.

—Es que... mi último juramento no se encontraba a la altura de lo que somos ahora. No estamos acostumbrados al dolor, y fue fácil prometerte lealtad y obediencia cuando sabía que jamás necesitaría replantearme ninguna de ellas. —Su voz era grave y templada, tranquila, y Nize se forzó a dejarlo terminar antes de repetirlas una y otra vez en su cabeza—. Ahora cada día es difícil... Hemos perdido a todos nuestros guías. Solo quedamos tú y yo, y soy consciente de que no sabes cuál es el siguiente paso a seguir al igual que tampoco yo lo sé. No esperaba que un reino pudiese pesar tanto.

Desvió la vista, incómodo, de pronto horriblemente consciente de que Sasha había meditado largo y tendido sobre aquello. Su caballero ya estaba pensando en la corona sobre sus sienes, en lo que depararía su reinado, y lo único que había visto eran dudas y estallidos. Nize, en cambio, no había mirado más allá del peso muerto de Sera en sus brazos. Incluso con Sum enseñándole a gobernar, Sasha a combatir, su padre a aguantar... Habían pasado cuatro meses desde la pérdida de la princesa heredera y no había gastado ni un solo segundo en pensar qué clase de rey quería ser. Rey Verenize, el primero de su nombre. Verenize • de Veda.

—Pero una vez Rarra me dijo que un caballero no solo protegía a su rey de los demás, sino también de sí mismo. Que un caballero protegía a su rey de lo que sentía y de lo que quería... Y no he estado cumpliendo mi deber.

Nize enarcó una ceja.

—¿Crees que tienes que protegerme *de lo que siento*?

—No —espetó él, un rugido de advertencia por interrumpirle—. De lo que serás, de lo que seremos, si sigo cerrando los ojos a la persona que eres ahora, a la persona que soy ahora. Juro que tendrás de mí todo lo que he sido hasta ahora, con mi lealtad y mi obediencia ciegas..., y juro que tendrás todo lo que crezca nuevo en mí, sea bueno o malo, te sea útil o inútil, para usarlo como creas conveniente.

—¿Lo que crezca?

—Como... comprensión.

—¿Antes no me comprendías?

—*Ahora* no te comprendo, pero lo haré.

—Abre la boca.

Los hombros de Sasha temblaron un segundo, pero obedeció como había jurado hacer. Nize sabía que estaba siendo injusto mientras delineaba la silueta de sus dientes inferiores con la punta del dedo índice, raspando yema con colmillos demasiado punzantes e incisivos rectos y blancos. Porque, a veces, un juramento eran solo palabras, y reyes y héroes no tenían otra forma de comprobar su veracidad que recolectándolas directamente de los labios de los caídos. No dudaba de Sasha, no realmente, pero *necesitaba* que él así lo creyese. No quiso pensar el porqué.

—Como has dicho, te usaré como crea conveniente.

—Así sea.

—Así sea.

El caballero lo miró desde las profundidades abisales de sus ojos negros. Nize aún apestaba a sangre y a sudor, y se preguntó si aquel era el rey al que Sasha había decidido seguir.

Esperaba que sí, porque no tenía intención de cambiar.

6

¿QUIÉN SI NO?

Era una mañana soleada, pero no especialmente cálida. De hecho, desde el mirador real podía ver cómo su pueblo se arrebujaba en sus capas y túnicas, muchas de ellas confeccionadas con el pelaje más suave que ofrecía la Espiral. El débil sol arrancaba destellos a las joyas y tiaras y anillos de los aristócratas, reunidos allí desde primera hora de la mañana, aunque también a los medallones de metal con los que apenas lograban arreglarse los no tan adinerados. Ambas mareas escuchaban con expresión seria las palabras del rey Aurel, y algunos negaban con la cabeza, nerviosos.

Nize se mantenía firme a su derecha, y la capitana Rarra, a su izquierda, muy por delante del resto de los guardias y de la invocadora real. La voz ampliada de Su Majestad gracias a un Pacto le dañaba los tímpanos, pero intentaba mantener el gesto neutro.

Su padre no solo anunciaría la celebración del Color en pocos días, sino también la captura oficial de Rako de Corte, asesino de la princesa heredera Sera ∷ de Veda y de su caballero, la niña de Sagrarés ner Aren. *Por eso el silencio,* pensó Nize. Casi podía sentir los ojos de cada uno de sus súbditos estudiando su rostro, pero ignoraba si se trataba de un silencio de curiosidad, de amenaza o de miedo. Fuera como fuere, cuando alzó la mandíbula algunos invocadores de la aristocracia inclinaron la suya, un intercambio mudo que lo dijo todo.

Un antiguo dicho vederés clamaba que un rey violento era fácil de manipular.

Seguro que aquellos nobles lo veían reflejado en el refrán. Y, siendo sinceros, a Nize le complacía el asunto. ¿Quién de ellos sería el primero en intentarlo?

—Las cenizas de ner Aren reposarán junto al cuerpo de mi hija en el mausoleo de cristal, donde su alma la protegerá allá donde ella vaya, ya sea a ocupar su lugar entre los reyes y héroes del pasado, allá en el Otro Cielo..., o en su próxima reencarnación, aquí en la Espiral. —El rey Aurel hizo una pequeña pausa y el pueblo bajó la mirada al suelo en señal de respeto—. En cuanto a Rako de Corte, permanecerá en las mazmorras hasta que confiese su crimen, cuando será ejecutado y lanzado a las garras de la diosa Cénesis.

Nize no quería mirar de reojo a Sasha, pero últimamente poseía nulo control sobre su propio cuerpo, así que lo hizo de igual forma. Con los ojos tan fijos en el suelo como el resto de Venfica, su caballero vestía la armadura de luto bañada en color negro, lo que resaltaba el manto de terciopelo dorado que le cruzaba el pecho y lo señalaba como miembro de la guardia personal del heredero real. De seguir formando parte de ella, Rako habría llevado la misma distinción.

De pronto, el balcón olía a podrido.

Arrugó la nariz mientras intentaba averiguar de dónde venía el hedor, aunque nadie más parecía notarlo. Sum posó una mano amiga en el hombro de su caballero; Sasha le devolvió una mirada de agradecimiento. El olor se tornaba a cada segundo más y más intenso.

Era imposible que procediera del exterior, puesto que el mirador Pactado bloqueaba el paso de hasta la más mínima corriente de aire. Así, había sido construido con total libertad, titánico y abierto como la boca de una cueva pero esculpido profusamente con dioses, reyes y héroes (y los monstruos a los que derrotaron). Al ras del suelo, el efecto óptico era el de un violento mordisco arrancado del frontal del castillo, y el destello de las doradas columnas que decoraban la sala del trono se divisaba incluso desde el templo, al otro extremo de la

Vía de Var. Aquel lugar había sido el rincón preferido de Sera, y Nize recordó que una vez, mientras le trenzaba el largo cabello rubio, ella le había confesado que soñaba sin descanso con el día en que fuera coronada y pudiera salir al mirador a gritarle al mundo que ya era su reina.

—Tras el Color —continuaba hablando el rey, impávido—, viajaré a Agavlia para reafirmar los Acuerdos, y todo volverá a su lugar.

«Reafirmar los Acuerdos» significaba calmar los ánimos de un reino que se sentía tan traicionado por los escarceos amorosos de Sera como el suyo propio. Significaba ir para pedir perdón y regresar con otro matrimonio con el que contentar a ambos. A Nize no le importaba. Siempre había sabido que acabaría casándose con alguien que no lo merecía.

El hedor le obligó a respirar por la boca, y se miró las manos. Nada.

Alzó la vista hacia las tallas. Nada.

Cuando se volvió de nuevo, cazó al viento revolviéndole el pelo a Sasha. Un viento que no debería estar ahí. Al instante, el caballero le devolvió la mirada con el ceño fruncido: el aire le había dicho algo. Ah, debería haberle obligado a jurar que compartiría con él hasta el último suspiro del mundo…, pero preguntarle a un brujo qué le decían el agua, el aire, el fuego, era peor que pedirle a un kleo que confesara los deseos que le habían confiado sus creyentes. Secretos. Secretos susurrados.

La magia de Sasha se pegó contra su piel cobriza como el cachorro que se esconde tras su madre (¿escondiéndose de quién?), y a Nize le pareció ver algo más, un resplandor, una aureola sagrada que coronaba en dorado al caballero. La aureola pestañeó con doce ojos en círculo, llorando oro líquido sobre su corto cabello negro. La pestilencia era tan intensa que sintió las náuseas oprimiéndole la garganta. ¿Iba a vomitar delante de todo el reino? ¿Por qué era blando y cálido el suelo bajo sus pies? ¿Por qué parecía latir al mismo ritmo que su corazón? En su boca había más dientes de los que debería, pero su lengua no lograba dar con ellos.

Sasha me va a matar, pensó, aunque no sabía muy bien de dónde había salido ese pensamiento. No parecía suyo. Parecía pertenecer a otra persona, como los ojos.

«¿Pasa algo?», formaron los labios del caballero, y él se forzó a negar con la cabeza.

Y, tan rápido como había aparecido, el hedor se fue. Nize volvió en sí con una larga bocanada de aire limpio y con los aplausos de miles de manos a muchos muchos metros por debajo del enorme balcón.

Los aristócratas que antes lo habían saludado no le quitaban la vista de encima.

Podía oír el clamor del pueblo más allá de los ventanales traslúcidos del templo, su impaciencia, sus dientes chirriantes. Podía oír las ovaciones al dibujar el rey los dorados círculos de invocación y casi (casi) pudo oír el primer estallido de color púrpura cayendo desde el cielo de entre las fauces de la hidra. Hubo un único segundo de silencio antes de que el Color diera comienzo con gritos y risotadas y amenazas, y Nize suspiró, acomodándose en el descenso a la sacrosanta alberca. El agua apenas le llegaba a los costados, templada y amable, y se dedicó a chapotear mientras intentaba ignorar la diversión de su reino... Cosa difícil con el estómago vacío.

El Color no solo purificaba la ciudad cubriéndola de motas arcoíris para que los dioses la visitasen cuando cayera el sol, atraídos por los pigmentados tejados; sino que también purgaba a la sangre azul que durante ese día renunciase a cualquier tipo de olor, sabor o color en su cuerpo. El contraste entre ciudad y príncipe haría aplaudir a los dioses, y de sus infinitas manos resbalarían bendiciones que escudarían a Veda y a su rey.

Nize dudaba de la efectividad del ritual, pero esperaba que el Color calmase al reino y, sobre todo, que le cerrase la boca. Su encontronazo de la semana anterior con el sirviente se había extendido tan rápido como había deseado, aunque ahora el resto del servicio lo miraba con ojos velados de sospecha. También la guardia real. Así que confiaba en que se derritiese junto al polvo de colores, y... No. En realidad, no estaba del todo seguro de querer que se olvidasen de eso. Lo que fuese que purificasen de él los dioses no tendría nada que ver con aquel día. Más bien todo lo contrario.

Oyó a Sasha carraspear al otro lado de las puertas del templo. Ni siquiera reaccionó. Solo se dejó resbalar por la pendiente natural de azulejo blanco, acodado para mantenerse fuera del agua. Algo en su interior seguía examinando cada pedazo de piel visible, buscando pestañas de más, extremidades de más. Quizá más dientes de los que había en su boca o más lenguas o más ojos. Pero nunca encontraba nada, ni siquiera ahora, desnudo por completo y, como bien había dicho el kleo Raou antes de retirarse, «sagradamente expuesto». Sasha había enarcado una ceja a su espalda, divertido, y Nize no habría contenido la sonrisa ni bajo amenaza divina.

Y, sin embargo, sin embargo... Era inevitable pensarlo. Que había ocurrido allí, justo en ese punto... Que ahora el agua era límpida y pura, pero que en dos ocasiones había sido rosa como cuarzo líquido. Que donde ahora se recostaba había yacido más de un cuerpo traicionado por un ser querido. ¿Y si...? ¿Y si a él también? Sin poder evitarlo, vigiló de reojo las enormes puertas blancas de madera, desde las que le llegó otro carraspeo. Sasha no solía hacer ningún ruido durante el Color, tan religioso como era. Se preguntó si esta vez los hacía para que supiese que seguía allí, en guardia.

También se preguntó cómo habría sido para Sera. ¿Qué había sentido al ver de pronto a Rako atravesar las puertas del templo...? Con lo despreocupada que había sido seguro que se había limitado a sonreírle mientras pensaba que nadie tendría por qué enterarse. Nize lo había pensado alguna vez, también, al pasar por delante de las cocinas en cada uno de los amaneceres del Color, tentado por el olor del pan recién hecho y, sobre todo, por la forma en la que Sasha desviaba la vista después, cuando él se deshacía de la capa que había ocultado su cuerpo desnudo hasta encerrarlo en el templo. Sí, Nize también hubiese caído. Si hubiese sido Sasha y no Rako, si hubiese sido él y no Sera, él también habría pensado que nadie tendría por qué enterarse.

Y habría muerto, claro.

Volvió a girarse para comprobar que las puertas seguían cerradas.

Nada lo habría preparado para el extraño alivio que sintió al encontrarse a Astrae a su lado, chapoteando casi inocentemente con esa cola suya de cocodrilo negro.

El blanco le sentaba bien. Las cúpulas de cristal lo cubrían con un velo de cielo azul, iluminando su piel de firmamento y pintándole la sonrisa más amplia que le había visto nunca. Le sorprendió lo poco sorprendido que estaba de verle allí, y de las ganas que tenía de devolverle la sonrisa.

—Pareces contento.

—Contenta —corrigió el demonio, y el príncipe asintió—. Lo estoy. Hace años que no me invocan para el Color.

—¿Te ha invocado mi padre y te has escapado a verme?

Ella rio mientras se acercaba. Su risa sonaba como un montón de cristales rotos al ser recogidos, y sus alas se extendieron más y más hasta resguardarlos de la luz del sol. Los rayos resaltaban el entramado de venas de las membranas, pero no sintió ni rastro de incomodidad cuando Astrae se cernió sobre él con las manos apoyadas en las rodillas. Parecía que la criatura tenía predilección por visitarlo cuando no llevaba ninguna prenda encima.

—Nada más lejos de la realidad —contestó, suave—. Has sido tú quien me ha llamado.

Había dicho lo mismo en el baño de sus aposentos. Nize intentó no moverse ni un centímetro, aún petrificado en esa pose de fingida (¿fingida?) relajación.

—¿Cómo lo haces?

—Tu cuerpo es ya prácticamente un portal —explicó mientras se adentraba poco a poco en el agua pura. El icor derramado quedaba enganchado en la superficie como una mancha de aceite, irisada y espesa—. Has dibujado tantos círculos últimamente que nunca llegan a borrarse. Los tienes en la piel. —Alzó la vista de sus iris de oro hacia él—. Tu alma me llama.

La frase terminó con un borboteo sumergido y, al final, a Nize se le escapó la sonrisa. Menuda imagen; Astrae soplando burbujitas y jugueteando tal y como lo había hecho él mismo en sus primeros Colores. En los últimos se había dedicado a dormitar durante todo el día, o a charlar a voces con Sasha.

Echo de menos el agua, dijo ella en su mente mientras buceaba a su alrededor. Bajo la hilera de burbujas, su cuerpo parecía la sombra de un naufragio y, sus alas semihundidas, velas rasgadas tras una tormenta.

—¿No hay en vuestro mundo?

No que merezca la pena nombrar.

Cuando emergió se echó hacia atrás el cabello en un movimiento gemelo al de meses atrás, pero esa vez la sangre de Sasha no le coloreaba las garras. Se preguntó de dónde vendría ese sentimiento de calma, de familiaridad. ¿Era porque en ninguno de sus otros encuentros había salido herido? Aunque eso no explicaba por qué le preocupaba tan poco que un demonio de tan alta casta apareciese una y otra vez a su lado.

Astrae le salpicó al recolocarse, sus manos rodeándole distraídamente los tobillos bajo el agua. Nize le dejó hacer, al mismo tiempo centrado en el jolgorio más allá del templo y en el silencio de su interior. Echó hacia atrás la cabeza para mojarse la nuca.

—Sabes que ya tengo a Rako. No necesito hacer ningún Pacto contigo.

—Oh, ¿ha confesado? —preguntó, sonriente, mientras paseaba la punta de los dedos cuesta arriba por sus piernas flexionadas. Al llegar a sus rodillas, las usó para impulsarse fuera del agua y se las apartó con ligereza para hacerse un hueco entre ellas. Nize la miró desde abajo, desde la poca altura que le concedía la pendiente.

—Aún no —admitió él, esforzándose por mirarle a los ojos y no a las curvas oscuras que resaltaban violentamente contra su piel clara—, pero yo sé que es culpable, y con eso basta.

—¿Por qué?

Su curiosidad sonaba genuina, y Nize no sabía cuándo sus garras habían abandonado sus rodillas para encarcelarlo entre brazos y alas, esa cintura de azabache casi rozando la cara interna de sus muslos. Allá donde miraba solo había agua, icor y Astrae y, sin embargo, la voz le salió ligera y serena:

—Rako ha convertido Veda en un caos. La princesa heredera y él mantenían una relación en secreto y... y en otoño ella iba a desposarse con el primogénito de Agavlia. No hay que ser muy espabilado para saber qué pasó.

Astrae pestañeó, su rostro eternamente húmedo de icor.

—Celos, lo llamáis. Por lo que, al parecer, tu sombra asesinó a tu princesa.

—¿Al parecer? —repitió Nize, frunciendo el ceño—. ¿Por qué si no? ¿Quién si no?

—Ah. —Rio ella, pero, cuanto más la miraba, menos ella era. Era más un espejismo que una transformación real, como si ocurriese solo cuando desviaba la vista, por el rabillo del ojo. Primero desaparecieron sus largos cabellos, y luego cambiaron sus labios. Le siguieron los hombros al ensancharse, la cintura cediendo sus curvas a cambio de músculo brillante y negro. El rostro ahora exacto al del caballero tras las puertas, tan cerca que se le cortó el aliento y se le encogió el estómago en un puño de nostalgia por algo que no había pasado jamás ni pasaría. Adquirió un cariz mucho más vergonzoso al notar su piel cálida deslizándose entre sus muslos—. Sí. ¿Quién si no?

El Sasha que era Astrae lo miró con ojos dorados y solo entonces el miedo se dignó a morderle, empujándole a pedir ayuda. El grito salió más aterrorizado de lo que realmente se sentía, la risa de la criatura repiqueteándole en los oídos, pero su caballero no tenía forma de descubrir la diferencia; y cuando irrumpió en el templo lo hizo con la espada desenvainada y un tornado de brisa sucia a su alrededor.

Ni siquiera llegó a ver a Astrae, Nize lo sabía.

—¿Nize? ¿Qué ha pasado? —Una nota de pánico en su voz.

Y puede que el demonio se hubiese marchado, pero no sus restos: icor en sus rodillas y en su pecho y en su cuello y flotando en el agua que le rodeaba como la prueba más contundente de lo corrompido que estaba su cuerpo.

Nize se negó a contestar.

7

MI HÉROE

Hacía ya casi una hora que estaba seco, pero aún no podía enfundarse las ropas de cama, ni siquiera las de día. Formaba parte de las reglas del Color, que dictaban que los privilegios debían volver a su cuerpo poco a poco, primero con una ligera manta con la que cubrir su desnudez, luego abriendo las ventanas para dar paso a los olores y sonidos del mundo exterior y, finalmente, permitiéndole cenar. La comida elegida debía poder consumirse sin prepararse antes y, de ser posible, que desprendiese el menor de los aromas.

Cuando era pequeño, Nize siempre elegía chucherías para cenar: leche con miel, frutos secos, chocolate, milhojas..., pero, con el tiempo, Sera le había demostrado que optar por fruta era mucho, mucho mejor. Al final, se había convertido en una especie de tradición, y en cada Color, ya perteneciese a Sera, a Nize o al propio rey Aurel, la pequeña familia real se reunía alrededor de la larga mesa de nogal para llenarse el estómago de tantos colores como los que habían teñido los tejados de la capital.

Era el primer Color sin Sera y su padre había decidido (para sorpresa de nadie) saltarse la cena familiar para centrarse en los preparativos de su viaje a Agavlia. Sin embargo, el servicio no parecía haber sido informado, porque sobre la mesa rebosaba la misma cantidad de comida que se hubiera dispuesto de haber acudido los tres. Nize toqueteó con la punta del dedo índice las frutas ya peladas y colocadas en rodajas.

Albaricoques, nectarinas, melocotones, plátanos, frambuesas, cerezas, nísperos, brevas, ciruelas, naranjas, fresones. Ya no quedaban mandarinas y aún era muy pronto para importar sandía..., pero el príncipe tenía de sobra con lo que le había traído la primavera. Su cumpleaños era en otoño, por lo que la fruta que cenaban en su Color nunca había sido tan variada, y el de Sera, en invierno, apenas ofrecía poco más que mandarinas, manzanas y pequeñas fresas. Aquella sería la cena de Color más lujosa y exuberante que tendría jamás en toda su vida, y aun así, aun así...

Se llevó a la boca un par de frambuesas con un suspiro. Qué asco no tener ganas de comer lo que en cualquier otra ocasión mataría por comer.

Las puertas del comedor se abrieron de par en par, dando la bienvenida a una muy ojerosa invocadora real. Todavía vestía sus prendas de hilo dorado, y el pelo revuelto le sentaba bien al rostro de una manera que parecía premeditada. Nize pensó en incorporarse, aparentar un mínimo de dignidad, ya que se encontraba prácticamente tumbado sobre la mesa y arrebujado en su capa cual vagabundo, pero no lo hizo. Solo la miró con gesto pétreo antes de pescar con los dedos un par de cuñas de ciruela. Tenía la cubertería a un palmo de distancia, pero... para qué.

—¿Puedo? —preguntó Sum, apropiándose del tenedor intacto y pinchando sin esperar respuesta un pedazo de nectarina.

—Claro, sírvete —dijo, incapaz de inyectarle más de medio gramo de ironía a su voz.

Mientras masticaba concienzudamente, la kyron se sentó a su lado. No era propio de ella interrumpir ninguna de las tradiciones de la fe de los seis ojos, por ajena que le resultara, así que Nize se lo puso fácil:

—¿Qué quieres?

—Ha protestado muchísimo, pero al final el kleo Raou me ha dejado entrar al templo.

—Qué raro —suspiró, mordiendo ahora un dulce fresón casi del tamaño de su palma—, solo protesta con Sasha. Aunque juraría haber vetado el paso al templo hasta que no se reemplazase el agua de mi Color.

—Así es.

Ahora sí, se incorporó. Reclinó la espalda contra el blando respaldo de la butaca que coronaba la mesa y la observó desde allí, lo más cubierto posible con la manta pero el brazo terriblemente expuesto entre ambos. También apoyó la mejilla sobre la mano en un ademán tranquilo, casi somnoliento.

—No me apetece jugar a las adivinanzas, Sum.

—Había icor en el agua. Cantidades ingentes..., pero ni círculos, ni olor a incienso. ¿Por qué llamásteis al capitán Sasha, Alteza?

Pestañeó.

—Ya se lo he explicado antes a Su Majestad y a la capitana Rarra, kyron. Me quedé dormido y tuve una pesadilla. —Hizo un breve gesto de despecho con la misma mano que sujetaba el manto—. No es la primera vez que me pasa en un Color, y teniendo en cuenta que he presenciado dos muertes en el templo... Tomarlo como extraño sería como sorprenderse al estornudar en la nieve.

Sus largos pendientes de oro tintinearon al ladear Sum la cabeza, y desvió la vista de sus ojos rasgados un solo segundo, pensativa. Nize sabía que era una excusa patética, fácilmente desmontable, pero Su Majestad la había aceptado al momento de escucharla. Nada como reunir más pruebas de la inutilidad de su heredero. Los capitanes, en cambio... Sasha no había dicho nada; Rarra tampoco. Su silencio conjunto apestaba a desconfianza y le daba igual. Podía vivir con ella.

—Eso no explica el icor.

—El primer demonio pasó de visita después de arrojar el púrpura. Quería ofrecerme sus condolencias por la muerte de Sera.

—¿La hidra? —Sum abrió mucho los ojos, y luego—: *¿A ti?* La hidra solo habla con reyes.

Nize se permitió sonreír.

—Soy el príncipe heredero de Veda, Sumere. Algún día seré rey.

Había usado su nombre completo a propósito y, si bien a la kyron no le afectaban las costumbres vederesas, sí que alzó las cejas en una expresión que Nize no supo identificar. Quizá por eso Sum se inclinó sobre la mesa hasta atrapar su mano entre las suyas enguantadas en ante con una sonrisa suave, tierna.

—Ah, Nize, cariño. Qué rápido creces... Es la primera vez que te oigo aceptar el trono. Y, además, aprobaste el examen del otro día.

—¿Derroté al ejército de niños de Sagrarés? —balbuceó, descolocado de pronto—. ¿Cómo? Mi estrategia era... bastante burda.

Ella rio por lo bajo y lo soltó para hacerse con otra pieza de nectarina. Sin molestarse siquiera en tragar antes, contestó:

—Mandaste primero a Sasha a parlamentar.

Aunque los días pasaban rápido, el miedo no se fue, no del todo.

Las voces, pestañeos, dientes y lenguas iban y venían, y Nize se esforzaba por no devolverles la mirada. Sabía que estaban ahí, los olía, los sentía, pero le resultaba insultantemente fácil ignorarlos. Solo tenía que cambiar de pasillo, levantarse de la cama o terminarse la bebida en cuya superficie algo se reflejaba. No sabía lo que eran, o por qué le seguían, pero estaba bastante seguro de que formaban parte de sí, y de que se habían duplicado tras su encuentro con Astrae en el Color. Un Color que quizás había purificado al reino, pero no a él. Él se sentía más sucio que nunca.

Como siempre, la mentira funcionó.

El agua del templo fue sustituida por tercera vez en cuatro meses y la invocadora real dejó de husmear. El rey Aurel zarparía al día siguiente rumbo a Agavlia junto a la capitana Rarra y la Espiral quedaría en sus manos. «Es una prueba», le había dicho, aunque Nize había pensado que, pasara o no la prueba, cuando su padre muriese él tomaría su puesto igualmente.

Y luego estaba Sasha.

—Te he dicho mil veces que no mires a la espada. Mira cómo me muevo, hacia dónde miro, eso te dará una pista de a qué flanco voy a atacar.

Nize chasqueó la lengua por toda respuesta, y pronto el filo del caballero volvía a descansar contra su cuello. Hacía ya un par de semanas que habían pasado a incluir oficialmente sus magias como parte del entrenamiento, y le estaba costando contener el impulso de soltar la espada para invocar con ambas manos.

Pero sabía que ese no era el motivo por el que su evolución se había estancado de súbito, no. A fin de cuentas, Nize se había empeñado en demostrar haber aprendido lo básico para defenderse con la espada, y tras hacer gala de un equilibrio perfecto entre círculos y tajos en un par de duelos a estilo libre, Sasha no había tenido más remedio que admitir que ya estaba preparado para combinar técnicas.

No, el motivo nacía del Sasha en el que se había transformado Astrae en el Color, el recuerdo persiguiéndolo cada vez que cerraba los ojos. Obviamente, no le había supuesto ninguna gran revelación: sabía desde hacía años que sus sentimientos por Sasha iban mucho más allá de lo que un príncipe debería sentir por su caballero. Lo que le aterraba era que fuese tan *evidente*. Astrae lo había adivinado tan fácil, tan rápido... Ya ni siquiera podía mirarlo a los ojos. Cosa que, al parecer, resultaba fundamental para salir victorioso en un duelo de espadas.

—Estate atento, Nize, por Visné —protestó Sasha, apartándole el arma del cuello y retrocediendo un par de pasos. Había frustración en su voz.

Por suerte, el príncipe no solo era un gran mentiroso, sino también un buen actor, así que se limitó a poner los ojos en blanco con un largo suspiro y:

—Es que llevamos mil horas... Estoy cansado.

—No has dado ni una hoy, ni ayer, ni antes de ayer...

—Estoy cansado —repitió y, esta vez, añadió además un pequeño gruñido.

Sasha lo siguió con la mirada mientras él atravesaba la sala de entrenamiento del Ala de Caballeros y recolocaba su espada en el bastidor de pared, junto a las demás. Quería permanecer lo más frío y calmado posible, pero, siendo sinceros, no creía que sus lecciones de esgrima fuesen a mejorar a corto plazo. No creía que nada fuese a mejorar a corto plazo.

«¿Quién si no?», había dicho Astrae, con los dientes de Sasha y los labios de Sasha y los rasgos de Sasha. Una respuesta en sí misma.

Pero Nize no desconfiaba de su caballero..., sería una estupidez. ¿Por qué dudar de la persona encargada de protegerlo? Había renovado sus juramentos por propia voluntad y aceptado con cabeza gacha cualquier destino que pudiese aguardarle a su amigo Rako. De acuerdo, sí, quizá Sasha trataba al príncipe con más rudeza de la que siquiera permitían las reglas de la corte, pero su relación siempre había sido así. No era tensa, ni venenosa, ni despótica.

—¿Qué te pasa?

Se lo espetó mientras Nize hacía una breve reverencia de despedida a la estatuilla de Visné. Era el dios preferido del caballero.

—Qué no me pasa —contestó él, con un bufido irónico—. ¿No crees que tenga suficientes motivos para estar cansado?

—Han pasado varios días desde el Color y en todos ellos has dormido hasta tarde.

—¿Ahora eres mi niñero? No sabía que te habían ascendido.

Sasha enseñó los dientes como lo haría un animal herido; Nize le restó importancia al asunto con un gesto vago de la mano, encaminándose hacia la salida:

—Ya se me pasará, Sha. Es solo que... no tengo ganas de jugar.

—No estamos jugando. Si las negociaciones de tu padre no llegan a buen puerto puede que en unos meses entremos en guerra.

—Una guerra que ganaríamos sin siquiera sudar —espetó Nize mientras abría la puerta al corredor—. Nuestras fuerzas armamentísticas son muy superiores a las agavles, y contamos con muchos más invocadores adiestrados. Su flota solo existe gracias a la nuestra. Pueden pescar solo porque nosotros se lo permitimos. Declararnos la guerra no tendría sentido.

El caballero frunció el ceño, pero si había una chispa de algo más en sus ojos negros el príncipe no la vio, porque ya le había dado la espalda.

—Podrían tomar al rey como rehén. Ahí nos tendrían en jaque.

—Claro que no —rio, y, sin siquiera pensar—: Que lo maten. A mí me da igual.

—¡Nize, no puedes decir esas c...!

Su voz quedó amortiguada por el portazo, aunque Nize había dejado de escucharlo mucho antes. Se alejó a paso largo por el corredor de piedra. No quería oírle, no le interesaba. Que los agavles asesinasen a su padre los metería de cabeza en una guerra, sí, pero a él le quitaría un peso de encima. Algo en su interior casi deseaba que lo hiciesen. Sasha abrió la puerta con violencia, rugiendo algo incomprensible, y justo entonces Nize lo sintió. No a Sasha, no. A lo otro.

Lo sintió como un frío a su espalda, una presencia enorme y pálida, muy cerca. Se detuvo en seco, sin aire, pero cuando su aliento le revolvió los mechones húmedos de sudor el instinto le chilló (*le chilló*) que diera media vuelta y atacase.

—No lo hagas —advirtió Sasha, sus ojos de tinta clavados en algún punto tras él. Los elementos crepitaban a su alrededor como una tormenta eléctrica mientras le tendían su espada, y Nize obedeció a pesar de que alguien le respiraba en el cuello. Alguien que no era alguien, ni algo. Solo...

Una lengua que no era una lengua le lamió la nuca, dejando un frío rastro de saliva a su paso.

El grito salió sin permiso y el instinto lo impulsó a volverse con dedos fulgurantes de oro, un círculo inmediato que jamás llegó a completar, porque no había nadie allí.

—¿Qué...?

Una sombra de horror en el rostro del caballero.

—Estaba ahí, asomado, espiando.

—¿El qué?

—No... no lo sé.

Sasha seguía señalando el giro del corredor mientras avanzaba para escudarlo con su cuerpo, espada adelantada hacia allí. Pero aquel rincón estaba demasiado lejos, demasiado, y él lo había sentido tan cerca...

—No, estaba justo detrás de mí —dijo en un hilo de voz—. Me... me ha...

Alzó una mano para limpiarse la saliva de la nuca, pero tampoco encontró nada. El único vestigio de humedad provenía de su propio sudor, y tironeó nerviosamente de sus mechones empapados para arrancarse cualquier mínima gota gelatinosa, empezando a marearse con la mezcla de emociones. Rápido, Sasha lo aferró por la muñeca con la brusquedad de la alarma y examinó de cerca sus dedos libres de saliva. No pareció gustarle lo que vio, porque luego chasqueó la lengua y se volvió de nuevo hacia el recodo, estudiándolo con ojos entornados.

—Voy a ver.

—¡No!

—¿Nize? Voy a ver.

Así que lo siguió, un par de pasos por detrás de los suyos y con las manos ardiendo por dibujar un círculo. O varios. Pero, por supuesto, el corredor contiguo se encontraba tan vacío como del que venían, y ni siquiera quedaba ya el hedor característico a putrefacción que acompañaba a las visiones (aunque Nize sabía que no eran visiones precisamente por eso, por el olor). Hasta entonces, esas cosas se habían limitado a perseguirlo, a hacerle saber que estaban ahí, pero nunca lo habían *tocado*. Un escalofrío se le deslizó columna abajo como el filo de un puñal, y se apresuró a cruzarse de brazos para disimularlo.

—¿Estás bien?

Asintió.

—¿Y tú?

Sasha asintió también, todavía tenso, sin apartar la mirada de la biblioteca del Ala de Caballeros, allá al fondo del pasillo. Al final, preguntó:

—¿A dónde ibas?

—Eh... A dar un paseo a caballo.

En realidad, no había tenido ningún destino en mente al salir de la sala de entrenamiento, solo había querido... escapar. De Sasha. Este asintió de nuevo.

—Espérame, voy contigo.

Y volvió a entrar en la sala. Nize suspiró, pero obedeció (y ahí estaba otra vez, la sensación de que ya no era él quien daba las órdenes).

—¿Cuándo me lo diréis, padre? El asesinato de ner Aren os interrumpió la última vez.

Su Majestad el rey Aurel bajó la vista hacia él, regio y titánico sobre su ancho caballo pura raza. Una miríada de aristócratas y lugareños se había reunido en la plaza del castillo para despedirlo, pero Nize se mantuvo firme.

—Cuando vuelva —contestó, seco, y espoleó a su montura en dirección al puerto.

Aunque seguía incómodo, y aunque había vuelto a soñar con el día en que Sasha le había permitido llorar, había decidido que estaba muy por encima de la vergüenza que sentía al mirarlo. Por eso esa mañana se había levantado y aseado nada más salir el sol, resuelto a recuperar lo poco de su vida que podía controlar. Especialmente ahora que, en ausencia del rey, el peso de toda Veda recaía sobre sus hombros... No podía permitirse distraerse con tonterías de adolescente, una etapa que ya hacía varios años que había superado. Él era mucho más que los ojos que lo vigilaban desde sus muñecas y los dientes que chasqueaban al abrirse y cerrarse y, sobre todo, mucho más que la Cosa de Dentro, esa mancha pegajosa trepando arriba y abajo por sus costillas. Nize era mucho más que Nize, porque ahora también era rey.

Sasha no lo esperaba a la entrada del vestíbulo de los dormitorios reales, así que se dirigió hacia la escolta que ocupaba su puesto, cejas alzadas y muy, muy confuso.

—¿Y el capitán?

Ella lo saludó con una inclinación de cabeza antes de contestar:

—Es séptimo, Alteza.

—¿Y? —Frunció levemente el ceño.

—El rey concedió al capitán las mañanas de los séptimos libres de oblig...

—Sí —le cortó Nize con un gesto rápido de mano, recordando de golpe—. Es verdad.

No dijo nada más mientras se alejaba de allí. Sasha había obtenido aquel privilegio años atrás, y ocupaba esas mañanas en visitar a sus padres. ¿Cómo podía habérsele olvidado? ¿Y por qué le molestaba tanto? Tardó en darse cuenta de que ambas preguntas compartían respuesta: porque él siempre lo acompañaba. Porque llevaban semanas sin abandonar el castillo, y el paso del tiempo había mezclado los días hasta convertirlos en una misma masa negra cuando antes cada séptimo sin falta Sasha se presentaba en sus aposentos y partían juntos hacia la otra punta de la ciudad.

Aunque eso no explicaba por qué aquella vez había decidido ir solo. Sasha nunca había tenido problemas para compartir a su familia con él. De hecho, Nize consideraba a Lu y a Tena sus segundos padres...

¿Y si era eso? ¿Y si Sasha ya no lo quería alrededor de los suyos?

O a lo mejor...

Frenó en seco en mitad de la galería, olvidando de pronto la afrenta al reparar en algo mucho, mucho más jugoso. Rarra se encontraba en Agavlia junto al rey y Sum a esas horas de la mañana ni siquiera habría abierto los ojos. Y Sasha no estaba. Su cuerpo se movió por sí solo hasta un ventanal cercano, como si pudiera leer en el perfil soleado de Venfica si volvería a tener alguna oportunidad tan buena como aquella.

Allá a lo lejos, el esqueleto del mausoleo le contestó que no.

—Qué raro veros tan pronto por la mañana, Alteza. —Sonrió Maliré poco después, en cuanto lo avistó cruzar las puertas de las cocinas. En lugar de contestar, Nize echó un vistazo en rededor, taimado, y ella comprendió—: No los encontraréis aquí.

—¿A quiénes?

—A los padres de Rako —respondió, acercándose a él y tomando por el camino un cesto repleto de frutas—. Pidieron el cambio al turno de noche en cuanto les llegó la noticia... Tenemos el corazón roto, Alteza.

Maliré de Corte, como su nombre indicaba, procedía de una larga familia de guisanderos reales, por lo que en su pecho relucía un medallón de luna idéntico al que había condenado a Rako. Nize contuvo el impulso de llevarse la mano al cuello, donde aún lo escondía como un pecado. Conocía los rostros del personal del castillo tanto como el suyo, pero aún no se acostumbraba al dolor reflejado en su mirada.

—Todos lo tenemos —mintió con voz amable, ahorrándose a sí mismo la cantinela mental sobre que esa gente no merecía manifestar su pena por Sera delante de él, el más afectado por la pérdida. Tenía mejores cosas que hacer—. De hecho, iba ahora a visitar a Rako de Corte.

La guisandera abrió mucho los ojos, atónita.

—Creía que tenía prohibidas...

—Y así es. Lleva aislado e incomunicado desde entonces, pero ya es hora de que alguien se digne a hablar con él, ¿no crees?

No se lo esperaba. No se esperaba que Maliré alargara una mano para acariciarle la mejilla, y por eso su cuerpo quedó petrificado, perplejo ante sus ojos blandos y su sonrisa amable. No lo entendía. Nadie lo tocaba, nunca. Menos aún el servicio. Y menos aún después de los dientes arrancados frente a Sejmek y Déndera. ¿Por q...?

—El dios Var se tomó su tiempo con vos, Alteza. —Sonrió—. Veros tan dispuesto a perdonar... Veníais a desayunar, ¿verdad? Llevaos un par de piezas de fruta. Llevaos algo para él también, si queréis.

Ah.

Así que era eso.

¿Era esa la imagen que su reino tenía de él? ¿Lo creían tan débil como para perdonar a un regicida, al asesino de su hermana? ¿Y por qué el orgullo que irradiaba su voz le hacía desear que el error no fuese error sino verdad? Confuso y avergonzado, aceptó las ciruelas que tan insistentemente le tendía Maliré antes de huir de las cocinas.

Pero según descendía plantas y plantas y según se llenaba de energía tras cada mordisco, la vergüenza dio paso a algo mucho peor. No era él quien estaba dispuesto a perdonar: era su pueblo. Su pueblo, que tanto había clamado venganza por la muerte de Sera, ahora lloraba el destino de uno de los suyos.

Por eso mi padre no quiere ejecutarlo, comprendió. La difunta heredera había sido una figura pública a la que amar y admirar, pero la historia del doble del príncipe, nacido de criados y escondido en la guardia real, no se quedaba atrás. A Veda le gustaban los cuentos de hadas; y nada más llegar a las mazmorras se dio cuenta de que ahora preferían salvarle la vida.

Porque era Sera quien los había traicionado.

«Pero ahí estaba, queriéndose tirar a su hermano pequeño», había dicho el despojo.

Porque era Sera la enferma, la sucia. El pobre Rako era la víctima, quien había caído rendido a los pies de la futura reina como cualquier otro en su situación. ¿Cómo resistirse? ¿Cómo no enamorarse? ¿Cómo negarse a un sangre azul? ¿Cómo no darle incluso el nombre, si así lo quería? Y eso solo en relación a la princesa, porque ¿es que nadie iba a preguntarse por qué príncipe y daena se parecían tanto? ¿Es que no tenía suficiente con ser bastardo de uno y capricho de otra que ahora además se le tachaba de asesino? ¿No se había cebado ya bastante la Corona con Rako de Corte?

Si Rako no confesaba sus crímenes, no habría excusa para matarlo. Así lo dictaba la ley, y a ella se aferraban las caras que veía cada día en los pasillos, en los salones, en las cocinas.

Tenía que confesar. Le haría confesar.

Siglos atrás, las mazmorras habían sido un nido de maloliente tortura, sangre y desmembramientos, y el terror vivido en ellas continuaba adherido a la piedra como una maldición. Se rumoreaba que el alma de los condenados se había corrompido hasta tal punto que jamás llegarían siquiera a pisar ninguno de los dieciocho infiernos, pues la forma en la que habían perecido superaba en crueldad a cualquier martirio que Cénesis hubiese podido idear para ellos. Sus fantasmas permanecerían allí, vagando, sin posibilidad de reencarnarse o ascender la cristalina escalera hacia el Otro Cielo.

Nize no sabría decir si había algo de verdad en las historias, si el sudor frío que le bajaba por la nuca se debía a la presencia de ánimas en su castillo, pero actualmente las mazmorras poco conservaban del horror que les había dado fama. Las celdas lúgubres y húmedas eran ahora sobrios cuartos equipados con mobiliario básico, y desde las troneras del techo de piedra el sol derramaba sus rayos sobre suelos sin una pizca de polvo. Incluso de madrugada se las proveía de luz, una hilera de candelabros alumbrando sus pasillos secos y rectos. Solo los portones del corredor de alta seguridad habían sobrevivido al proceso de humanización, dotados de antiguos mecanismos de apertura tan complicados que las malas lenguas murmuraban sobre contraseñas olvidadas hacía décadas y presos aún pudriéndose entre paredes.

Esto último, por desgracia, era cierto.

No sería el caso de Rako, claro. Su Majestad había ordenado confinarlo en el nivel más blando del corredor de alta seguridad, reservado para asesinos de sangre noble, muy lejos de las terribles celdas de eternidad en las que los chismosos lo situaban. Pero ni siquiera Nize le desearía semejante destino. Esas celdas... Podía contar con los dedos de una mano los criminales que habían acabado ocupando una de ellas a lo largo de la historia vederesa; genocidas y regicidas condenados a vivir por siempre entre cuatro paredes, confesasen o no, suplicasen o no. Sus cuerpos no morirían ni aunque se les negara alimento, ni aun severamente heridos, y, sin embargo, hacía ya siglos desde que se había oído el último grito. La mente nunca duraba viva tanto tiempo como la carne.

A Rako se le había asignado guardia continua, así que cuando Nize entró en el corredor no lo encontró vacío. El soldado se enderezó enseguida, tan rápido que dolió verlo, barbilla apuntando hacia la pequeña abertura al exterior justo enfrente, esa que coloreó de sol su corta barba pelirroja.

—Ábreme.

Con un asentimiento rígido, el guarda dio media vuelta para encarar el mecanismo grabado en el portón del daena real. Nize ladeó la cabeza, curioso, ya que hasta entonces nunca había tenido oportunidad de presenciar cómo se desentrañaban las contraseñas que mantenían a sus presos como tales.

Se trataba de un laberinto de metal en el que un millar de pequeñas borlas de acero aguardaban en sus puntos de salida a ser escogidas. Lo recorrían una maraña infinita de caminos y arcos serpenteantes, geométricos, gemelos y zigzagueantes, y el soldado solo contaba con tres oportunidades de acertar la canica que conectaba con el centro del sistema. Casi deseó que fallase, que tropezase esas tres veces para contemplar el vómito ácido que derretiría el mecanismo, atrapando a Rako al otro lado sin remedio.

Sin embargo, el guarda no dudó antes de deslizar una de las esferas inferiores por el sendero escarbado a fuego en su memoria, evitando con maestría los callejones sin salida y demás trampas de un único movimiento fluido. Cuando alcanzó el núcleo, la borla fue absorbida hacia su interior y un potente chasquido les informó de que el portón, al fin, se había abierto.

Nize se volvió hacia él.

—Increíble.

—Gracias, Alteza. —Inclinó la barbilla en una reverencia—. Me costó meses aprenderme esta.

—¿Y cuántas tienes a tu cargo?

—Tres —contestó, orgulloso, hinchando su ya de por sí enorme pecho. El príncipe se enorgullecía de su altura, pero aquel hombre le sacaba por lo menos dos cabezas—. Y, ahora mismo, ando preparándome una cuarta.

Sonrió.

—¿Algún capricho a la vista, me imagino?

—No, es que... necesito esa subida, Alteza. Mi esposa está embarazada de nuevo, y...

—Seguro que lo consigues, soldado...

—Ornea, mi señor. Soldado Ornea.

Aunque no más de siete celdas se hallarían ocupadas en esos momentos, no podían permitirse olvidar la contraseña de ninguna de ellas, o las perderían. A fin de cuentas, los Pactos de sellado eran caros y los contra Pactos aún más; un gasto que Su Majestad se negaría a asumir por una simple celda. Prefería invertir en sus carceleros, quizás el trabajo mejor pagado del reino. El soldado Ornea lo siguió al interior del calabozo.

Rako de Corte no parecía encontrarse en su mejor momento, pero, desde luego, ni siquiera se acercaba al peor.

—Vaya —dijo por todo saludo, ojos fijos en él.

—Grilletes —ordenó Nize a su vez, y el guarda obedeció.

El daena se dejó hacer, sentándose sin protestar en la imponente silla de madera que coronaba el centro de la estancia y sin quitarle la vista de encima. La ligera armadura del soldado rechinaba en el silencio, pero las gruesas esposas con las que lo inmovilizó al asiento lo hicieron aún más. Una sonrisa rasgaba el rostro de su doble, retorcida y viperina, y Nize se preguntó si la habría aprendido de él. Le quedaba odiosamente bien. Esperaba que a él también.

Cuando el soldado Ornea terminó de aprisionarlo a la madera, Nize lo despachó con un gesto lánguido de mano:

—Cierre base.

No querría quedarse atrapado para siempre con Rako por culpa de un descuido humano. Oyó la puerta encajar a su espalda, pero no el chasquido del mecanismo laberíntico al activarse. Bien.

Se miraron.

—¿Qué tal, Rako?

Él se encogió de hombros, sin perder todavía esa sonrisa venenosa.

—No puedo quejarme, en realidad. Tres veces al día una bandeja de comida baja por la trampilla, solo me esposan una vez a la semana, cuando vienen a limpiarme la jaula, y, si tengo suerte, oigo cotillear a mi buen amigo Ornea con su compañero de pasillo. No es una vida de lujo, pero... tampoco es mala vida, para un asesino.

—No, no lo es.

Ojalá pudiese matarlo. ¿Por qué no lo había hecho ya?

—Oí que te diste un buen festín con la cara de Idán.

Nize ladeó la cabeza y pestañeó con lentitud, actuando, *actuando.*

—Quizá debería haberlo dejado seguir parloteando sobre lo mucho que Sera quería follarse a su hermano y no a ti.

El rugido fue instantáneo, y los dientes de Rako aparecieron tras sus labios como lo harían los de un animal salvaje. Todo su cuerpo se convulsionó, por primera vez intentando liberarse. Demasiado fácil. Era su doble por algo, al fin y al cabo.

—Ese hijo de hiena... ese... Sera jamás... Voy a arrancarle los dientes.

—Tranquilo —sonrió él—. Ya me encargué yo.

Rako le sostuvo la mirada. Tenía los dientes apretados con fuerza, y apenas los separó para decir, con voz contenida:

—Yo no lo hice. No me importa... que me dejes aquí encerrado de por vida por quererla, pero tienes que creerme. El asesino sigue suelto.

«¿Quién si no?», y juraría que se lo había susurrado de nuevo al oído, encarcelándole entre sus brazos negros. El príncipe sacudió la cabeza, quitándose el recuerdo de encima. Rako se adelantaba lo máximo que le permitían las cadenas y su pecho subía arriba y abajo arrítmicamente. Aunque la vida de prisionero no le había hecho mella todavía, sus labios seguían partidos por el fuerte golpe con el que Sasha lo había dejado fuera de combate casi un mes atrás, en el mausoleo. La costra parecía a punto de ceder de un momento a otro.

—Demuéstralo.

—¿Cómo? —rugió—. Haré lo que sea. Cualquier cosa que necesites, para que sepas que digo la verdad.

—Eso era justo lo que quería oír —dijo, mientras alzaba la mano para trazar un círculo de invocación.

Los recuerdos salpicaron en todas direcciones al aterrizar en su cráneo, y sus sentidos se revolvieron, desorientados, sin saber si seguir atendiendo al preso encadenado o al caramelo que eran las nuevas imágenes. Nize se concentró en ellas hasta que los colores por fin tomaron forma a su alrededor y lo precipitaron al interior del cuerpo de un Rako seis meses más joven.

Venfica olía a horchata y a caramelo fundido, aquí y allá gente comiendo y bebiendo, saludándose y sonriéndose y chocando sus jarras de madera y metal. Hacía un día cálido a pesar del incipiente invierno, el cielo de un azul casi imposible, ni una sola nube en él; el suelo ya moteado de pigmento caído de las bolsitas de cuero que los ciudadanos llevaban colgadas a la cintura o (los más impacientes) abiertas en la mano. Nize no podía captar los pensamientos o sentimientos de Rako, pero sí ver que la gente le devolvía la sonrisa, como aquella joven de cabellos rizados que lo miraba de hito en hito mientras reía con su grupillo de amigas. Podía oír el murmullo expectante de la hora previa al Color y el chirriar de la armadura que vestía ese cuerpo.

—¡Rako!

Ah, sí. Se acordaba de eso.

Rako se volvió hacia el sonido de la voz, y solo entonces Nize se dio cuenta de que sus ojos digerían los colores en una gama mucho más potente de lo que lo hacían los suyos, o los de Sasha.

Eran tonos saturados, casi violentos, y cuando detectaron al caballero el reflejo de su armadura y el blanco de su capa estuvieron a punto de cegarlo. Aunque lo que lo consiguió fue la sonrisa de Sasha, una de esas abiertas y sinceras que hacía mucho, muchísimo tiempo, que no le veía. En su mejilla ya las primeras manchas de violeta y amarillo; también en sus hombros relajados. Y, a su vera, él. Nize.

Se vio a sí mismo estudiar a Rako de arriba abajo, la sonrisa falsa tan practicada que parecía natural en su rostro. Era raro verse a través de los ojos de otra persona, los vibrantes matices provocando que el azul de sus iris le resultase anómalo, erróneo. Permanecía muy cerca de Sasha, cuerpo girado hacia el del caballero por puro instinto, lo que ponía de relieve los centímetros de altura que le sacaba.

—¡Sasha! —saludó Rako, su voz también deforme, aguda, al oírla desde el interior de sus recuerdos—. ¿Qué haces con armadura y todo? ¿No tenías día libre los séptimos?

Tanto él como su yo de seis meses atrás alzaron las cejas, y se preguntó si siempre había sido así de evidente. En cambio, Sasha rio mientras se señalaba las bolsitas de cuero al cinto:

—¿Y perderme la cara de Nize cuando le gane una vez más?

—¡Eh! —protestó este, fingiéndose ofendido—. Lo del anterior Color no cuenta como victoria. —Y se giró hacia Rako—. Vamos empate, más o menos...

—En otra vida, quizá —se carcajeó Sasha—. Oye, luego vamos a ir a tomar algo a la taberna de los padres de Alejo, ¿te vienes?

Era verdad. Habían planeado pasar el resto del Color allí, manchados de arcoíris y bebiendo horchata y cerveza y cualquier cosa que la madre del recién nombrado Espejo de Costa les pusiese sobre la mesa, al menos hasta que Nize hubiera de retirarse a la frugal cena de fruta invernal junto a Sera y su padre. Una cena que nunca había llegado.

—¿Por qué allí? —preguntó Rako—. ¿Es que le va a pedir matrimonio a Doret? ¡No me lo creo! ¡Si es un cobardica!

Caballero y príncipe pusieron los ojos en blanco a un tiempo y se sonrieron el uno al otro después, al darse cuenta de lo coordinado de sus movimientos.

—Más le vale —resopló Sasha—. Diez años son muchos años.

En ese momento, la multitud pareció duplicarse y comenzó a zarandearlos, así que Rako adelantó su lanza, recordándole a la plebe las fronteras del perímetro del castillo. Una mujer le dio un largo trago a su jarra mientras lo miraba directamente a los ojos, desafiante. Vaya caradura. Se suponía que estaba prohibido consumir alcohol en el Color (no solo por motivos religiosos, sino también por seguridad), ¿por qué Rako no se la quitaba? Quizá no quería iniciar ningún revuelo tan cerca de comenzar la festividad. Quizá le daba igual cumplir su deber. Quizá conocía a la mujer.

—Vamos a buscar un buen sitio —oyó decir al otro Nize, jalando del brazo de Sasha hacia el gentío.

—¡Nos vemos luego! —le gritó el caballero, ya vuelto hacia su príncipe para evitar perderlo de vista.

Durante un rato, nada más ocurrió. Su doble se dedicó a empujar a la multitud, a ordenar buen comportamiento aquí y allá, a bromear y a charlar con los demás lanceros que conformaban el círculo alrededor de la plaza. Nize observaba cada detalle, por si acaso, pero después de unos minutos comenzó a impacientarse. ¿Es que n…?

Y, de pronto, Rako dio un paso atrás, rompiendo la formación.

Ninguno de sus compañeros de armas dijo nada, vista al frente mientras el daena real serpenteaba hasta alcanzar el callejón paralelo a la Vía de Var. Allí también se apelotonaban más lugareños, personas mayores que no tenían ya edad como para meterse en el centro del Color pero que tampoco querían perdérselo. No muchos se fijaron en él, y quienes lo hicieron apenas le dedicaron un par de segundos de atención; salvo una arrugadísima anciana sentada en el escalón de entrada a su casa, con las manos ya tiznadas de potente polvo rojo. Ella se sobresaltó al verlo pasar, ojiplática, pero un segundo vistazo a su capa blanca de guardia real y perdió todo interés.

Nize no quería seguir mirando, no cuando los pasos de Rako lo conducían inequívocamente al templo. No sabía si estaba preparado para presenciar los últimos segundos de su hermana, pero se lo debía. Se lo debía a lo que quedaba de ella en su interior. Podía oír la respiración pesada del Rako encadenado en su celda como un eco de la que oía en sus recuerdos, y no lo entendía. No entendía por qué se había mostrado tan dispuesto a colaborar si era esto lo que tenía que ofrecer.

Cuando el templo apareció al final de la callejuela, titánico y cristalino, los ojos de Rako se clavaron al suelo durante varios minutos. Su respiración no sonaba agitada, todo lo contrario, y al echar a andar de nuevo mantuvo la vista fija en las enormes compuertas del santuario, donde el kleo Raou se erigía como único centinela, envuelto en las numerosas capas requeridas para la ocasión. Como el propio templo, estas también eran blancas, sobrias. Finas cadenitas doradas decoraban su cabello entrecano, sus muñecas, dedos, cuello.

El daena ni siquiera se volvió a mirar cuando el gentío coreó con mayor brío, quizás en repuesta al discurso con el que el rey Aurel les regalaba los oídos desde el mirador, quizá solo un eco de la excitación de la ciudad. Fuese como fuere, el kleo Raou ignoró al lancero que ahora subía las escaleras de mármol. Ni siquiera pareció darse cuenta de que estaba allí, a menos de dos metros de distancia, adentrándose en el templo por la portezuela de postigo.

Al otro lado, un curvado corredor de suelos iridiscentes se extendía a derecha e izquierda, abrazando la forma circular del templo, y varios metros lo separaban de las paredes opacas que guardaban el núcleo de agua sagrada. Enfrente, custodiando la entrada a la alberca, ner Aren.

Ella sí lo vio. Con el ceño fruncido, preguntó:

—¿Qué haces aquí?

Él ni contestó, ni se detuvo.

—¿Te manda el kleo Raou? —insistió ner Aren—. Porque no me lo imagino dejándote siquiera acercarte… ¿Te has colado? *Rako.* Rako, en serio, ni un paso más. A Sera no le va a hacer ni pizca de gracia. Rako.

Tampoco entonces recibió respuesta. Nize tragó saliva y retrocedió a ciegas hasta que su espalda dio con la pared de la celda. Necesitaba... un apoyo. Algo.

—No entiendo... —oyó la voz débil del Rako actual—. Yo no...

—Cállate —espetó, la suya rasposa y seca.

Debió de perderse alguna secuencia de recuerdos, alguna palabra del daena, pues lo siguiente que le mostró el memorial fue el golpe sordo con el que ner Aren cayó al suelo, la espada ya desenvainada y el largo cabello de espejo negro sobre la superficie iridiscente. Sus labios, petrificados en un intento de alarido, contrastaban vivamente contra las exclamaciones de alegría del Color. Nize abrió la boca para decir algo, horrorizado, pero nada salió de ella porque no quería perderse un solo segundo más. No cuando...

Él siempre había adorado a Sera. Jamás había cobijado ni el más mínimo retazo de envidia de hermano pequeño, o de resquemor por no heredar la corona. Lo único que había sentido por ella comenzaba por la admiración y terminaba en un respeto que no le profesaba ni a su padre ni a los dioses. A sus ojos, la rebeldía y la poca educación de la princesa eran signos de que su corazón latía con más ímpetu que el de cualquier otra criatura, y su fuerza, sobrehumana. No creía que nadie pudiese amar a Sera de una forma más íntegra que la suya.

Por eso verla una vez más le dejó las rodillas temblorosas y los músculos de piedra, echándola tanto de menos que deseó derretirse dentro del recuerdo y quedarse allí para siempre, aunque fuera encerrado en el cuerpo de su doble.

Ahí estaba, recostada bocabajo en la pendiente de mosaico como en su propia cama, el agua a las caderas y el cabello rubio suelto. Usaba los brazos de almohada, intentando resguardarse de la radiante luminosidad de la cúpula, y su respiración tranquila traicionaba que tenía toda la intención de echarse una buena siesta. No tardó en levantar la vista, alerta por el ruido de pasos ajenos, pero en cuanto lo reconoció sus labios se torcieron en una sonrisita infantil. Divertida, su hermana se elevó sobre los codos mientras se echaba el pelo hacia atrás teatralmente.

—Mi héroe. ¿Vienes a salvarme del eterno aburrimiento de doce horas sin comer o beber?

El Rako del templo no contestó, pero sí el de la celda:

—No. Este recuerdo no es mío.

—Qué raro que Ari te haya dejado pasar —continuó piando Sera, mirándolo con un resplandor en sus ojos claros que era nuevo para él. Luego se puso en pie y se adentró en el agua poco a poco, sin perder esa sonrisa de canalla y sin mostrar ni pizca de vergüenza por su desnudez—. Será porque te dejaste ganar el otro día, cuando le dio fiebre... ¿Qué? ¿Creías que no me había dado cuenta? Pues no. Aquí donde me ves, soy una observadora nata.

Rako no había parado de avanzar hacia ella, cada vez más y más cerca. A esa distancia ya podía distinguir las pecas de sus hombros, canela espolvoreada al nacer, esas que solo ella había heredado de su madre. Cuando Sera arqueó una ceja en desafío a Nize se le revolvió algo en el estómago, algo que llevaba ahí desde el momento en el que aquel guardia les había comunicado el asesinato de su hermana pero que nunca había conseguido localizar. Borboteaba en su interior, mezclándose al bullir con el resto de las cosas que no le gustaban de sí mismo, y cuando la sonrisa de su hermana creció, el Rako real gimió.

—¿Por qué me estás mirando con esa cara de palo? —rio la princesa, alargando las manos para acunar el rostro del daena entre ellas.

No llegó a hacerlo, claro. Nize cerró los ojos para no verlo, pero los recuerdos estaban dentro de él. La lanza se deslizó firme y suave a un tiempo, la expresión de Sera confusa y abierta mientras se llevaba las manos a la garganta. Él solo le sostuvo la mirada, avanzando hacia ella aun sabiendo que no podía hacer nada, no en ese momento, ni en ese lugar. Oyó su propio gemido de impotencia, secundado por el estruendo del cuerpo de Sera al caer al agua, sus manos tan rojas como el polvo en las de la anciana del callejón. Temblaba, toda ella temblaba.

Después vio a Rako sumergir la cuchilla de la lanza para limpiarla antes de dar media vuelta y salir de allí. Ni siquiera se había quedado hasta el final. Ni siquiera le había dicho una sola palabra. Aquel daena real del pasado lo forzaba a dejarla atrás, vista fija en la entrada mientras sorteaba a la niña de Sagrarés, quien ya empezaba a revolverse, inquieta. Nize quería volver, quería verlo, como si así pudiese alterar la historia. Como si presenciar su último segundo lograse cambiarlo todo.

Nada cambió.

El recuerdo terminó con Rako retomando su posición en el círculo de lanceros, la ciudad y su gente empolvados de arcoíris. Sus compañeros no notaron su regreso como tampoco habían notado su marcha ni su ausencia.

Nize parpadeó. Las imágenes se disolvían en el ácido que era su dolor, a cada segundo más difusas, a cada segundo más blancas, menos reales. Volvió a tiempo de ver cómo el memorial extraía su lengua sanguinolenta de la sien de Rako.

Por un momento, ambos se quedaron mirando.

No les sentaba bien a la cara esa mueca de incomprensión, de horror, del más puro espanto que hacía temblar su labio inferior. Rako intentó hablar una, dos, tres veces. Nize solo le sostenía la mirada, sin querer reviviendo la escena las mismas veces que se sucedieron los balbuceos. Sentía un picor en la punta de los dedos al que no lograba poner nombre pero que sabía que podría calmar con sangre y dientes.

—Yo... No. No.

—Rako —le costó pronunciar su nombre—. ¿Por qué sigues mintiendo?

¿Mentiría él? ¿Aun encadenado y acorralado con la verdad? ¿Mentiría por su vida?

—No es verdad —dijo con voz estrangulada—. Ese recuerdo no es mío. Sera...

Se dobló en dos, aplastado por los sollozos, pero Nize ya era inmune a ellos. Y a los suyos propios también, en realidad. Por eso se irguió, sintiéndose vacío, y se acercó a la puerta.

—Soldado Ornea.

—¿Alteza?

—Creo que Rako de Corte quiere confesar, pero necesita un ligero empujoncito.

—Entiendo…

Claro que lo entendía. Rako se retorcía en la silla, gimiendo y llorando, su cuerpo convulsionándose por las náuseas que intentaba contener. El príncipe tardó en darse cuenta de que de entre sus dientes goteaban pequeños «no era yo», repetidos una y otra vez. El memorial alzó sus alas de mariposa irisada y revoloteó a su lado.

—Mañana a las trece —contestó a la muda pregunta, su voz tan hueca como las armaduras en el corredor del Ala de Caballeros—, gracias por tus servicios.

El portón traqueteó al abrirse. Ornea solo echó un vistazo rápido al daena antes de desenrollar ante el príncipe la breve manta oscura, el metal de su interior repiqueteando al hacerlo.

No quiso desentrañar la utilidad de esos instrumentos de tortura, porque ni siquiera él estaba tan enfermo. Nunca había sido un sádico, así que cuando la cuerda saltaba lo hacía con un estallido de uñas y dientes, no con sofisticadas pinzas de hierro. Tampoco quería destrozar a Rako, no aún. Solo quería que dijese la verdad, que admitiese lo que acababan de ver en sus recuerdos, para por fin ponerle fecha a su ejecución (así era de compasivo).

—Deja la puerta abierta al salir —pidió Nize—. Te necesitaré como testigo.

—Alteza —asintió, con una inclinación de cabeza.

El flagelo no tenía ningún tipo de decoración más allá del duro cuero que lo formaba. Lo contempló durante unos segundos que se le hicieron eternos mientras lo desdoblaba y probaba la textura de sus múltiples correas entre los dedos, mango acunado en la palma derecha. Era la primera vez que sostenía uno y, desde luego, también la primera vez que se veía en la necesidad de blandirlo contra otra persona. Ni siquiera se había imaginado algo así. Nunca. Y podría pedirle a Ornea que lo hiciese en su nombre, era una opción…, pero si era capaz de ordenar el castigo debería ser capaz de aplicarlo. Así era como funcionaban los reyes. Así era como funcionaba el dolor.

Luego pensó en Sera llevándose las manos hasta el corte del cuello y toda duda desapareció.

—Ponte recto —ordenó.

—Nize...

El primer golpe pareció restallar más contra sus oídos que contra su cuerpo, y Nize se perdió en la reacción de sus propios músculos, encogidos de miedo. El alarido de Rako fue secundario y, aun así, le costó encontrar las palabras que había preparado:

—No tienes permitido llamarme por mi nombre.

Él seguía encorvado, su espalda un arco tenso. Muy lentamente, Rako obedeció, irguiéndose hasta apoyarla por completo en el respaldo. Su pecho subía arriba y abajo a velocidad de estampida, y el hombro contra el que habían impactado las correas del flagelo caía más bajo que su gemelo, como si quisiese esconderlo de un nuevo azote.

—Por favor. —«Por favor», se atrevía a decir—. No fui yo.

—¿Qué es lo que hemos visto en tus recuerdos, entonces?

Negando con la cabeza, Rako abrió por fin unos ojos de pupila tan dilatada que casi se comía el cobre. No logró enfocarlo, sino que miraba a algún punto entre sus pómulos y su cuello.

—No lo sé. No eran míos.

—¿Insinúas que el memorial me ha enseñado unos recuerdos inventados? —espetó, supurando ponzoña—. ¿Que el memorial miente?

—No... no lo sé.

—Cree el ladrón que todos son de su condición, ¿eh?

Esta vez permaneció callado, y él suspiró.

—Solo tienes que decir la verdad, Rako. No quiero hacerte daño.

Sí que quieres.

—Yo no maté a Sera.

Nize aprendió muy rápido a no hacer una pregunta por latigazo, porque la respuesta de su doble siempre era la misma. Aprendió a llevar un ritmo, a ignorar el desagradable chasquido de cuero contra piel; los gritos y gemidos y sollozos. Aprendió que golpear de frente daba lugar a errores, que fallaba más que acertaba. Que su rostro bloqueaba el objetivo, a veces, aunque escupir rojo no le impidió seguir mintiendo. Aprendió a lo que olía la abundancia de sangre, y que Rako tendía a acurrucarse sobre sí mismo para escapar de él.

Aprendió que hacer daño también traía dolor a su cuerpo, como un eco del suyo, o quizás el pago por infligirlo. Le punzaba el brazo a cada golpe, de la fuerza, y tal vez el sabor a hierro en su boca se debiera a que se mordía la cara interna de la mejilla para no chillar con él. Le daba igual. Le daba igual cuántos trallazos cruzaran su rostro, porque jamás volvería a salir de esa celda y no lo necesitaría por mucho más tiempo. Quizás incluso apuntase allí, para que dejase de parecérsele tanto. Para que, por una vez, fuesen diferentes. Para dejar de ver el terror y la desesperación en esa cara hecha de espejo.

—¡Lo he *visto*! —chilló Nize al fin, y no sabía cuál de los dos temblaba más—. ¡He visto cómo la matabas! Y te fuiste… Te fuiste y Sera murió sola. ¿Qué clase de monstruo eres? ¿De qué estás hecho?

—No… —Aunque dudaba de que pudiese ya hablar—. Yo. No.

—Como quieras. También diré que no fui yo, cuando te encuentren.

La cuerda del violín saltó y él se arqueó entero para golpear y deseó, deseó que la fuerza del flagelo fuera tal que sus correas de cuero atravesasen piel y hueso y tendón como mantequilla, que dibujasen una línea roja en su pecho y lo partiesen en dos. Un ojo enorme pestañeó al fondo de la celda, mirándolo.

Más tarde no lo recordaría, pero sí, sí que lo oyó llegar.

Sí que oyó cómo le ordenaba que parase, con ese aullido que transformaba sus dientes en colmillos de bestia, y cómo se interpuso entre ellos, esperando que su presencia fuese suficiente para frenarlo.

Pero hacía mucho tiempo ya que Sasha no era suficiente para nada.

Por eso blandió el flagelo igual, con más violencia si cabe, y cuando sus correas restallaron contra su cuerpo, el que había usado como escudo, el sonido le levantó un escalofrío que podría jurar que duró siglos. El dolor vino después, sangrando sobre el Vínculo, tiñéndolo todo de óxido. No, no lo quería. No quería ese dolor, no se lo merecía.

—¡Vete! —rugió, señalándole con el látigo mientras veía sin ver cómo Sasha bajaba la mirada hacia el camino rojo en su pecho. Sus dedos alcanzaron el borde de la herida, sus ojos brillantes de estupor, y la semejanza con Sera lo heló en el sitio; pero no se dejó amedrentar porque él tenía *razón*—. ¡Apártate!

—No.

Otra vez. Otra vez igual.

«¿Quién si no?».

—¿¡Por qué siempre proteges a cualquiera menos a mí!? —bramó—. ¿¡Por qué protegerlos *de mí*!? ¡Es al revés! ¡Eres mi caballero, ese es tu trabajo!

—La tortura no es digna de un rey —respondió con un gañido animal.

—¡Quizá porque no estoy hecho para ser rey!

Sasha chasqueó la lengua, pero en lugar de replicar le dio la espalda y se acuclilló junto a Rako. ¿Qué...? Lo contempló alzarle la cabeza con toques delicados, examinando los daños, y cada pequeño contacto le bullía por dentro. ¿Merecía el asesino de Sera ese trato? ¿Merecía más cuidados que él?

—¿Por qué? —preguntó Sasha al fin.

—He mirado —se apresuró a contestar, y se oyó a sí mismo ahogado, ansioso por compartir...—. He mirado y ahí están, los recuerdos. He visto cómo la mataba. He visto... Voy a matarlo.

—No —gimió Rako, el caballero de nuevo girándose a mirarlo con cuidado de no rozar ninguna herida abierta—. Yo no... Sera, mi Sera...

—¡NO! *¡MÍA!* ¡Mi hermana!

Su cuerpo avanzó hacia él, dispuesto a abrir nuevos caminos con sus propias uñas, pero Sasha volvió a interponerse entre ambos y, esta vez, le atrapó las muñecas y lo forzó a retroceder a empellones de sanguinolento pecho hasta desterrarlo de la celda. Lejos, muy lejos de Rako, Nize chocó de espaldas contra la piedra del corredor mientras el soldado Ornea cerraba el portón con ojos desorbitados de pánico.

Fue el chasquido de la cerradura al activarse lo que le hizo volver en sí. Al instante, de forma instintiva, se enderezó y alzó la mandíbula, ya libre del férreo agarre del caballero. Esperó su rabia, su furia. El soldado Ornea no conseguía mirarlo a los ojos, Nize no conseguía mirar a otro punto más allá de la goteante banda roja que atravesaba el pecho de Sasha. ¿De verdad le había hecho eso? ¿Cuándo?

Era Rako. Las cosas que le obligaba a hacer, la forma en la que dejaba de ser humano a su lado. Rako.

—Cambiadlo de celda.

—¿Alteza?

Sasha lo miró fijamente, pero no dijo nada.

—Sí —confirmó él, echando a andar a paso rápido, alejándose de allí. Le hizo una seña brusca al caballero para que lo siguiese y sus pasos resonaron a su espalda—. Lo quiero pudriéndose en una celda de eternidad.

8

ANTES DE QUE VUELVAN

A Sasha no le había parecido buena idea, pero tampoco se había atrevido a protestar. Además, los tres curanderos del castillo se encontraban allá abajo, en la celda, encargándose de las heridas abiertas de Rako, por lo que príncipe y caballero tenían la sala de curas para ellos solos. Se habían topado con la comitiva de ayudantes al entrar, entre sus brazos un revuelto de vendas, ungüentos y brebajes; la más pequeña frenando de golpe su carrera a las mazmorras nada más detectar la palpitante condecoración de Sasha. Tan educado como incisivo, Nize le había señalado la puerta («Tu jauría te espera») y ella había obedecido tan rápido que dudaba de que le hubiese escuchado siquiera.

—¿No haría falta coser primero? —preguntó Nize, uniendo las palmas en cuenco.

No, contestó el demonio, mientras se pasaba una garra por el brazo y empujaba con ella una gruesa capa de icor hasta dejarla caer sobre las manos del príncipe. El musgo de icor cierra las heridas desde el interior... Con una venda que lo mantenga dentro del corte bastará.

—Entiendo. —El bálsamo borboteaba, cálido, entre sus dedos—. Gracias.

Dejará cicatriz.

Él asintió, aunque tardó en darse cuenta de que el demonio solo había compartido ese último pedazo de información con su invocador.

Tras ellos, Sasha masticaba con saña una reblandecida corteza de encina, el ceño fruncido por instinto y una toalla ya empapada de rojo presionada contra el pecho para frenar la hemorragia. No parecía muy afectado, pero de vez en cuando Nize notaba sus ojos negros clavándosele en la nuca, examinándolo, quizá juzgando si volvería a atacarlo.

Sin decir nada, el caballero le tendió la toalla al demonio, quien la recogió con un más que cortés gesto de su espinada cabeza antes de desaparecer de vuelta a su mundo.

Y silencio. Silencio y olor a incienso.

—Son los únicos que me gustan.

—¿Los demonios de musgo?

Sasha hizo una pequeña pausa antes de responder:

—Sí. No parecen como los demás. Vienen, escuchan el problema, te dan o no el musgo, y se van.

—No suelen darlo tan fácilmente.

Eso era verdad y, sin embargo, la futura corona en sus sienes le daba ventaja sobre los demonios de musgo. Sobre la mayoría de demonios, en realidad. Todos querían tenerlo cerca. Todos querían serle de utilidad a un rey. A fin de cuentas, cobrar una sola gota de sangre azul suponía ascender otro escalafón en su retorcido e inexplicable sistema de castas.

Aunque los demonios de musgo no obtenían su precio del invocador, sino de la víctima. Un reguero de sangre, un pedazo de carne, una uña rota. Cualquier cosa relacionada con la herida que curaría su icor; como un recuerdo de sus servicios. Y eso solo si les compensaba el Pacto, claro. Ahí era donde radicaba su ventaja: ningún demonio de musgo le negaría jamás su icor a un rey, pues solo de un rey herido podrían obtener su sangre. Serían solícitos hasta el final, sin importar los sirvientes o caballeros en quienes lo malgastasen por el camino.

Nize volcó la preciada miel sobre uno de los cuencos de la sala de curas, por primera vez notando lo diferente que era al icor que exudaba el resto de los demonios. No era transparente, ni cristalino, sino moteado aquí y allá por pequeños posos negruzcos que flotaban en su interior, a cada segundo expandiéndose en forma de copos de nieve hasta convertirlo en una humeante pasta grisácea. Si no entraba en contacto con carne abierta pronto acabaría por evaporarse, así que Nize se volvió hacia Sasha, quien lo miró con los labios fruncidos.

—Déjalo ahí. Ya me encargo yo... Y date la vuelta.

Se le escapó un bufido de sarcasmo y arqueó una ceja.

—¿En serio? Ya no tenemos trece años, Sha.

—Por eso mismo —contestó, cortante—. Puedo hacerlo yo solo.

De acuerdo, se lo merecía. Se merecía la desconfianza. Por eso le dejó el cuenco a mano, sobre el lecho en el que se encontraba sentado, procurando no fijarse en su tosca camisa calada de sangre. Luego regresó a su silla y se desplomó en ella de cara al arco de entrada. A su espalda, el rasgar de tejido mientras Sasha se deshacía de una prenda ya inservible.

Era consciente de que la religión y sus tradiciones eran importantes para Sasha, habiendo nacido de un matrimonio tan creyente en sus pecados. Su nombre privado era un tema que lo hacía saltar, nunca se desabrochaba más de dos botones en cuello o mangas y jamás se perdía ni una de las ceremonias del calendario. Las veces que Nize había despertado a su lado lo oía saludar a la diosa del sol y, antes de dormir, despedirse de la dama lunar. *Por supuesto* que no iba a permitir que nadie lo viese sin ropa encima, y menos aún tocarlo. Nize lo entendía. Sasha se esforzaba en ser perfecto porque creía que así sus padres serían perdonados al morir.

Pero ¿y Sasha? ¿Sería él perdonado?

El eco del flagelo volvió a sus oídos e intentó buscar algo en su interior, algo aparte de aquel sentimiento retorcido que le susurraba que Rako merecía cada línea sanguinolenta. Buscó arrepentimiento, empatía, cualquier cosa. Lo único que encontró fue una quemazón entre las costillas, un impulso por regresar a las mazmorras y retomar lo que Sasha había interrumpido. Ese pensamiento le dio un miedo terrible.

¿Cuándo se había convertido en un monstruo?

—¿Llamaste a un memorial? —le preguntó el propio Sasha, y él reunió todas sus fuerzas para no girarse a mirarlo, manteniendo la vista fija en el pomo de la puerta ante ellos. Al menos, la magia del caballero parecía esparcirse como un charco hacia sus pies, rodeándolo, animándolo a hablar.

—Sí.

—¿Alguna posibilidad de que no fuese él? Que fuese... otra persona.

Negó con la cabeza, bajando los hombros. Oía el sonido pringoso y desagradable del musgo siendo extendido, y el siseo de dolor al escapar de entre sus dientes blancos. O quizá no lo oía, sino que lo sentía a través del Vínculo. El dolor palpitante, el alivio frío del icor.

—No. Nos vi en el recuerdo —explicó—. Te vi llamándolo por su nombre, al igual que ner Aren. Vi a personas confundiéndolo conmigo. Vi a Sera... vi a Sera, Sha. La vi morir.

Silencio. Nize no sabía en qué momento de la última hora había ocurrido, pero cuando pensaba en ella, en el horror de perderla, ya no evocaba la imagen de su cadáver frío y rígido entre sus brazos. En su lugar lo que volvía a su mente era esa mirada de sorpresa, de incredulidad, muy por encima del dolor o el horror, al llevarse las manos a la garganta solo para encontrarse aquel barrizal de sangre.

—¿Por qué seguir mintiendo? —gimió, intentando aplastar el recuerdo—. Me está volviendo loco. No puedo soportar que siga vivo. No es justo, no es... moral.

Sasha no contestó al instante.

—Rako no es mágico.

—Ya lo sé. Eso no lo hace menos culpable.

—No, no, quiero decir... —Hizo una pequeña pausa, un nuevo siseo—. No es brujo, ni invocador. ¿Cómo durmió a ner Aren? ¿Cómo se coló en el templo? ¿Cómo consiguió abandonar su puesto y luego reincorporarse sin que nadie lo echase en falta?

—No lo sé —gruñó Nize, mientras apoyaba el brazo en el respaldo de la silla y lo convertía en una almohada improvisada para su mejilla—. Fue listo y se puso a gimotear justo en ese momento... Creo que le dijo algo que no oí. Quizá sí que es mágico y nos ha estado engañando desde el principio.

—¿Desde que era niño? —Y su voz reflejaba lo ridícula que le parecía la idea—. Los asesinatos por celos no se planean, no son premeditados, así que no tendría sentido que nos hubiese escondido sus poderes todos estos años... —Otra pausa pensativa—. Bueno. Sus invocaciones, más bien, porque, si Rako fuese brujo, yo lo sabría...

Nize intentó no chasquear la lengua ante las (*para nada*) imparciales conclusiones de su caballero. El sol de media mañana se colaba por los ventanales de la sala de curas, arrancando destellos de los frascos y ampollas de cristal que se amontonaban en las estanterías. Entre ambos flotaba un olor extraño, mezcla del musgo de icor y los diversos ramos de flores secas abandonados sobre escritorios, esperando sus pétalos a ser arrancados y molidos. Para Nize, la sala de curas era prácticamente terreno desconocido, porque, aunque travieso, siempre había sido un niño con suerte, y no recordaba haberse roto ni un solo hueso. Todo lo contrario a su hermana o a los caballeros que rodeaban a la sangre azul, tan metidos en sus duelos de espadas que más de una vez habían acabado los tres allí, piernas vendadas y brazos en cabestrillo. Le parecía que habían pasado siglos de aquello.

—Sé claro —pidió al fin, con un suspiro.

—Creo —contestó Sasha, cauteloso— que Rako ha sido manipulado. Creo que alguien quiere que te centres en los detalles, en el hecho de que ha sido él, y no en cómo es posible que haya ocurrido. Rako no era más fuerte que Sera, o que ner Aren. Tiene que haber algo...

—Por supuesto.

Silencio. Algo parpadeó en la cerradura de la puerta, pero lo ignoró.

—Nize...

—A lo mejor eres tú quien está tan desesperado por salvar a tu amigo que ves cosas donde no las hay. Pero, claro, es más fácil decir que soy imparcial porque odio a Rako.

—No es eso lo que quería decir.

—¿No? Lo he visto, Sasha. Lo he visto con mis propios ojos. La próxima vez que baje a interrogarlo, acompáñame y te lo mostraré.

—No habrá próxima vez.

Suponía que el impacto de las correas no se diferenciaba mucho del de esas palabras. A Sasha no le dio tiempo a cubrirse antes de que Nize se girase hacia él deliberadamente y lo mirase a los ojos, frío. Y, sin embargo, su voz no sonó helada, sino venenosa:

—¿Me estás *ordenando* qué hacer con el asesino de mi hermana y su caballero?

Sasha se mordió el labio inferior.

—Porque te aseguro, Sha, que no quieres meterte en este asunto. ¿A quién crees que señalaría mi padre como posible cabeza pensante? Eres un brujo. Nuestra religión no te quiere. No sabemos qué puedes hacer o no con los elementos... Quizás el aire pueda controlar un cuerpo como una marioneta. El de Rako, quizá. Quizá tenías muchas ganas de ser capitán real. Quizás el que se moría de celos por Sera eras tú. Quizás el siguiente seré yo.

El grito ahogado en su garganta fue un sonido nuevo para él, aunque también más silencioso de lo que habría esperado. Sasha le devolvía una mirada descolocada, incrédula, poco a poco digiriendo sus palabras.

—Nize, tú no piensas así.

—No —concedió, mientras se ponía en pie. Lo miró desde arriba y dio un paso atrás para alejarse de su magia, que aún le rodeaba los tobillos—, pero tampoco sé por cuánto tiempo.

Pero ¿y si sí que pensaba así? ¿Y si Astrae tenía razón? ¿Y si Rako solo suponía una diana fácil para su odio? ¿Y si Sasha solo insistía porque sería raro no defender a su amigo, porque estaba seguro de que Nize jamás sospecharía de él? Porque sabía lo de la Cosa de Dentro. Nize sintió algo arder en su garganta, sin atreverse a decir una sola palabra más. El caballero ni siquiera se había movido, las manos manchadas de musgo y la herida de su pecho burbujeando una grumosa masa gris que pronto sustituiría músculo y piel. Una gota de sudor le bajaba por la sien.

—Alteza —dijo finalmente, casi un susurro—. No sé de dónde salen esas ideas, pero yo jamás... Tienes que confiar en mí. Creo que tengo razón en esto, creo...

Nize cerró los ojos y negó con la cabeza. Imposible.

—A cualquiera menos a mí.

—¡No, Nize!

Estuvo a punto de ordenarle que se retirase, pero ni siquiera él era tan ruin de mandarle de regreso a sus aposentos sin nada con lo que cubrirse. O no lo era aún, claro. Sentía su propia magia pegada a la piel, alejándose lo máximo posible de su caballero, otro nuevo sentimiento. También para Sasha, al parecer, porque en sus ojos asomó una sombra de algo a lo que no consiguió poner nombre ni mientras salía de allí, ni en ninguno de los momentos posteriores en los que pensó en ella.

Le gustaba pensar que no conseguía dormir por la culpa.

Tenía los ojos cerrados desde hacía horas y la luna bien alta en el firmamento convertía las siluetas de sus aposentos en pequeños icebergs de plata que flotaban a la deriva aquí y allá. Había un motivo por el que los mantenía cerrados, por el que se había cubierto con la manta hasta casi ocultarse debajo por completo, haciendo de sus sábanas un iglú cada vez más y más falto de oxígeno. Nize respiraba sus propias respiraciones, se encogía a cada sonido inidentificable, como ese correteo bajo la cama o el crujir de una mano cerrándose sobre el dosel a su espalda. Aunque no eran reales, eso lo tenía bastante claro. Seguro que solo se trataba de la fina línea que separaba el sueño de la realidad, porque nadie lo estaba mirando desde los pies de la cama, ni tenía ojos cuyas pestañas chocaban contra la tela de su camisa al parpadear. Nadie le estaba respirando en la nuca, ni su cabello se revolvía con el impacto. Nadie le tiraba de las uñas, probando su resistencia con tal ahínco que él tenía que clavárselas en la palma para impedirlo.

No, nadie estaba haciendo nada de eso, así que se limitó a rodar hacia el otro lado de la cama, intentando dormir. Un nuevo correteo levantó un escalofrío en su espalda, porque sonaba como lo haría una escolopendra, y bien sabía la diosa Var lo muchísimo que odiaba Nize a esos bichos... Se estiró con un gran bostezo, dejando caer los brazos con un golpe sordo contra el colchón, una mano colgando más allá del borde.

Durante un tiempo, lo dejaron en paz.

Nize suspiró, aliviado, y se acurrucó aún más bajo las mantas, aprovechando el silencio para hundirse en la negrura de su cansancio. *Corre*, pensó, *antes de que vuelvan*. Abrió la mano para comprobar que sus uñas siguieran en su sitio. Y, mientras lo hacía, una lengua se deslizó por el hueco de entre sus dedos, resbaladiza y cálida, marcando su territorio.

No pudo contener el terror que se le escapó junto con el grito, pero sí el instinto de huida. Rápido, se aferró el puño contra el pecho y esa vez sí que notó un rastro líquido entre los nudillos, pringoso y caliente y nauseabundo. Tras uno, dos, tres segundos, por fin reunió las fuerzas para abrir los ojos, concentrando sin darse cuenta toda su magia a su alrededor, un escudo con olor a pintura metalizada y ecos rítmicos.

Todo parecía en su sitio, aunque pálido a la luz plateada. El diván permanecía desnudo, así como las butacas y las mesas y los estantes; la puerta del baño abierta e inmóvil... ¿e inmóvil? Se sentía temblar bajo la manta, los ojos fijos en la puerta del baño, sin entender realmente qué era lo que estaba viendo. Siguió sin entenderlo hasta que el primer chirrido se alargó en el tiempo, empujando la puerta a su paso. El espejo al otro lado reflejaba el albor lunar y por un segundo creyó distinguir algo que se agitaba en el interior de la bañera. No tuvo tiempo de descifrar su forma, porque entonces la puerta se cerró de un golpe que le arrancó todo el valor.

El ojo de la cerradura dejaba pasar la luna, o al menos lo hizo hasta que el otro ojo se asomó para mirarlo. Era rojo y acuoso, y encajaba perfecto en el hueco. Le observó desde allí, sin párpado con el que pestañear, redondo como una canica. Parecía... parecía que algo le empujaba desde atrás. Cada vez más cerca, cada vez más seco. Nize sentía su propio miedo como una presencia externa, ¿o era esa presencia la que causaba su miedo?

—Vete —ordenó, por primera vez dirigiéndose a ellos.

Con un sonoro *plop,* el ojo cayó al suelo.

La habitación chilló, y Nize chilló, y alzó las manos para dibujar un círculo en el aire, para llamar a cualquier demonio dispuesto a responder a su pánico. Todo gritaba a su alrededor, destrozándole los oídos y la cama y los muebles y el dosel y los cristales del ventanal, que saltaron en pedazos. Era un chillido que se le colaba por debajo de las uñas y que le mordía los tendones, paralizándolo. Era un chillido que le decía que jamás completaría ese círculo, porque pronto no le quedarían ya dedos con los que trazarlo.

Pero entonces el portón de sus aposentos se abrió de un golpe, trayendo a una supernova consigo. Nize reconoció la figura en llamas, el fuego comiéndole de arriba abajo pero sin atreverse a tocar su piel, transformando sus pupilas negras en el corazón de un sol.

—¡Sha!

—¿¡Dónde está!?

Antes siquiera de que pudiese señalar hacia allí, antes siquiera de que Sasha blandiese su espada de fuego, la puerta del baño volvió a abrirse de par en par y vomitó un barrizal transparente, un maremoto denso que arrastraba ojos y lenguas y uñas flotantes, burbujas que al explotar sonaban como aullidos de dolor y membranas de cuerpos que Nize no lograba identificar. La ola chocó contra las paredes de piedra, inundando el cuarto, trepando a su cama y siseando al hacer contacto con el fuego ahora controlado por su caballero, que seguía ardiendo incluso bajo el agua espesa. El humo fruto del choque olía a incienso y a carne quemada y Nize se convulsionó entero con una náusea de asco.

—¡Dibuja un círculo! —ordenó entonces Sasha, mientras avanzaba hacia él con dificultad por la densidad del agua, más parecida a...

No, no era parecida: era icor.

—¿¡Qué tipo de círculo!?

—¡El fuego dice que da igual!

El fuego. Sasha izó su espada en llamas y la descargó contra una sombra sinuosa, todo ojos y pestañas, que nadaba directa hacia el príncipe. No era la única. Todo lo existente en las profundidades del barrizal de miel cristalina se arrastraba hacia él, así que su mano trazó por puro instinto un amplio círculo sobre las sábanas húmedas que dejó un destello dorado tras de sí. Las curvas chisporroteaban, tan llenas de energía que le quemaban la punta de los dedos. Cuando por fin completó el círculo el oro siseó, se retorció en una espiral hipnótica y veloz y profunda que lo obligó a desviar la vista para evitar que su cuerpo cayera en su influjo, desplomándose en su interior.

Sin embargo, el mar de icor no poseía mirada alguna que desviar, por lo que el portal abrió la boca para absorberlo, oro y restos entrelazándose hasta mutar en un enorme remolino, una garganta dorada tragando y tragando y tragando; Nize retrocediendo hasta chocar contra el respaldo de su cama. Un millar de voces chillaban desde las entrañas del líquido, voces que pedían *ayuda.* No reconoció el lenguaje en el que aullaban, pero sí el horror que le despertaban muy dentro, y la manera en la que el portal parecía tirar de sus costillas, como si él también formase parte del pútrido océano que debía escupir en el mundo de los demonios.

Cuando la última gota de icor desapareció, el círculo prendió en llamas.

Sasha se apresuró a recogerlas con la palma de una mano, cuidadoso y firme. Nize lo observó, aún paralizado de pavor, mientras el fuego que había cubierto a su caballero menguaba poco a poco, convirtiéndose en una temblorosa sombra azul sobre sus protecciones de cuero antes de disolverse en humo. A su alrededor, los remanentes de la sustancia transparente anegaban el cuarto, goteando lentamente de pomos y cristales rotos.

—¿Estás bien? —preguntó Sasha, cerniéndose sobre él—. ¿Estás bien?

Nize asintió, aunque no sabía muy bien a qué estaba contestando. Sasha le aferró el brazo con fuerza, su mano todavía ardiente, y tiró de él para sacarlo de allí. No habían alcanzado siquiera la puerta cuando oyeron los pasos rápidos de los pies descalzos de Sum, y cómo frenaron en seco bajo el dintel. Qué asco. Al menos había logrado ponerse los guantes de ante a tiempo.

—¿Qué...? —comenzó ella, ya con la nariz hundida en un codo para protegerse del hedor—. Pero ¿qué has invocado, Nize? ¿Al maldito rey de los demonios?

Ninguno de los dos contestó, y Sasha echó a andar de nuevo, arrastrándolo consigo.

Amanecía cuando por fin le trajeron el guiso que Sasha había pedido para él. Nize se inclinó sobre el cuenco y aspiró el olor a ternera, su estómago gruñendo al mismo tiempo que él tomaba la cuchara. La verdad, le había dejado despertar a las guisanderas sin mucha esperanza de que fuese a ser capaz de probar bocado, pero mientras masticaba se dio cuenta de que no recordaba si el día anterior había llegado a comer algo. No recordaba mucho más tras salir de la sala de curas y encerrarse en uno de los oratorios («¿De qué dios?», se preguntó).

El caballero caminaba de un extremo a otro del salón, siguiendo la línea de la larga mesa de nogal. Nize intentaba no prestarle mucha atención, porque en cuanto lo sorprendía mirándolo Sasha le hacía alguna pregunta más, y no estaba de ánimos para contestar. De hecho, de lo único que tenía ánimos era de arrebujarse en la manta que le había traído Maliré junto al guiso y descansar allí mismo. No dormir (no creía que pudiese hacerlo), descansar.

Cosa que tampoco conseguiría con Sasha yendo y viniendo, así que suspiró y, sin molestarse siquiera en tragar primero:

—¿Cómo tardaste tan poco en llegar?

Sasha frenó de golpe y viró hacia él.

—Estaba haciendo ronda.

—No te tocaba hoy.

—Ya...

Nize alzó las cejas al comprender.

—¿Creías que te llamaría para disculparme? ¿Por eso andabas haciendo ronda?

Sasha desvió la vista. A veces se le olvidaba lo patéticamente enganchados que estaban el uno al otro. Negó con la cabeza, llevándose otra cucharada a la boca, poquito a poquito el calor del caldo llenándolo también por dentro. De vez en cuando se miraba las manos, pero no había nada allí.

—¿Y cómo sabías que tenías que venir?

Ahí el caballero arqueó una ceja.

—Los gritos fueron un aviso más que suficiente, Nize. Además, prácticamente me estabas arrancando la magia.

—Oh. —Por supuesto, no pidió perdón—. ¿Y los demás guardias? ¿Por qué no vinieron también?

—Les ordené no hacerlo, pues noté que la amenaza no era física.

Nize abrió la boca para contestar, pero en ese momento Sum atravesó las puertas del comedor real, ya vestida con sus galas doradas de kyron. Se había recogido el oscuro cabello en un vago revuelto alto y las ojeras bajo sus ojos rasgados eran más profundas que nunca. El príncipe buscó una posición más cómoda para recibir la regañina, puesto que Sumere era de las de pedir perdón y no permiso, incluso ante un miembro de la familia real. Especialmente ante la familia real.

Sin embargo, esta nunca llegó, y la invocadora real avanzó a paso firme hasta sentarse en una de las sillas a su lado. Esa noche no parecía estar de humor para llamarlo «cariño», o «cielo», o cualquiera de los apelativos que solía usar con él. Nize tampoco tenía ganas de escucharlos.

—¿Y bien?

Ella negó con la cabeza y cerró largamente los ojos antes de decidirse a preguntar:

—¿Has invocado a algún demonio de alta casta, mi príncipe?

Astrae sonriéndole con una sarta de dientes afilados.

—No.

—¿Has establecido contacto con algún demonio de alta casta, mi príncipe?

Astrae atrapándolo entre sus brazos de alabastro con el rostro de Sasha.

—¿Aparte de Astrae?

La invocadora torció el gesto.

—Aparte de Astrae.

—No.

A veces ni siquiera hacía falta mentir. No sabía muy bien por qué insistía en ocultarles que la criatura iba y venía a su antojo, no cuando tenía bastante claro que todas esas visiones y amenazas eran un pequeño regalo que ella le había dejado tras su encuentro en el templo, pero... Eso era algo de lo que podía encargarse por sí mismo. O, por lo menos, era algo que todavía no estaba dispuesto a compartir.

—No lo entiendo...

—¿Qué es lo que pasa? —intervino Sasha, acercándose al fin.

—Nunca había visto nada así —respondió ella, con un suspiro tembloroso que le puso el vello de punta—. Tantísimo icor... Los demonios únicamente pueden pasar a este mundo a través de un portal, y los invocadores solo sabemos abrir portales a través de círculos.

Nize asintió, bajando la vista de nuevo hacia el guiso. De pronto, ya no tenía tanta hambre. Sasha también asintió, familiarizado con la magia de círculos gracias a haber crecido junto a uno de sus practicantes.

—Sin embargo, en ocasiones..., sobre todo tras invocar a demonios de alta casta, el círculo no desaparece del todo. —Nize recordó al rey Aurel el día del Vínculo, ojos fijos en la cola de Astrae, vigilando que no borrase ningún trazo dorado—. Sería como... como dejar una puerta entreabierta por la que colarse después. Eso crea un portal sin círculo, y no cualquier demonio puede cruzarlo. Solo los más poderosos.

—¿Quieres decir que había un portal abierto en mi habitación?

Sum asintió. Tras ella, el caballero lo miraba con su eterno ceño fruncido. Sabía que, como él, Sasha estaba pensando en la noche del Frenesí. Un círculo tras otro, tras otro, tras otro, sus dedos moviéndose ya por instinto, mente nublada y precios gastados. Pero ninguno de esos círculos había pertenecido a una alta casta. No que él recordase, claro.

Aunque eso explicaría las visitas de Astrae. La ausencia de oro bajo sus pies.

—¿Qué es lo que nos hemos encontrado hoy? —preguntó Sasha.

La kyron se volvió hacia él.

—Un portal abierto atrae a todo tipo de demonios. Supongo que muchos intentaron cruzarlo, pero quedaron mutilados al no tratarse de un portal real. Las barreras que separan nuestros mundos son fuertes, son estrictas, y todos ellos murieron al atravesarlas. —El caballero torció el gesto, asqueado—. Hasta aquí solo llegaron pedazos parásitos de esos demonios, como icor, dientes, o...

—Ojos —completó Nize—. Había ojos, en cada esquina.

—Ah —exclamó Sasha, abriendo mucho los suyos—. Eso fue... Al salir de la sala de entrenamiento. Lo que vi.

—Es muy probable que quedasen pegados a ti, Alteza —explicó Sumere—, puesto que eras la única criatura viva cercana al portal. Necesitaban un cuerpo y tú estabas allí.

Pensar que aquellos ojos en sus muñecas, sus piernas; que aquellas lenguas en su nuca y dedos, habían sido reales desde el principio le levantó un escalofrío que bajó escalón a escalón por las vértebras de su columna. Por un lado se alegraba de no estar volviéndose loco. Por otro, se preguntaba si no era ya demasiado tarde como para recuperarse. Volvió a acercarse la mano para examinarla.

—¿Por qué no nos lo dijiste? —gruñó Sasha, y él apoyó la mejilla en esa misma mano con pose relajada.

—No quería acabar con mi reinado tan pronto. Todos los aquí presentes sabemos que mi padre se agarrará a la más mínima excusa para darle mi corona a cualquier otro. ¿Un hijo loco? Toda una bendición para él.

—No, Nize —se apresuró a protestar Sum mientras alargaba una enguantada mano hacia la suya—. Eso no es verdad. Tu padre te qu...

—Ahórratelo —espetó—. ¿Volverán? ¿Los pedazos de los demonios muertos?

Ella torció el gesto, dolida y sorprendida a partes iguales.

—No. Regresaron a su mundo a través del nuevo círculo, y el fuego les dio una razón para no intentarlo otra vez.

—Perfecto —sentenció, marcando el final de la conversación. No quería oír ni una sola palabra más sobre el tema, menos aún ahora que se suponía que volvía a ser libre. Se puso en pie de un movimiento brusco y arrugó la nariz ante el tacto húmedo de sus prendas de cama, todavía pastosas de icor—. Necesito un...

—Puedes usar mis aposentos esta noche, si quieres.

Ah, Sha.

—Dirás lo que queda de noche —corrigió Nize, aunque se le escapó una pequeña sonrisa—. Pero... Sí, vamos.

Sintió la fuerza de los ojos rasgados de la kyron mientras marchaban. Ninguno de los tres se despidió.

El Ala de Caballeros no se encontraba muy lejos de allí, y Nize consiguió recorrer todo el camino sin girarse a mirar el pasillo tras cada recoveco, cada arco, cada curva. Sasha no consiguió hacerlo sin mirarlo a él tras cada recoveco, cada arco, cada curva. Por lo menos, tuvo el suficiente tacto como para no decir nada, y cuando cerró la puerta de sus aposentos tras ellos Nize dejó escapar un largo suspiro que ni siquiera sabía que había estado conteniendo. Tampoco había sabido lo mucho que le temblaban las manos hasta que no bajó la vista hacia ellas, el ceño fruncido en una mueca de confusión.

—Querías darte un baño, ¿verdad? —preguntó el caballero, con voz amable.

Nize asintió, pero en cuanto posó la mirada en el oscuro ojo de la cerradura del baño retrocedió por acto reflejo, un rayo de miedo alejándole de esta. Porque, aunque desde allí no lo vigilaba pupila alguna, recordaba a la perfección la manera antinatural en la que aquella blanda canica había rebotado por el suelo de su cuarto. También recordaba los aullidos de cada pompa al reventar, y lenguas lamiéndole los dedos. Sintió náuseas. Cadáveres de demonios intentando colarse en su interior.

—Quizá ya mañana —consiguió decir, las palabras estranguladas en su garganta.

Sasha señaló el pomo.

—¿Prefieres que la deje abierta o cerrada?

Silencio.

—No lo sé...

Tras un breve segundo, Sasha asintió antes de acercarse a su cómoda para extraer de ella un par de piezas de lino claro: ropa de noche de la guardia. Nize la aceptó sin pensar. En silencio, como un autómata, cruzó la habitación, se sentó en el borde de la cama del caballero y comenzó a deshacerse de sus propias prendas, empapadas en putrefacto icor. Al otro extremo del cuarto, Sasha hacía lo mismo, siseando mientras se aflojaba el jubón de cuero. Ah, claro. La herida.

—¿Está mejor?

Apenas lo oyó por encima del revuelo conjunto de tela al deslizarse sobre su piel. Las camisas de Sasha siempre le quedaban grandes de hombros y pecho, pero no de largura. Sonrió (muy poquito).

—Si te digo la verdad, ni siquiera sé cómo he conseguido levantar la espada allí arriba. —Silencio—. El musgo sigue dentro.

Un último gran gruñido le indicó que Sasha había terminado de cambiarse, así que se giró para mirarlo. Lo contempló desplomarse en el sofá de la antesala, estirándose cuan largo era y alcanzando uno de los cojines para colocárselo bajo la cabeza. Sobre la alfombra, bien a mano, su espada desenvainada. Nize frunció el ceño.

—Estás herido. Deberías dormir en la cama.

—Está ocupada.

Sacudió la cabeza, ligeramente ofendido.

—¡Sha!

—Nize —le cortó él—. No tengo fuerzas para discutir, así que por una vez... Aunque sea *por una vez,* hazme caso y túmbate.

Había un timbre extraño en su voz, de modo que el príncipe cedió y serpenteó hasta colarse bajo las gruesas sábanas del lecho del caballero. Su cuerpo se colocó en su posición habitual, de espaldas al ventanal, pero eso lo obligaba a enfrentarse a la puerta del aseo. Pasó varios minutos mirándola sin apenas pestañear, sin apenas respirar. Luego decidió que era mejor no tentar a la suerte y rodó hacia el otro lado.

Se encontró con que los ojos de Sasha seguían cada movimiento, y Nize abrió la boca para darle las gracias..., pero en el último segundo comprendió que entonces también tendría que pedir perdón, así que apretó los labios con fuerza y se cubrió un poco más el rostro con las mantas, de nuevo respirando su propio oxígeno.

Ya no perdería esa costumbre.

Lo había tomado completamente desprevenido, desayunando pan tostado con aceite y azúcar y vestido con cómodas prendas de color claro. Sum solo había enarcado una ceja al verlo, por lo que había sido Sasha quien había frenado en seco en mitad del pasillo (él con la boca aún llena de pan) y rugido un violento: «¿Qué haces con eso puesto?».

Al parecer, la fecha seguía bien marcada en el calendario, como una ceremonia cualquiera. Pronto, la rabia se había comido al estupor. Le había pedido... Le había pedido a su padre que lo pospusiese, enfrentándose a la vergüenza de reconocer que no se veía preparado, y él no solo lo había desestimado sino que ni siquiera se había dignado a comunicárselo antes de partir hacia el reino vecino.

De haberlo sabido, la habría cancelado él mismo. Aunque ya era demasiado tarde, claro, y Venfica se agolpaba a los pies del castillo. Y quizá Nize había estado presente en todas y cada una de las ejecuciones públicas desde que era niño, tal y como dictaba su deber, pero nunca había tenido que dirigir una.

Sí, se arrepentía de haber desayunado tanto. Al menos, se decía, había conseguido descansar y recuperar sueño desde el incidente cuatro noches atrás...

Ahora se encontraba con el estómago revuelto en el mirador del trono, la multitud reunida en una jauría descontrolada que chillaba y aullaba pero, ante todo, que vitoreaba mientras los soldados sobre el patíbulo comprobaban por última vez la estabilidad de la cruz de tres travesaños. Se cuidaba de no asomarse demasiado por el acantilado diseñado que era el balcón, porque prefería mantenerse lejos de miradas indiscretas, pero al retroceder se topó con los ojos amables de Sumere.

—No te gusta mucho esto, ¿verdad?

—¿Hay algún rey al que sí? —replicó Nize, con un chasquido de lengua.

—Te sorprenderías.

Sabía que su padre tampoco disfrutaba de esos días, pues se limitaba a contemplar con gesto pétreo el blandir del hacha. Sera le había preguntado una vez, hacía ya muchos años, que por qué no cambiar aquel estúpido y sangriento ritual por una vida en las mazmorras, como era costumbre en Agavlia. El rey había contestado que existía una razón por la cual Agavlia era débil y pequeña; y Veda, enorme y poderosa.

«¿Matar gente?», había ironizado ella, arqueando una ceja.

«Dar ejemplo», había respondido él.

Allá abajo, una hilera de lanceros comenzó a rodear el cadalso, obligando a la multitud a retroceder. Familias enteras aguardaban el inicio de la ejecución, y muchas de ellas traían a sus hijos consigo. Las tabernas que rodeaban la plaza rebosaban de clientela, donde borrachos se subían a los hombros de otros borrachos para compartir su jarra de cerveza y disfrutar de unas vistas privilegiadas. En las terrazas y balcones de esos mismos bares, quienes tenían dinero para costearse un desayuno «con espectáculo» reían y charlaban animosamente con una copa de zumo de naranja en la mano. Nize se preguntó si alguno de ellos sabría que ahora Rako se pudría en una celda de eternidad. Si sabrían de los latigazos, del descontrol de su príncipe. Si los susurros y gritos habrían corrido tan rápido como lo habían hecho cuando le había roto los dientes al sirviente.

Se preguntó si quería que lo supiesen.

Tras él resonaron los pasos de Sasha y de la fila de ocho guardias que los acompañarían. Cuatro a cada costado, el capitán a su izquierda. Sumere también se colocaría a su izquierda; el kleo Raou, a su derecha. Ni siquiera se miraron entre sí al ocupar su lugar.

La rivalidad entre el mundo de los invocadores y el de los dioses era pura política. Estrechamente ligados desde que alcanzaba la memoria, donde los kleos proclamaban que la propia Var había compartido con los antiguos héroes los círculos que los conectarían con sus hijos fallidos, los kyron insistían en que se trataba de un conocimiento perfeccionado a través de los siglos a base de ensayo y error. Las escrituras de unos y las teorías de otros hacían difícil encontrar más de un punto en común.

Aquel era uno de ellos.

Aquello era lo que ocurría si un invocador asesinaba a otro.

En ese momento, la multitud pareció estallar, sus voces elevándose en gritos de excitación mientras dos guardias reales arrastraban al convicto hasta el cadalso. El hombre, ya entrado en los cuarenta pero aún de lustrosos cabellos negros, ni siquiera intentaba escapar. No se revolvió, no plantó los pies en tierra. Solo levantó la vista hacia el balcón del trono, la señal de que el rey debía salir a su encuentro.

Y así lo hizo el príncipe, dando un paso adelante y dejando que el sol de la mañana cayese sobre su porte, una bienvenida muda muy diferente a la de sus súbditos. Ovaciones y chirridos y aplausos. Les permitió vociferar durante un par de segundos de más antes de alzar la mano izquierda y cerrar el puño.

No era ninguna seña de silencio conocida, ni magia, pero callaron igual.

—De aceptar tu castigo, toma el lugar que te corresponde, reo.

El antiguo Pacto que trasladaba su voz hasta el último rincón de la plaza surgió efecto, y el condenado hizo una pequeña reverencia en su dirección antes de encaminarse por voluntad propia hacia la cruz de triple travesaño. Allí, extendió los brazos a lo largo del tablón central, esperando pacientemente a que los guardias lo encadenasen al poste.

Nize había oído esas palabras más veces de las que podía contar con los dedos y, aun así, no se sentía preparado para repetirlas. Lo que se sentía era nervioso, desconectado, la garganta seca, pero a pesar de ello comenzó:

—El sol era aún joven cuando el mayor de los héroes, Raergha, trazó el círculo original, estableciendo el primer Pacto y uniendo para siempre nuestros mundos. Los dioses aplaudieron, pues los demonios son sus hijos más vetustos, más incomprendidos, y nada los llena más de amor que vernos juntos.

Alguien gritó el nombre del héroe entre la multitud y Nize asintió. Nada ni nadie provocaba tal fervor religioso como Raergha. Sus hazañas se rememoraban tanto en el templo como en las calles, en tabernas y oratorios, eternos cantares presentes en una miríada de melodías, versiones, finales.

—Sin embargo, no hay pureza sin corrupción, ni alegría sin pena; por lo que este regalo que nos ligó al mundo de los demonios también posee un lado oscuro, aquel que llama a la avaricia humana y nos vuelve débiles, codiciosos y envidiosos. De esto mucho sabe Raergha, muerto a manos de su hermano gemelo en un nauseabundo deseo de poder. —Abucheos se alzaron aquí y allá en la silenciosa plaza; el reo ya comenzaba a ser consciente de lo poco que le quedaba, removiéndose en su cruz—. Así, el gemelo Sin Nombre tragó su magia y engrandeció sus dotes, pero su alma manchada jamás se recuperó.

A su derecha, el kleo Raou asintió. A su izquierda, Sum frunció los labios.

—Nos reunimos hoy aquí para demostrar a nuestros dioses y hermanos que no hemos olvidado. Que no toleraremos la codicia ni el derramamiento de sangre en su nombre. Este hombre —lo señaló con un ademán desdeñoso— asesinó a un igual y robó su magia con el único objetivo de usarla en beneficio propio, y hoy renunciará a sus reencarnaciones pasadas; reiniciando de esta manera su ciclo. Hoy te dejamos, Sin Nombre, en manos de la diosa Cénesis, que arrastrará tu alma mutilada hasta el último de los infiernos y la mantendrá como un perro a su lado hasta que vuelva a crecer en ella algo digno de engastar en carne y sangre.

En cuanto pronunció la última palabra, los lanceros comenzaron a golpear el suelo con la base de sus picas, sumergiendo la plaza en un ritmo lento y místico. El kleo Raou alzó las manos y lo acompañó con su canto, aquel que atraería a Cénesis hasta el sacrificio, aunque Nize siempre había creído que la diosa de la venganza ya rondaba por allí desde mucho antes, quizás acodada en uno de los balcones con sus seis ojos de oro y sus seis brazos vibrantes por abrazar un nuevo cadáver.

Y por eso tres eran los tablones en la cruz, simbolizando un cuerpo perfecto. Y por eso ahora tres encapuchados subían al patíbulo, cada uno con una reluciente hacha en la mano, donde comprobaron que las cadenas mantenían al Sin Nombre fijo a la madera. Nize tragó saliva, pero sabía que no debía desviar la vista o sería considerado aliado, cosa que un miembro de la realeza de Veda no podía permitirse.

Lo primero en cercenar fueron los brazos, el grito del reo metiéndosele entre los dientes. El impacto dual del acero sonó pesado contra la madera, y sorda la carne al aterrizar sobre la tarima. Si los dioses poseían seis brazos y sus incompletos hijos solo dos, era lógico pensar que los pecadores deberían contar con aún menos. Para empezar de cero. Para segar las reencarnaciones que hubieran sumado hasta entonces.

El kleo Raou seguía cantando y su molesta voz le aguijoneaba los oídos. Nize quería rugirle que se callase, así que apretó los dientes con tal fuerza que casi olvidó mirar cómo la tercera hacha se hundía en la garganta del Sin Nombre.

Aquel hombre debería ser Rako.

En cuanto la cabeza cayó al suelo, la plaza se sumió en silencio muerto, y cada uno de los allí presentes agachó la suya para susurrar una oración. Nize los imitó, murmurando la primera que se le ocurrió, una dedicada a la dama lunar que le había oído a Sasha incontables noches antes de dormir. No importaba cuál se escogiese, o a qué dios se le rezase, lo importante era proteger el cuerpo contra el alma liberada del pecador para que no hallase lugar en el que esconderse hasta que Cénesis descendiese a por ella.

Nize suspiró al abrir de nuevo los ojos, contemplando cómo la multitud comenzaba a dispersarse. En los balcones de los bares los aristócratas chocaban sus copas de zumo y, en el piso inferior, los borrachos volvían a por una segunda ronda mañanera. Solo unos pocos se mantuvieron firmes, rostros regios mientras los guardias recogían los pesados restos. Por cómo les brillaban las mejillas, el príncipe supo que se trataba de los familiares.

Cuando dio media vuelta, se dio cuenta de que también él se había quedado solo. O al borde, porque ahí estaba Sasha, las manos a la espalda y a la espera. Nize echó un último vistazo al rastro rojo sobre el cadalso antes de adentrarse en la sala del trono. Por supuesto, su caballero lo siguió en sumo silencio.

—Todavía me pregunto cómo se le ocurrió Pactar eso a mi antepasada...

Sasha lo miró de reojo con el ceño fruncido mientras él se desabrochaba la densa capa negra y la doblaba sobre su antebrazo.

—Me refiero al Pacto que hace que, si alguien nos mata, nuestra magia se almacene en nuestro linaje y no en el asesino —aclaró.

—Ah... El que os hizo reyes, quieres decir.

Nize se detuvo de golpe, alzando mucho las cejas. Sabía que entre el pueblo correteaba el rumor de que aquel Pacto se había realizado con total conocimiento de sus consecuencias, pero nunca lo había oído en labios de nadie de la corte... y menos aún en los de Sasha.

—¿Cómo iba a saber ella que también se acumularía al morir por causas naturales? ¡Solo quería protegerse de la Purga del 17!

El caballero se limitó a encogerse de hombros.

—Fuese por lo que fuere, le salió bien la jugada… —resopló—. No sé cómo tu padre aguanta… ¿Cuánto era? La magia de más de treinta reyes a sus espaldas. Es raro que no abra portales por accidente hasta al respirar.

—Y es raro que tú saques el tema, Sha.

—Ya…

No dijo nada más, así que Nize alzó la mandíbula y retomó su camino hacia la salida con gesto pétreo, mirando al frente.

—No somos el único sistema de gobierno en el mundo con este Pacto y lo sabes —quiso añadir además, ligeramente ofendido.

—No —concedió Sasha—, pero sí el más antiguo. El que sentó precedente.

—Sha…

—Solo tengo miedo —le cortó— de que, cuando heredes toda esa magia de tu padre, de tus antepasados…, otros reinos te vean como una amenaza y se alcen en armas contra ti.

Él negó con la cabeza, de pronto encontrándole gracia al asunto, y rio:

—Eso no pasará. Por algo seré, para entonces, el invocador más poderoso de este mundo y del otro. Más incluso que los kores demoníacos… Me lo dijo Astrae, cuando nos Vinculó. No habrá nadie capaz de matarme.

Sasha lo miró con una pequeña sonrisa de alivio.

—Eso espero.

Pero lo que Nize esperaba era que esa sonrisa fuese genuina.

Esa simple, diminuta, insignificante conversación con el caballero le descubrió dos cosas que no eran ni simples, ni diminutas, ni insignificantes.

La primera era que Sasha no creía, ni por un instante, que Nize realmente sospechara de él. Aunque, siendo justos…, ni siquiera él mismo sabía si desconfiaba de él. Solo le resultaba extraño todo lo que había ido ocurriendo a su alrededor desde la muerte de Sera. El colgante de Rako aterrizando justo en sus manos, su insistencia por pelear cada mínima prueba contra el daena, el raro asunto de aparecer siempre allí donde Nize se escondiese, que pareciese saber por qué el rey Aurel lo odiaba tanto... Incluso que su padre le guardase en tan alta estima le olía a podrido. A cada segundo que pasaba creía tener más y más claro que Sasha no era la persona que durante más de diez años había creído que era.

La segunda era el absoluto horror que la primera le provocaba. Ni siquiera era horror, era... un miedo, una desesperación, una inseguridad, un vacío terrible. Un agujero que se abría mientras chocaban espadas en el Ala de Caballeros o mientras se escabullían a las cocinas para beber algo dulce después. Se cerraba un poquito cuando Sasha reía, fingiendo que nada malo ocurría entre ambos, que ningún corte le cicatrizaba en el pecho, que ningún amigo se le pudría en una celda de eternidad. Recuperaba terreno cuando lo cazaba mirándolo, cuando su sonrisa desaparecía sin motivo alguno, cuando el silencio se extendía más de lo que resultaba normal en el caballero. Cada séptimo que pasaba sin visitar a sus padres.

Pero ¿por qué traicionarlos? ¿Qué habría movido a Sasha para hacerle eso a Sera, hacerle eso *a él*...? ¿Se lo habrían ordenado los elementos? No dejaba de darle vueltas, y se encontraba a sí mismo huyendo de él (cosa difícil teniendo en cuenta que seguía durmiendo en su cuarto).

Casi deseaba que su padre regresase, aunque...

Las leyes globales prohibían a su dinastía alumbrar a más de tres niños por monarca. Se habían redactado varias generaciones atrás, en un intento desesperado por moderar el ritmo al que crecía esa magia de reyes, y sus predecesores acataron su destino sin protestar para evitar un conflicto mayor. Nize lo entendía. A fin de cuentas, el Pacto familiar trasladaba la magia muerta allá donde morase el resto de su linaje, y nadie quería un rey con mil hijos a los que sacrificar hasta erigirse por encima de cualquier rival o guerra.

También dictaban su futuro, su rol en el reino: los primogénitos eran herederos; los segundos hijos, invocadores reales; los terceros, kleos. Así, Nize había sido educado en el arte circular, con la confianza de que su conocimiento jamás se vería acompañado de una ingente magia ancestral.

A la muerte de Sera, las venas de su padre acogieron su magia. Y, a la del rey Aurel, Nize heredaría hasta la última gota de oro líquido hacinada en su sangre. Tendría la formación, el poder y la corona. Lo tendría todo. El invocador más poderoso de la historia.

Pero también podía suceder a la inversa. También podría morir Nize.

De ahí nacía el miedo. De su padre estudiándole con esos ojos huecos y de su odio y de su asco y de Sasha tratando de alejarlo de él durante años y de Sasha callando y de Sasha mirándole ahora con esa gravedad que le erizaba el vello de la nuca. Porque ¿y si su padre...? ¿Y si Sasha y su padre...? Les sería *tan* fácil. Les sería tan sencillo simplemente enviarle al caballero y dejar que hiciese con él lo que Rako había hecho con Sera...

—Siempre podemos trasladar tus cosas a la tercera habitación —sugirió Sasha entonces, arrancándolo de cuajo de su paranoia.

El príncipe suspiró, sin apartar la vista de los aposentos de su hermana.

Técnicamente, debería haberse mudado allí nada más morir Sera, ya que, como heredero real, aquel cuarto le correspondía por derecho propio. Orientado hacia el puerto interior de Venfica, doblaba en tamaño a su cámara actual y la pared en la que se hallaba engastado el mirador era todo ventanal, llenando hasta el último rincón de brisa marina y madrugada. A Nize siempre le había recordado a un invernadero en miniatura bajo el que crecían las tallas de madera que Rako le había ido regalando a la princesa. Olvidada sobre el sofá de la antesala y tan cubierta de polvo como el resto de muebles, una de aquellas figuritas parecía seguir esperando el regreso de su dueña. Tenía forma de gato. Un gato no muy refinado, más bien tosco, pero reconocible.

Había sido ese nimio gatito el que le había hecho darse cuenta de su error. Y es que no importaba el pavor que ahora le diese su propio cuarto, no importaba el que ahora le diese su caballero, jamás se sentiría preparado para reclamar aquellas cuatro paredes. No cuando, incluso habiendo vivido ya medio año sin ella, aún le daba la sensación de que aparecería de un momento a otro, bostezando tras una larga, larguísima siesta.

Se encogió ante el contacto de la mano de Sasha en su hombro, sobresaltado, y él la apartó al instante con un carraspeo.

—No —contestó Nize al fin, ignorando el malestar entre ellos—. Volveré a la mía, que ya es hora.

En silencio, cerró la puerta según retrocedía, y juntos cruzaron el vestíbulo de los dormitorios reales, donde se ubicaban las tres únicas cámaras disponibles para los descendientes del rey. La suya se situaba justo enfrente de la de su hermana, al otro extremo de la torre acupulada, y girar el pomo se le hizo fácil.

Por supuesto, el servicio se había encargado de limpiarla. Ni una mísera gota de icor delataba la inundación, y el vidrio de los nuevos ventanales reflejaba el titilar de las velas. Ya desde allí advirtió un ligero grabado en bajorrelieve, y cuando se acercó a examinarlo reconoció sacros sigilos difuminados entre los motivos lunares decorativos. El kleo Raou debía de haberlos mandado añadir, ya que no podía bendecirlo personalmente cada noche, cada día, cada hora. Los recorrió con los dedos, hundiendo las uñas en sus curvas. No creía que ningún emblema religioso pudiera protegerlo, al igual que no lo había protegido el Color, ni los propios dioses, pero tampoco iba a menospreciarlos. Cuanta más protección, mejor. Irreal o no.

Fue al darse la vuelta para cambiarse de ropa y dar por terminado ese día de pesadilla (como todos, últimamente) que reparó en que Sasha seguía allí, las manos entrelazadas a la espalda tras prender las candelas de su mesilla de noche. Lo miraba con una ceja enarcada. Siempre, siempre mirándolo.

—Gracias, Sha. Puedes retirarte.

Él dio un único paso atrás, vacilante.

—¿No quieres que me quede?

Nize desvió la vista. ¿Quería? Quería tenerlo cerca siempre, eso no había cambiado. Lo que había cambiado era el motivo. Si antes le había comido la avidez, el deseo de rapiñar su atención a todas horas; ahora deseaba tenerlo vigilado esas mismas horas, y algo le decía que el sentimiento era mutuo. *No, no es mutuo,* le advirtió la Cosa de Dentro, esa que burbujeaba como lava cada vez que Sasha le hablaba.

—Abre la puerta —ordenó Nize para ganar tiempo, señalando el cuarto de baño.

Este obedeció sin cambiar el gesto y ambos se asomaron a su interior. De reojo, el príncipe lo miró hacerle una seña a la vela más cercana, y su llama abandonó la mecha para revolotear como una luciérnaga hacia el centro del aseo. Vacío. No supo que había estado conteniendo la respiración hasta que soltó el oxígeno encerrado en un suspiro tembloroso. Sasha le sonrió.

—Todo en orden.

—Sí... Gracias, Sasha. —Y, antes de que pudiera arrepentirse—: ¿Te quedas, entonces?

—Si quieres...

—Claro.

Fingió no prestarle atención a partir de ese momento, regresando junto a su cama para deshacerse de las prendas de diario que le cortaban la respiración. Las costuras de jubones y almillas le prensaban hondos surcos en la piel de brazos, pecho y cuello, pero ya estaba acostumbrado, así que se limitó a masajeárselos distraídamente. Y, como no quería darle las buenas noches, ni nada parecido, se acurrucó bajo las sábanas lo más rápido posible. Tan rápido que, con la urgencia, olvidó abrir el ventanal. Una pena, porque siempre le calmaba que la brisita nocturna le revolviera el pelo según iba quedándose dormido...

Fue Sasha quien lo abrió. Tampoco quiso darle las gracias esta vez.

Por favor, que no sea un traidor.

Nize permaneció inmóvil mientras el caballero extinguía la llama de las candelas con un chasquido de dedos, y mientras lo oía acomodarse de espaldas a él sobre el diván, cediéndole así un poco de intimidad para reacostumbrarse a su cuarto. Todo un detalle.

Tras un rato de profundo silencio, su cuerpo adoptó una vez más su posición natural, de cara a la sala de baño, puerta aún abierta de par en par. Y la imagen que desde allí lo recibió lo tensó como cuerda de violín, vibrando en melodía, sin atreverse a moverse ni un centímetro. Aunque el pánico no duró mucho. No duró nada, porque al segundo siguiente sus músculos volvían a relajarse, su respiración larga y lenta por fin.

Astrae se desperezó en el interior de la bañera, guiñándole un ojo a través de su reflejo en el espejo. Él le devolvió el saludo con una inclinación de cabeza, y a la luz de la luna llena su serrada sonrisa de bestia fulguraba del blanco más puro. De pronto, se sentía más seguro de lo que había conseguido sentirse en días.

Tengo un nuevo caballero, pensó, antes de rendirse al sueño.

9

LA COSA DE DENTRO

Hacía mucho que no se miraba al espejo.

Durante un tiempo había creído que era porque su rostro le recordaba a Sera. Más tarde, que era por miedo a toparse con Astrae a su espalda, sus brazos a punto de rodearlo; y luego les había echado la culpa a los ojos y lenguas que nunca aparecían en el reflejo a pesar de sentirlos en la piel. La última excusa había sido que mirarse suponía mirar a Rako, y se negaba a darle esa satisfacción incluso aunque su doble nunca llegase a conocer tales reparos.

Pero la verdad… la verdad era que no soportaba su propia mirada, los ojos azules que lo contemplaban con sorna, esos bajo largas pestañas que últimamente se encontraba en cada esquina, que se caían a un ritmo vertiginoso. Las ojeras parecían haber escarbado ya un nido en su rostro, de lo oscuras, y los afilados pómulos de entonces sobresalían ahora de forma antinatural. Nize los recorrió con la punta de los dedos y luego se peinó como pudo, su pelo castaño antes también bastante más lustroso que en los meses recientes. *Nada tiene sentido,* pensó. Continuaba comiendo lo mismo, seguía su rutina habitual e incluso dormía muchísimo… Quizás ese fuera el problema: que pasaba demasiado tiempo durmiendo. A veces hasta dormía con los ojos abiertos, cuando se suponía que debería estar viviendo, practicando, comiendo, caminando.

Aquel día se abrochó además el último de los pasadores del cuello, ese que le presionaba la nuez como la soga de una horca, porque sentía que se lo merecía. Se merecía desde el jubón que le oprimía las costillas hasta la doble manga aferrada primero al codo para luego encadenarse al dedo corazón, el tejido exprimiéndole las venas de los antebrazos. Se merecía las costuras hendidas en su carne, y el fajín que le envolvía la cintura con la misma saña que a Sera sus odiados corsés, tan bonito como angustioso, sus órganos prensados bajo tela exquisitamente ornamentada. Aunque todo asfixiaba en aquel reino: su moda, su gente, su rey.

Cuando terminó de anudarse el fajín, alisó con cuidado la pesada tira restante que caía hasta casi rozar el suelo y se echó una última ojeada antes de salir al vestíbulo.

Siempre le había gustado engalanarse. Le gustaban los brocados, los tejidos opulentos, los detalles bruñidos. Apreciaba la estética sobria y decadente de su reino a pesar de la tortura que suponía para el cuerpo. Pero, hasta esa misma mañana, había evitado como la peste sus alhajas de príncipe heredero, demasiado acostumbrado a identificarlas con otra persona como para sentirse cómodo con ellas. Aunque tampoco sabía cómo se sentía ahora, en realidad, portando la corona de hierro negro sobre la frente y anillos tan largos y flexibles que parecían intricada armadura para sus dedos. Quizás un poquito menos al límite, un poquito más entero. Un poquito más protegido por el Nize del reflejo.

Y es que cualquiera diría que verse libre por fin de las terroríficas alucinaciones que el icor le había provocado habría calmado su sangre y aliviado su mente, pero nada más lejos de la realidad. No hacía más que repasar sus recuerdos, sin saber cuáles de ellos eran reales y cuáles solo sombras creadas por demonios. ¿Había renovado Sasha su juramento? ¿Eran los recuerdos de Rako reales? ¿Estaba Rako preso, siquiera? Tendría que ir a comprobarlo.

Y lo comprobaba todos los días, a la misma hora, en el mismo lugar.

El soldado Ornea ya no se sobresaltaba al oírlo llegar, sino que lo saludaba con una leve reverencia. Si bien todos los carceleros conocían como mínimo la contraseña de una de las celdas de eternidad del castillo, Nize no se había molestado en cambiar de guarda, y se decía a sí mismo que había sido el propio Ornea quien le había dejado caer que necesitaba un ascenso. ¿Algo sobre su mujer estando embarazada...? Fuese como fuere, en eso se centraba cuando lo veía empalidecer mientras le abría paso a la celda del daena real. Aquel día no fue diferente.

—Alteza —saludó Rako. En solo esa palabra había reunido un sarcasmo salvaje, y le dio cierta envidia su fortaleza mental.

Porque, desde luego, era la única fortaleza que le quedaba.

Una vez más, su doble se resignó a ocupar la silla en el centro de la estancia. Se movía de forma extraña, como si le doliese hasta respirar, cosa que no le sorprendería lo más mínimo. Nize había permitido que los curanderos tratasen sus heridas, pero la celda de eternidad sanaba cualquier lesión a toda prisa, y para cuando habían puesto pie allí sus músculos ya se habían regenerado por cuenta propia, cosidos unos a otros sin el cuidado de manos expertas, como buenamente podían. Un remiendo humano que solo podría arreglarse abriendo de nuevo y recolocando cada tejido en su lugar. Su piel tampoco se había librado, aunque el tosco uniforme de preso escondía todo vestigio de cicatriz. De hecho, la única marca notoria a simple vista era esa fea y gruesa estría que le devoraba media mandíbula, dándole un desagradable aspecto de carne cruda, masticada. Había tenido suerte. Debería haberse ensañado aún más con su cara.

—¿Proseguimos? —se limitó a preguntar, sentándose con las piernas en mariposa ahí mismo, sobre el inquietante suelo blancuzco.

—¿Tengo otra opción?

No había lugar en el castillo más perturbador que las celdas de eternidad. Pactadas para mantener viva a su víctima ocurriese lo que ocurriere, la primera alusión a su existencia se remontaba a los registros más vetustos de la historia de Veda, y esta ni siquiera hacía referencia a su creación, sino al listado de crímenes que por entonces obtenían tal condena. Ya habían estado allí antes de la remodelación del castillo por orden de Irún ⁝, antes de las cúpulas, antes del templo, antes del enorme balcón abierto al cielo en la sala del trono y antes de que Irún ∴ enmendase la violencia de su madre adecentando las mazmorras. Toda celda de eternidad carecía de ventanas o candiles, pero de sus paredes blandas como nubes emergía una luminiscencia que le erizaba el vello. Dentro no olía a nada, y sus ojos tampoco lograban identificar el color de sus muros. No eran blancos, aunque, de tener que describirlos, usaría esa palabra. Cuando el portón se cerraba a su espalda, la niebla se lo tragaba, atrapándolos en la nada.

Nize extrajo del interior de su capa un pedazo de pergamino y la mina de carboncillo que siempre lo acompañaba, preparado para invocar al memorial; Rako se cruzó de brazos y piernas, fingiendo no temblar de arriba abajo. Ah, ahí estaba, la entereza típica del daena real, la que le permitía seguir siendo irónico y sostenerle la mirada a pesar del miedo que el príncipe veía tras sus ojos castaños. Un miedo que casi podía *oler.*

—Soy más que una copia de ti.

Sin molestarse ni en cambiar la expresión, Nize lo miró.

—¿Estás seguro? Porque de momento no me has dado nada nuevo. —Se encogió de hombros. La polilla atravesó el portal y, conociendo ya su misión, revoloteó directa hacia la sien de Rako—. A ver si hoy tenemos suerte.

Silencio. Luego, volvió a hablar:

—¿Alguna sugerencia?

Rako suspiró, aunque el aire se quedó enganchado en su temblor.

—No. Escoge lo que quieras.

—¿Ya te has rendido?

—¿Tengo otra opción? —repitió mientras ladeaba la cabeza, un consentimiento mudo para que el memorial le hundiera esa larga lengua blanca. Un fino hilo de sangre brotó del orificio y rasgó en rojo su rostro—. Incluso si en mis recuerdos apareciese el mismísimo asesino confesando el crimen, no lo creerías. No sé ni por qué sigues buscando cuan…

—Porque —le cortó Nize, al mismo tiempo ordenando mentalmente al demonio el año, mes, día y hora que debía recolectar— no lo hiciste solo, Rako. No lo hiciste solo.

En el recuerdo de aquella sesión, Rako tenía once años y marchaba torpemente con sus prendas de guardia real en formación. Sus ojos insistían en desviarse hacia la nueva caballero de la corte, una niña de Sagrarés que poco tenía ya de niña. Rondaría los quince años, y su armadura bañada en oro estaba formada por un peto con grabados de toros alados y por una falda corta que dejaba al descubierto sus piernas fuertes. Los nobles a su alrededor carraspeaban, incómodos, su mente cerrada a la piel desnuda.

Por encima de la música del banquete los oídos de Rako captaron con total claridad el chillido agudo de una Sera de doce añitos («¿¡No tienes frío en las piernas!?») y la risa corta y brusca de ner Aren al contestar («¿Frío? ¡Pero si estamos en verano, niña!»). La princesa se volvió hacia Sasha, confusa, pero el chaval se encontraba demasiado ocupado peleándose con el otro Nize, tan pequeño que le costó reconocerse. Se le encogió el corazón al ver a su futuro guardián libre de las escarificaciones de caballero en el pómulo, aún salvaje como un potro y arremangado hasta los codos. Ignoraba por qué discutían en ese momento, pero entonces el otro Nize le propinó una fuerte patada a Sasha, lo que le ganó tal bofetada que su minúscula tiara de príncipe salió disparada casi al otro extremo del salón principal.

Luego rompieron a reír a carcajadas y el caballerete marchó al trote a recuperarla.

—Ahí fue cuando conocí a ner Aren.

—Ya lo veo.

Y de verdad lo veía, de pronto la niña de Sagrarés encarándolo con la boca muy abierta. Sera rio mucho (¡muchísimo!) mientras le señalaba al verdadero príncipe. La confusión solo duró un segundo.

—¿Por qué matar también a ner Aren, Rako?

—Yo no la maté.

—Vamos a verlo.

Nize indicó al memorial el día y hora de la muerte, su magia chillando del esfuerzo.

—Basta, por favor —suplicó Sasha más tarde, mientras Nize subía el último tramo de escaleras de las mazmorras. Lo vio inspeccionar su ropa de un vistazo rápido, en busca de salpicaduras de sangre, por lo que sus ojos tardaron en reparar en la corona negra. Cuando lo hizo, todo su cuerpo reaccionó, cuadrando los hombros y alzando la mandíbula.

Nize pestañeó. Debería de haber adoptado tal porte nada más verlo. Debería reconocerle como lo que era nada más verlo a él, no a la corona.

—Sha —suspiró—. Un consejo.

Este frunció el ceño.

—Espera a que mi padre regrese para quejarte. Te estás empeorando.

Un par de semanas después llegó una carta desde Agavlia informando que el rey de Veda se hallaba disfrutando de la hospitalidad de la nación vecina mientras discutían unos nuevos Acuerdos, por lo que su estancia se alargaría más de lo planeado.

Nize se la leyó en voz alta a su doble (ignorando la parte en la que su padre comentaba lo mucho que lo impresionaba que Venfica todavía no hubiera estallado en llamas bajo su cuidado), este acurrucado en el mullido suelo a un par de metros de él, la silla ya olvidada. Rako solo se incorporó sobre un codo para mirarlo fijamente.

—Parece que vas a tener que aguantarme un poquito más —canturreó Nize, mientras aprovechaba el revés sin tinta de la carta para dibujar el círculo.

Su gesto no cambió.

—Deberías mandar que me trajeran comida.

—No te hace falta —respondió con una falsa sonrisa amable en cuanto la espiral surgió—. Ahora eres inmortal. O, por lo menos, lo serás hasta que mi padre regrese de Agavlia. ¿Cómo se siente? No necesitar dormir, ni comer, ni respirar.

Rako volvió a deslizarse hasta el suelo, los ojos fijos en la fluorescencia de las paredes. A Nize le gustaba verlo así, ojeroso y apagado, aunque había una chispa de lava volcánica al fondo de sus pupilas que sabía que prendería en cualquier momento.

—Me estoy volviendo loco —susurró al fin, con la voz rasposa.

—Claro que no —rio el príncipe—. ¿Qué me vas a enseñar hoy?

—¿Qué te apetece?

—Algo entretenido.

Últimamente dejaba que fuese Rako quien lo guiase por sus recuerdos. Sus preferidos eran los de cuando era niño e idiota, con varias caídas de escalera y su hermana dejándolo inconsciente más de una vez con su espada de filo negro. Los preferidos de Rako apestaban a sudor e hidromiel, de largas tardes tras duros entrenamientos junto a Sera, ner Aren y Sasha. Nize también había llegado a apreciarlos, encontrándose a sí mismo revisitando algunos de ellos, carcomido por la envidia de no haber formado parte de aquel grupo. Fue así como conoció una nueva faceta de Sera, dulce y suave, que había creído que reservaba solo para las noches en las que se colaba en su cuarto pero que, al parecer, también había compartido con el propio Rako, cambiando el charlar hasta el amanecer por otros pasatiempos menos castos. Vio a su padre contemplarlo por primera vez, confuso, y también las pequeñas manos infantiles de su doble temblar bajo la mirada del rey. Se vio a sí mismo ojeroso y frustrado antes del último examen de kyron, Sasha recordándole que debía comer y beber, Sasha siguiéndolo con la mirada por los pasillos, Sasha hablándole a Rako de él, Sasha riendo a carcajadas de un chiste de Sera, Sasha, Sasha, Sasha.

Y aprendió de Rako, también.

Aprendió que había aprendido a tallar madera por y para Sera, y que los días de mercado siempre cruzaba la Vía de Var para saludar a un mercader de caracolas de mar. Que se pasaba las horas muertas probando diferentes peinados frente al espejo, que cuando estaba borracho hacía lo mismo, pero con peor resultado. Que, como buen daena real, practicaba sus expresiones y ademanes, todos, incluso los más nuevos. Que había pasado una temporada en la que cada mañana se pintaba otro lunar en el pómulo contrario, fascinado por la simetría, pero nunca reunió valor para salir a la calle sin borrarlo. Sus padres, guisanderos, continuaban ardientemente enamorados, lo que había hecho que Rako creciese entre escenas más que incómodas y forzado a buscarse un nuevo rincón en el que vivir en cuanto comenzó a recibir la paga de guardia. Todos los quintos, sin faltar ni una sola semana, atravesaba la ciudad para visitar el oratorio del patrón de los animales, Haasevi, dejando como ofrenda algo de fruta robada del castillo dispuesta a sus pies.

Su color preferido era el verde. Su canción preferida, la versión más adulta del cantar de Raergha; y su palabra preferida, «taberna» («Por la sonoridad de la erre», había explicado en varias ocasiones. «¡Porque allí hay cerveza!», contestaba Sasha en todas ellas). Se detenía a acariciar a cada perro o cabritilla que se cruzaba en su camino y lo intentaba con los gatos.

A veces, Nize se descubría utilizando por accidente argot aprendido del Rako del pasado, o reproduciendo sus gestos, movimientos. Cuando esto ocurría, Sasha lo miraba con una expresión desolada en el rostro, y una noche una guisandera había roto a llorar al oírlo. La reconoció enseguida como la madre de Rako.

La verdad, Nize no pasaba mucho tiempo fuera de la celda de eternidad.

—¿Nunca te has planteado que fuésemos hermanos? —preguntó Rako uno de esos días, mientras Nize rememoraba el momento de su arresto, allá en las obras del mausoleo. Había dolor en la forma en la que Sasha descargaba la mano contra su doble. ¿Sería fingido? ¿Debería rebuscar en la mente del caballero también? ¿Debería repasar todos y cada uno de los días de su vida? Con quién hablaba, con quién reía, con quién lloraba. Si hacía algo más con alguien, algo que debería hacer *con él*.

—No —contestó, y el recuerdo se detuvo abruptamente. Solo entonces fue consciente de lo que acababa de preguntarle.

—Yo sí.

Enarcó una ceja, curioso. Aquella tarde el daena real había tenido el detalle de cederle la silla, por lo que se hallaba recostado contra una de las paredes de niebla. Estaba tan pálido que Nize empezaba a sospechar que pronto se desharía en jirones y pasaría a formar parte de ellas (quizás eso era lo que les pasaba a los presos eternos. Se volvían uno con la celda).

—Hasta me planteé que yo fuese el verdadero príncipe, y tú la copia —continuó Rako, sin siquiera mirarlo—. Después de todo, tu padre te trata como a un criminal, mientras que a Sasha y a mí nos adora. Pensaba que, al cumplir la mayoría, el rey Aurel vendría a mí y confesaría. Pensaba que tú lo sabías, y que por eso me odiabas.

El verdadero príncipe ladeó la cabeza, esbozando una sonrisilla que reservaba solo para él. Era retorcida y afilada, y le gustaba porque al vérsela a sí mismo en los recuerdos de su doble le evocaba la misma sensación que el correteo de una escolopendra.

—Es... una buena teoría. —Rio—. Hubiera sido una gran leyenda en otros tiempos. También una gran tragedia, porque entonces no podrías... Oh, bueno. Seguro que te habría dado igual.

Rako por fin lo miró, perdido, pero pronto comprendió, y su sonrisa no fue para nada como el arrastrar de una escolopendra. Más bien la única sonrisa humana en esa sala.

—No. —Su voz era suave—. Por eso no me importó no ser Nize. El rey nunca vino, pero ella sí. Lo prefiero así. La prefiero a ella.

Nize chasqueó la lengua.

Sasha también parecía encarcelado, por la manera en la que siempre lo esperaba al anochecer en sus aposentos, justo antes de recostarse mecánicamente sobre el diván.

Nize se dejaba vigilar, consciente de que había poco o nada que pudiera hacer su caballero por detener sus visitas a las mazmorras, o los círculos que poco a poco volvían a parasitar su dormitorio. Los sirvientes recibieron órdenes estrictas de no borrarlos y una amenaza personalizada para cada uno por si se les ocurría delatarlo ante Sumere.

—¿Qué les preguntas ahora? —quiso saber Sasha mil noches después, mientras cerraba la puerta tras de sí.

Él esperó a que el último portal se cerrase antes de responder.

—Muchas cosas. —Y dio un par de palmaditas en la cama para que el caballero se sentase a su lado. Y así lo hizo, claro, deslizándose sobre las mantas, completamente ajeno a lo perfecto que quedaba entre ellas—. ¿Quién ayudó a Rako de Corte? ¿De qué maneras se puede poseer un cuerpo? ¿Pueden los elementos controlar humanos? ¿Pueden los demonios controlar humanos? ¿Pueden los humanos olvidar sus crímenes? ¿Pueden los recuerdos ser insertados? ¿Pueden los memorial mostrar recuerdos falsos? ¿Pueden...? —Tomó aire—. Muchas cosas.

Silencio.

Entonces, Sasha dejó escapar un larguísimo suspiro y alargó la mano para apoyarla sobre las suyas manchadas de pintura dorada. El contraste entre tez morena y pálida lo tuvo con la vista fija en aquel punto de contacto más tiempo del que se consideraría apropiado, pero no le importó. Estaba cálida. Se le había olvidado que la piel debía ser cálida. Gastaba tanta magia...

—Me alegro de que hayas decidido investigar todos los caminos —dijo su caballero, dándole un leve apretón—, aunque yo esté entre ellos. Descubrirás quién ha sido al final. Ya verás. Lo mataremos juntos.

—Sí —contestó Nize, asintiendo—. Lo mataremos juntos.

En ese momento, el Vínculo viró. Él frunció el ceño, sin saber qué era lo que Sasha...

—Aunque, mientras tanto, quizá deberías espaciar los interrogatorios a Rako... para no hacerte daño.

Ah, ahí estaba. Sasha siendo sutil en lugar de directo. No le quedaba bien. No le quedaba nada bien, así que Nize apartó su magia y sus manos de las suyas bruscamente antes de:

—Si vuelves a cuestionarme una vez más, Sasha, me dará igual sentir cómo te pudres en una celda de eternidad por el resto de nuestros días.

Y, de pronto, sangre.

La tos siguió después, y tardó en comprender que las motas escarlata en el rostro del caballero eran gotas de su sangre. Que era esa tos la que le escarbaba la garganta y la que inundaba sus manos de rojo, rojo, rojo. Y, entre el rojo, icor. Icor de textura y sabor de miel, la sangre flotando en su superficie irisada. Pero aquello no era un Frenesí, ¿qué era? Lo había estudiado, le sonaba. Lo había estudiado hacía ya mucho pero no se acordaba y no se acordaba porque todo lo que le venía ahora a la memoria era Sera muriendo una y otra vez, y Rako mirándose al espejo, y Sasha gritando «¡Porque allí hay cerveza!» antes de terminarse de un trago la propia.

—Sasha —llamó, sin saber si se encontraba en un recuerdo de su daena o en el presente—. Sha, lo siento...

Alzó las manos para limpiarle la sangre de la cara, pero el caballero se había cernido sobre él con un pánico en los ojos que solo le había visto en las muertes del templo. ¿Se estaba muriendo? ¿Lo estaba matando Rako?

—Eh, tranquilo —susurró Sasha, muy cerca—. Ya está. Ya está...

El caleidoscopio allí de nuevo, y las lágrimas. Fue por puro acto reflejo por lo que giró el rostro, adiestrado desde niño a ocultarlas de cualquiera. Y, sin embargo, a Sasha no pareció importarle, puesto que le rodeó los hombros con los brazos y lo estrechó contra su pecho, fuerte, tan fuerte que la Cosa de Dentro burbujeó, regocijándose en la idea de que trataba de asfixiarles. Ojalá lo hiciese.

—Quédate, por favor.

—Siempre, Nize.

Por favor, no seas un traidor.

Aunque no tenía muy claro si había llegado a decirlo en voz alta.

A pesar del aviso, el rey Aurel regresó antes de lo previsto, pero Nize se las apañó para acudir a su llamada con el pelo limpio y algo de color en el rostro (no de forma natural, claro; uno tenía sus trucos). Eligió su vestuario con cuidado, prendas que complacían al rey cuando se trataba de su hijo: tonos verde botella y una larga capa con cuello de pelo blanco. Nunca había llegado a descubrir la razón de este pequeño detalle, aunque Sera había tenido la teoría de que era él quien más se asemejaba a su madre de los dos; la difunta reina conocida por su amor por los zorros níveos y el color esmeralda. Quizá las similitudes reblandecerían el corazón de su padre.

—¿Qué es esto? —preguntó el rey, divertido, mientras recogía los pergaminos bien encuadernados de manos de un guardia.

—Un informe —respondió Nize, intentando mantener el tono suave y sumiso— de todo lo relevante que ha ocurrido en vuestra ausencia, junto con... el avance en los interrogatorios a Rako de Corte.

El rey lo miró por encima de las páginas, reacomodándose en el trono. Durante aquellas semanas, Nize ni siquiera se había acercado a la grada real. Bastante tiempo gastaba ya en imaginarse allí sentado, sobre las blandas pieles que le restaban dureza al asiento de mármol negro, sus aristas decoradas con filigranas doradas puntiagudas como agujas de pino. Tallados del mismo bloque de piedra, seis escalones formaban el amplio pedestal hexagonal.

Incluso su padre, el hombre más alto e imponente que conocía, parecía pequeño comparado con el trono en el que se erguía. Y, ahora que lo veía de cerca, también parecía haber envejecido mil años en Agavlia, además del par de kilos que se había traído consigo... «Var me libre de negarle un capricho a quien cumple su deber con diligencia», le había dicho, hacía ya tantas semanas atrás. Desde luego, el rey Aurel no perdía ocasión de predicar con el ejemplo.

—Creía que había prohibido todo contacto con el chico.

—Ahora se encuentra en una celda de eternidad —carraspeó Nize, con gesto pétreo.

Su padre solo desvió la vista hacia la invocadora real.

—¿Sumere?

Esta se encogió de hombros, tratando también de conservar el ambiente tranquilo y pacífico. Apostada junto al rey, la capitana Rarra, con las cejas más alzadas que le había visto en años, les decía sin palabras que no estaban teniendo mucha suerte.

—Se me informó de una visita del príncipe heredero a la celda 84 con resultado... problemático. —Ahora fue el propio rey quien alzó las cejas—. Secundé su petición de traslado tras notificárseme que Rako de Corte había confesado sus crímenes, a fin de ahorrar costes en su mantenimiento hasta fechar el día de su ejecución.

—¿Confesado? —repitió su padre—. Corregidme si me equivoco, kyron, pero tenía entendido que los invocadores de más alto rango desestimaban cualquier confesión facilitada bajo influjo demoníaco.

Sum frunció el ceño, confusa.

—Y así es, Su Majestad.

Nize aprovechó los últimos segundos antes de que ambos se girasen a mirarlo para respirar muy muy hondo. Sabía que la tormenta estallaría de un momento a otro, por lo que mantuvo la mandíbula bien alta y la expresión neutra, en calma. Sin embargo, en lugar de tronar, su padre exhaló un profundo suspiro decepcionado, negando con la cabeza mientras hojeaba el informe hasta el final. Cuando finalmente habló, lo hizo sin rastro de ironía o desprecio en la voz, y quizás eso fue lo que agravó el impacto:

—Eres inteligente, hijo mío, tal vez demasiado. Sin embargo, hay una razón por la cual existen las leyes, al igual que hay una razón por la cual se prohibieron ciertos Pactos. Y no te culpo por querer hacer justicia por la vía rápida, pues de mí heredaste la impaciencia. Pero, con el tiempo, tú también comprenderás que los atajos no traen nada bueno. Los demonios son ayuda, no aliados.

Le costaba imaginarse al rey Aurel siendo impaciente. Le costó aún más digerir lo sincero que sonaba. Demasiado tarde. Había tenido años para sincerarse, y meses para corregir esa supuesta impaciencia heredada. Ahora que tragase con ella.

—Padre —obligó a su espalda a inclinarse en una reverencia leve, chirriando los dientes—, entiendo vuestras inquietudes, y estoy más que dispuesto a aceptar un castigo ejemplar. No obstante, todo lo que habéis leído es cierto; lo he visto con mis propios ojos. Puedo confesar en su nombre. Lo he *visto.*

Hubo un pequeño silencio entre la mirada entornada de Rarra y el grito ahogado de Sumere al comprender. «¡Robar recuerdos es un crimen!», la oyó exclamar, pero sus palabras quedaron ahogadas bajo las del rey:

—Esto no es una confesión, es una venganza.

Nize frunció los labios, sintiendo la primera punzada en la punta de los dedos, el temblor bajo la capa verde.

—No hay necesidad de divulgar que no se dio confesión alguna mientras nosotros sepamos la verdad. Y la verdad es que Rako de Corte mató a mi hermana y a ner Aren. Puedo mostrároslo, padre, puedo...

—Basta.

No necesitó bramar la orden, tan solo susurrarla, para que los presentes en la sala del trono, incluso aquellos guardias reales que poco tenían que ver con el asunto, se apresuraran a doblarse en una reverencia rápida, instintiva. Nize se encontró con la vista desterrada al último de los escalones hexagonales, incapaz de recordar cuándo se había movido su cuerpo. Tal era el poder de la voz de un rey.

—Verenize, mírame.

Él obedeció, irguiéndose muy lentamente, a cada segundo más frustrado. ¿Qué más tenía que hacer para que le creyeran, para que los culpables obtuvieran su castigo? ¿Cómo iba a lograr que Rako confesase, si no lo había hecho con el pecho desollado a latigazos? ¿Debería arrancarle los dientes uno a uno hasta que las palabras cediesen también una a una? ¿O se la consideraría también entonces una confesión falsa? No había salida.

Esa gente no quería oír la verdad.

No, peor: esa gente no reconocería la verdad ni aunque esta les gritase a la cara.

—Este informe será destruido, junto con toda prueba de tu... investigación. Sin embargo, sí, serás sancionado por tus actos. Por todos ellos. Para empezar, se te prohíbe el acceso a las mazmorras hasta nueva orden, y tu número de invocaciones entre lunas queda reducido a tres.

Capitana e invocadora real asintieron ante la sentencia, aceptando y entendiendo su propio rol en ella. Nize también entendió, pero le costó un poco más asentir. Y, aunque temía el correctivo pendiente, le pesaba aún más la culpa por la consecuente destitución del soldado Ornea... Sasha tampoco se libraría, claro. Pagaría. Y otros mil ojos vigilarían ahora sus pasos. No se lo merecían, ninguno de ellos. Cada uno había cumplido con su deber a rajatabla, incluso él mismo, protegiendo a su reino y a su corte.

Él era el único que se había atrevido a reinar.

—¿Y Rako? —preguntó, con voz tan mansa como falsa.

Su padre no contestó al instante.

—Permanecerá en la celda de eternidad sin derecho a juicio hasta que confiese.

Ácido, Nize terminó de enderezarse, hombros cuadrados ante la inescapable presencia del rey. Al menos Rako también pagaría.

—Esta noche, el consejo real determinará tu castigo. Y, a las diez horas del día de mañana, príncipe, te presentarás aquí y lo acatarás sin protestar. ¿Entendido?

—Entendido.

Pero no llegó ningún mañana.

Cuando despertó, Astrae estaba allí.

Sintió primero sus brazos rodeándole la cintura; después su pecho pegado a su espalda. Y, justo al abrir la boca para gritar, ella se le enroscó como una soga hasta posarle el dedo índice sobre los labios, entre los suyos un *shh* que sonó al siseo de una serpiente.

—Calla, mi rey —ronroneó—. No querrás despertarlo, ¿verdad?

Señaló con ese mismo dedo al caballero profundamente dormido en el diván. La claridad de la madrugada anunciaba la llegada de la luna llena, tras el ventanal apenas un puñado de estrellas emborronando las sombras. Solo en sueños Sasha se relajaba lo suficiente como para desfruncir el ceño, ahora su rostro libre de preocupaciones, de recuerdos, de miedos. Un brazo le colgaba por el costado del diván, sus dedos ya rodeando la empuñadura de su espada tendida sobre la alfombra, listos para cerrarse como un cepo en cuanto amaneciera peligro. En el suelo, las piezas de su armadura plateada parecían pétalos caídos.

Ni siquiera recordaba haberlo llamado esa noche. Aunque, de haberlo hecho, se habría vestido para recibirlo, pero nada escudaba su piel de la del demonio. ¿Cuándo había entrado? ¿Cuánto tiempo llevaban allí Sasha y Astrae, vigilantes?

—Vete —escupió Nize, girándose levemente a mirarla—. No te he llamado.

—Eso es lo que crees.

Astrae hundió el rostro en su cuello, raspándole la barbilla con sus retorcidos cuernos. El icor que destilaba se caldeaba al contacto, burbujeaba, cada mínimo movimiento resbaladizo y suave y cada curva de sus cuerpos encajando con una naturalidad que le erizó de arriba abajo. Se obligó a pensar en otra cosa, a centrarse en cualquier otra cosa menos en las filigranas de miel que dibujaban sus manos de ónice en su pecho desnudo, así que:

—¿Te divertiste viéndome volverme loco con tus demonios muertos?

Mientras esperaba respuesta, el demonio extendió las alas más allá de las sábanas que los cubrían, levantando un sonido viscoso que le hizo desviar la vista hacia Sasha, nervioso.

—No. —Y sonaba a verdad—. De hecho, venía a pedirte perdón. Siempre se me olvida que los humanos sois... frágiles. Pensaba que les darías buen uso. Un par de ojos extra, ya sabes... Podrías haberlos empleado para espiar a tu amiguito en vez de para entrar en pánico.

Se le escapó un bufido incrédulo.

—No me enviaste ninguna boca que me explicara las instrucciones.

Ella rio, divertida, y la complicidad latente tras aquel diminuto intercambio le pilló con la guardia baja. Quizá por eso le permitió acomodarse contra su espalda, o entrelazar las piernas con las suyas. Sabía cómo llamar a ese abrazo y sabía lo que le despertaba por dentro. Lo que no sabía era por qué aguardaba inmóvil, expectante. No debería querer que Astrae se acercase aún más, que lo marcase aún más, pero allí estaba, asquerosamente humano y asquerosamente desesperado por que lo hiciese.

—¿No se suponía que venías a pedirme perdón? —protestó, su voz más endeble de lo que pretendía.

—Ah, sí —dijo, como si acabase de caer en ese pequeño detalle, y culebreó hasta asomarse a la frontera de su campo de visión. Él la miró de reojo con el ceño fruncido—. Perdón.

Pero ya empezaba a conocerla. A ella y a esa chispa tras sus ojos dorados.

—¿Qué quieres?

—No —corrigió Astrae—. ¿Qué quieres *tú*? Sigues torturando a mis criaturas... cuando sabes que este asunto es solo entre tú y yo. Que lo que quieres solo puede salir de mí, y lo que yo quiero solo puedes dármelo tú.

Silencio. Contempló largamente a Sasha, a las seis cicatrices en su pómulo apenas perceptibles bajo la desvaída luz de un plenilunio incipiente. Luego le dio la espalda para quedar frente a frente con Astrae, pasando sin pensar los brazos por su mínima cintura de azabache. Ella se adecuó al movimiento como líquido derramado, un charco oscuro que se le abrazó al cuello y encalló una rodilla en su cadera. Se midieron el uno al otro en esa nueva cercanía, él con los dientes bien clavados en el labio inferior para no dejar escapar ni una sola verdad. Pero algo en sus ojos reflectantes le invitaba a hablar, y le habían ordenado callar demasiadas veces como para poder frenar ahora:

—Fue Rako. Pero... no fue solo él. Lo noto. Eran más... Había algo más. Tus demonios muertos ya no están y aun así sigo notando ojos que me siguen y me miran allá donde vaya. Lo noto, los noto... El kleo lo dejó pasar, sus compañeros no lo vieron marchar ni volver. —Tomó aire. La lengua pastosa, las palabras cayendo como una maldición—. Y mi padre... mi padre tiene algo que ver. Quizá cree que fui yo. Quizá cree que lo sé, que fue él. Que fueron todos. Todos ellos.

Astrae hundió las manos en su pelo castaño en una caricia lenta, muy lenta. Nize ya había olvidado por qué se suponía que debía apartarse de ella, no cuando era la única que escuchaba, que asentía, que lo tocaba con la reverencia que se merecía y que le habían negado desde que había descubierto que la necesitaba.

—¿Y tu caballero?

Las seis cicatrices que lo marcaban como su hombre de confianza. Pero la había perdido por el camino, y Nize no podía desandar los pasos para encontrarla. Ya no. Y quería, quería hacerlo con todas sus fuerzas, porque dudar de Sasha significaba dudar de sí mismo...

No podía soportarlo más.

El caballero dormido era una herida abierta que supuraba pus y sangre y que no sabía cómo coser. No, no podía soportar eso que latía y correteaba, la Cosa de Dentro arañándole las entrañas, borboteante de pegajosa brea y chillando por una sola chispa que le estallase en llamas. Era la parte de sí mismo que más odiaba, la que más quería a Sasha, de esa forma infecta que lo impulsaba a encerrarlo en algún lugar lejano, un lugar en el que el caballero solo pudiese oírlo y verlo y respirarlo *a él*.

No podría soportarlo, si Sasha le hubiese hecho algo a Sera.

Porque no podría matarlo. No podría hacerle daño: ¡era Sasha!

Y Sasha era lo único que lo mantenía cuerdo.

¿Verdad?

—No sé si... Sha no...

Asintiendo, Astrae le limpió las lágrimas con las manos. Las desterró de sus pestañas apelmazadas, borró el sendero salado que dejaban al cruzar el puente de su nariz. Dudar dolía tanto... Lo estaba convirtiendo en un monstruo, en algo que no reconocía ya, que no merecía llevar nombre humano.

—Hay una manera de comprobarlo —dijo el demonio entonces, acunándolo entre sus brazos—. Y de acabar con todos los culpables de una sola vez.

—¿Cuál?

No contestó enseguida. En cambio, recostó la cabeza en su pecho y respiró hondo mientras le acariciaba la espalda arriba y abajo, arriba y abajo, un rastro de icor cálido a su paso. Encerrados bajo la cúpula oscura de sus alas de dragón, su corazón solo volvió a latir cuando Astrae trazó la cresta del hueso de su cadera con la punta de los dedos hasta dar con la piel sensible bajo las costuras de su ropa interior. Nize se estremeció, dejando escapar todo el aire que había estado conteniendo.

—El precio será alto —susurró ella.

Parecía triste.

—Pero sabré la verdad.

—La Verdad es un monstruo terrible.

Silencio.

—Tengo un Pacto para ti, demonio.

10

EN EL MUNDO DE LOS VIVOS

Sasha despertó *muriendo.*

Una fuerza divina tiraba de sus venas con el ahínco con el que su padre arrancaba las malas hierbas, constante e insistente, tratando de extirpárselas sin apartar ni piel ni músculo mientras su corazón bombeaba a toda prisa, azuzado por el miedo. Su esqueleto se retorcía y no sabía a qué aferrarse para que parase, para que sus pulmones tragaran oxígeno de nuevo, para que sus costillas dejasen de clavarse en la maraña de órganos que era ahora su cuerpo.

Tampoco sabía cuándo había caído al suelo, pero aquel súbito infarto se negaba a remitir, así que se obligó a ponerse en guardia, a incorporarse y a comprobar que seguía en los aposentos del príncipe. Incluso con los ojos abiertos le costaba identificar las figuras que lo rodeaban, distorsionadas y granuladas, aunque fueron poco a poco adquiriendo nitidez según recuperaba el control de sus sentidos. Fue entonces cuando el dolor dio paso al pánico, cuando uno de los borrones blancos terminó de transformarse en la cama vacía de Nize, sábanas revueltas y colchón ya frío. Se sentía embotado, impedido. Sordo y mudo y ciego. ¿Qué estaba pasando? ¿A dónde había ido? Y, como la peor de las respuestas, sus tímpanos volvieron a funcionar, trayendo consigo los gritos. Gritos lejanos, ahogados. Gritos que trepaban por la piedra del castillo y se colaban a través del ventanal abierto de par en par para enroscarse en su columna vertebral.

El pavor colapsó de pronto, cediendo desde dentro, dejándole una horripilante sensación de vacío, pero, sobre todo, de cansancio. Reconoció la sensación a pesar de haberla vivido una única vez, aquella noche en la que había encontrado a Nize ahogado en Frenesí, su magia circular ya casi extinguida. La fuerza que tironeaba de sus nervios no era la mano de ningún dios sino del príncipe, su Vínculo absorbiendo hasta la última gota de magia de brujo. Le temblaban tanto las piernas que jamás recordaría cómo consiguió ponerse la armadura; aunque sí el dolor en carne viva de cada paso hasta el vestíbulo.

Allí intentó contener su magia, retenerla en su interior, pero Nize la reclamaba con fiereza y Sasha estaba demasiado alterado y confuso como para sellar el canal. Aunque comprendió pronto: peligro. El príncipe se hallaba en peligro, y lejos de él, y la única ayuda que podía prestarle ahora era su magia y su rapidez en llegar donde quiera que estuviese. ¿Dónde estaba? La escalinata ondulaba ante sus ojos, serpenteante, peldaños difuminados bajo la luna llena.

Descendió torpemente a la siguiente planta y mientras recorría la galería en pos del próximo tramo de escaleras tropezó con algo, el chirriar de su armadura resonando en el corredor. No quería pararse a averiguar lo que era, ni siquiera a mirarlo, porque el príncipe..., pero lo hizo, lo hizo porque era imposible que los alaridos de la ciudad no hubieran alertado a los guardias. Guardias que deberían inundar los corredores, los vestíbulos, las calles.

El esfuerzo que empleó en enfocar la vista terminó de reavivar sus sentidos, y lo que había creído puntos ciegos de agotamiento tomó de súbito la forma de los guardias ausentes.

Parecían haber sido alcanzados por un rayo invisible, caídos en un combate sin comenzar, ojos abiertos en una mueca de horror y piel aún cálida. Sasha se detuvo a buscarles el pulso a los tres primeros que interrumpieron su camino antes de aceptar que era una pérdida de tiempo. No sabía quién o qué los había matado, pero, desde luego, lo había hecho de un solo golpe, rápido y fulminante.

Ni siquiera tenía claro que él mismo no estuviera muerto.

Ni siquiera tenía claro que aquello no fuera una pesadilla.

Solo sabía que debía seguir el cable de cobre que lo unía al príncipe, ese que le susurraba al oído dónde encontrarlo. A cada paso lo sentía más fuerte, según su magia recorría menos metros entre ambos y según sus sistemas se estabilizaban. Por fin podía volver a fiarse de que su cuerpo le diría la verdad, de que su mente pensaría antes de actuar, aunque la adrenalina que le mantenía en guardia y tenso era un arma de doble filo.

—¿Qué está pasando?—les preguntó a las llamas trémulas de los candelabros, al aire de sus pulmones. Si le respondieron, no pudo oírles, no por encima del insistente tirón del Vínculo. Solo le llegó un diminuto pitido que reconoció como un chillido de brisa, y asintió. Quizá no sería capaz de distinguir las palabras, pero sí su advertencia.

Apretó la empuñadura de su espada, resbaladiza de sudor, hasta que los nudillos se le pusieron blancos, sintiendo que la blandiría dentro de muy, muy poco. Quizás en cuanto atravesara las enormes puertas de la sala del trono, una boca abierta en mitad del estómago de piedra del vestíbulo principal ahora moteado de cadáveres. Apestaba a incienso.

Demonios. El castillo había sido atacado por demonios.

Sasha se mimetizó entre las sombras de la escalinata oeste, descendiendo cada escalón hacia allí con la espalda pegada al muro. Cuando alcanzó el rellano, un amplio océano de mármol negro, se fijó en que las oscuras paredes de la sala del trono reflejaban el destello de una luz extraña, muy diferente a la parpadeante candidez de un fuego. Tragó saliva mientras se deslizaba hacia el colosal arco de entrada, preparado para asomarse y evaluar la sit...

—Pasa, Sha. Todo está bien.

No, su cuerpo sabía que nada estaba bien. Y, aun así, fue ese mismo cuerpo el que reaccionó a la voz de Nize por acto reflejo, abandonando la penumbra para adentrarse en la sala. El aire volvió a chillarle: demasiado tarde. Demasiado todo.

Había dos lunas en la sala del trono, pero solo una de ellas nadaba en el cielo.

Sasha hubiese querido reparar antes en la sangre espesa que manchaba la grada real, en el cadáver del rey y sus ojos abiertos, en el cuerpo reducido a pedazos de Rarra en un último intento por protegerlo, en las galas de hilo dorado de la kyron derramadas al filo del charco rojo, pero no. Porque, como siempre, vio primero a Nize. Vio a Nize y a su ligero suspiro de alivio, cada retazo de su piel emanando una leve fluorescencia que nada tenía de humana. Ni siquiera la gruesa capa que vestía lograba frenar el resplandor, ni disimular la aureola que coronaba sus cabellos castaños.

En ese momento, una segunda sombra asomó tras su príncipe y le guiñó un ojo por todo saludo, sonriente.

Esa imagen lo devolvió a la realidad con la violencia de un meteoro, sus músculos de nuevo listos para cumplir con su misión: proteger al rey, proteger al príncipe. Y, aunque era incapaz de entender ni la luz ni la sangre, sí entendía que solo uno de ellos estaba herido. Rápido, echó a correr hacia el rey abatido. Tarde. Piel tibia; pulso nulo. ¿Qué había pasado? ¿Qué estaba pasando? Rojo en su barba blanca y vacío en sus pupilas. A sus pies, Rarra era un montoncito irreconocible de carne cruda. Había muerto peleando. A los pies del trono, Sumere parecía plácidamente dormida, como un gatito echado bajo el sol de verano. No lo estaba.

El contraste de crueldad entre las tres muertes le encogió entero, le emborronó incluso más por dentro. Incrédulo, Sasha se arrodilló junto al cadáver del rey Aurel y lo sostuvo entre los brazos, todavía sin comprender, todavía sin atreverse a soltar la espada.

—¿Qué ha pasado? —logró preguntar, la voz saliendo rasposa.

Príncipe y sombra se miraron, y aquel breve intercambio se le metió por debajo de las uñas, desagradable y revelador. Había creído... Había creído que Nize había invocado a Astrae con sus magias... para que lo protegiera...

—Me alegro de que estés vivo —dijo Nize en lugar de responder, sin moverse del sitio. La aureola seguía allí por mucho que pestañease. Por los dioses, era real—. Sabía que... Sabía que podía confiar en ti, Sha.

Abrió la boca para preguntar de nuevo, el peso del rey Aurel una condena en su regazo, pero el demonio se le adelantó, extendiendo tanto las alas que la luz de la luna plasmaba su contorno exacto en el suelo de mármol:

—En realidad…, vuestro Vínculo lo ha salvado, mi rey. Se ha beneficiado del Pacto; tampoco él puede morir.

—¿Qué? —exhaló el caballero, perdido. Era la primera vez que oía la voz de Astrae en el aire y no en su cerebro. No le gustó.

Nize alzó las cejas, sorprendido (¿complacido?) ante la nueva información. Había algo extraño en él, pero no llegaba a discernir qué era, y poco tenía que ver con la forma en la que su piel iluminaba la estancia. No, eso se debía a… Bajó la vista hacia el cuerpo del rey.

La magia de los reyes regresaba a su propia sangre tras morir. Nize acababa de heredar la magia de más de treinta monarcas, erigiéndose así el invocador más poderoso de la historia. En ese preciso momento, el príncipe era lo más cercano a un dios en aquel mundo, y a Sasha el escalofrío pareció partirle la columna por tres puntos al notar a través del Vínculo lo cómodo que se sentía junto a Astrae.

Y lo satisfecho que estaba con todo aquello.

—¿Qué has hecho? —preguntó al fin, pese a no querer saberlo, no realmente—. Están todos muertos. Los guardias. Los sirvientes. Todos. Hay gente gritando en las calles… ¿Qué has hecho?

Nize debió de percibir su horror, porque avanzó el primer paso hacia él y elevó el tono, casi masticando las palabras al decir:

—Lo que debía hacer, Sha. No podía… soportar que ella estuviese muerta y ellos no. Cualquiera que se hubiera atrevido siquiera *a pensar* algo mínimamente ruin de ella. Lo que fuese, por nimio o estúpido. No merecían… respirar el aire que le quitaron.

Comprender hacía que sus huesos pesasen tanto o más que el cadáver entre sus brazos, y bajó los hombros, vencido por la carga de su sentencia.

—¿Es eso lo que has Pactado? —murmuró, sobrecogido—. ¿Que muriese todo el mundo que…? Por los dioses, Nize. No. No…

—Me prometiste que nos vengarías, ¡y al final he tenido que hacerlo todo yo! —rugió él, Sasha inclinando la cabeza en una reverencia instintiva que solo potenció sus ganas de vomitar allí mismo, su estómago devorándose a sí mismo de pavor y dolor—. Pero aún puedes demostrarme tu lealtad. Eres mi caballero, a fin de cuentas. A quien más quiero en el mundo de los vivos.

Los ojos muertos del rey estaban abiertos y fijos en él. El color azul parecía haberse evaporado de sus iris, ahora neblinosos y huecos, pero perduraba en los de su hijo, tan intenso como siempre a pesar de aquellas pupilas doradas, a pesar de su piel de luna y de su corona de dios. Si Sasha no lo conociera tan bien, quizá se le habría pasado por alto la expresión torturada que Nize se esforzaba en ocultar tras una máscara de serenidad.

«No», se dijo. «Si lo hubiera conocido de verdad, esto nunca habría pasado».

Esa deidad luminosa no era Nize. Solo vestía su cuerpo, se había comido todo lo demás. Era lo que quería pensar mientras el príncipe... el *rey* recortaba la distancia entre ambos y mientras alargaba los brazos para acunarle el rostro entre sus manos refulgentes. Temblaban. Como temblaban sus hombros bajo el crudo poder que emanaba su piel, una fuerza bruta de la que su propia magia quería alimentarse, beber, tragar. Y el aire seguía chillándole al oído.

—Todo lo que hago, Sasha, lo hago por Sera.

—No...

—Voy a regalarle el reino que se merece. —Hasta su voz sonaba diferente, irradiaba energía en palpitantes oleadas—. Para que, cuando se reencarne, todo lo que haya conseguido vuelva a ella, a la legítima reina.

A su espalda, Astrae era apenas una media luna de colmillos blancos en un recorte de noche. Sonreía largamente, complacido, y Sasha se preguntó qué era lo que había sacado de aquel Pacto. ¿Sangre de rey? No, no veía rojo en sus labios llenos. Ni siquiera había dado un solo paso en falso hacia el cadáver entre los brazos del caballero. ¿Qué era? ¿Qué era? ¿Qué era lo que le había prometido Nize a cambio? ¿Quedaba algo de Nize, siquiera? ¿Y de la ciudad…? ¿Cuánta gente había muerto?

¿Y sus padres?

—Has masacrado a medio reino.

—No se la merecen.

Oyó el gemido antes de notarlo escapar de entre sus labios, deseando… Solo quería cerrar los ojos y fingir que aquello no estaba ocurriendo, pero sus párpados eran demasiado finos, y la luz pasaba a través.

—Nize, Nize… Dioses, qué has hecho, qué has hecho… —Eran palabras que apenas advertía en su lengua, en bucle, goteando sobre el cadáver del rey Aurel—. Nize, ¿por q…?

—Necesito una respuesta, Sha.

—¿Una respuesta?

Él asintió, de pronto su mirada grave y seria, sin intentar ya mantener la sonrisa falsa en su lugar. Sus palmas tiritaban contra su rostro y su pecho había dejado de moverse, respiración contenida.

Durante unos segundos, Sasha entendió aún menos. No entendía a qué tenía que contestar, cuál era la pregunta. Luego el hedor de la sangre le llegó a la nariz; oyó los aullidos y lamentos del pueblo con más claridad que nunca. Y entendió entonces que Nize le estaba pidiendo que se convirtiese en su cómplice. Que cerrase los ojos a la ola de muerte que había traído sobre la Espiral, destruyendo vidas de traidores y adeptos por igual, familias despedazadas por la inestabilidad de su príncipe. Nize quería que agachase la cabeza y se dejase ordenar, como siempre había hecho, porque siempre había tenido un motivo para confiar ciegamente en él. Incluso en la pesadilla que habían sido esos últimos meses, Sasha jamás había dudado de que volvería a encontrar el camino, la luz, con o sin su apoyo, porque era Nize.

—Quédate conmigo, Sasha. Tú también tenías grandes ideas para este reino, y ahora… Mírame, mira lo que soy. Ahora podemos llevarlas a cabo, todas ellas.

Era verdad. Habían compartido tantos planes, durante tantos años... Sasha recordaba hasta el último de ellos. Sintió el pulgar del nuevo rey acariciando las cicatrices sobre su pómulo izquierdo, expectante, y cuando se atrevió por fin a mirarle a los ojos supo que no tenía otra opción.

—Nize... Verenize, iría hasta el fin del mundo contigo.

Y eso también era verdad. Lo contempló cerrar los ojos lentamente, dejar escapar un suspiro de alivio; sintió su escalofrío a través del Vínculo justo antes de que apoyara la frente en la suya. El caballero se permitió un momento para respirar hondo, para grabarse aquel instante de calma en el alma.

Pero el momento llegó y pasó, y Sasha tiró de su magia con toda la fuerza que le quedaba y lo embistió con ella, un estallido de aire y fuego que arrojó al príncipe contra una de las columnas de la sala del trono. Su alarido tronó incluso por encima del crujir de huesos rotos, pero Sasha siguió tirando y tirando, robando más y más magia, sintiendo cómo sus músculos se colmaban de luz y los elementos le hablaban ahora tan alto que sus oídos sangraban.

Astrae no se interpuso entre ambos, no intervino. Solo retrocedió un paso, sus ojos dorados entrecerrados en una mueca resentida. Un alivio, porque a él le temblaba el cuerpo entero de manejar la magia de mil reyes, esa que el Vínculo le permitía extraer de su legítimo dueño.

Cuando ordenó al mármol que lo envolviese como lo haría una serpiente, Nize lo miró con una lava azul en los ojos que le hizo pensar en matarse antes de que el príncipe tuviese la oportunidad de hacerlo por sí mismo. La columna se cerró a su alrededor en un cepo de piedra negra, rompiendo vértebras y costillas y todo lo que podía ser quebrado en un cuerpo humano. Y Nize gritó, por supuesto que gritó, pero sabía que no era de dolor: era de rabia, de impotencia por verse incapaz de ponerle fin al robo, demasiado débil como para controlar toda esa magia heredada sin práctica alguna.

Sasha la sentía como una presencia ajena e ingente, con voluntad propia, deseos propios. Le serpenteaba entre las entrañas, empujando tejido y órganos, abriéndose camino por dentro. Si continuaba sin cederle espacio, acabaría por reventarlo. Pero ¿qué hacer sino seguir tirando y tirando para impedir que regresara con Nize...? Aquella magia era titánica, casi sagrada, un legado de tronos y coronas cayendo en manos de un príncipe roto. Sasha no llegaba siquiera a imaginar lo que podría hacer el nuevo rey con ella. No. No permitiría que existiese una criatura tan poderosa, no cuando esa criatura era Nize.

Y, de pronto, recordó.

El Vínculo.

Y fue el Vínculo el que le delató:

—¡No! —aulló Nize, revolviéndose en su prisión de oro y mármol—. ¡No te atrevas, Sasha!

«Bendición, maldición, dolor, placer», había dicho Astrae.

La magia del príncipe era su magia, y viceversa. Al sangrar sobre aquel círculo, habían rendido su privacidad en favor de un privilegio compartido, desinteresado. El Vínculo no entendía de recelos ni de propiedad, pues ambos eran la misma persona a sus ojos. Un Pacto irreversible, incondicional, inapelable. O dos siendo uno o ninguno. O todo o nada. O nada.

¿Cuántas vidas salvaría Sasha eligiendo la nada? ¿Podrían siquiera sus cuerpos funcionar sin magia? No lo sabía, pero tenía que intentarlo.

Fuera, ordenó, y la magia obedeció.

Pero no se marchó: todo lo contrario. Lo que hizo fue precipitarse con violencia en su interior, acurrucarse entre el tuétano de sus huesos, prensarse contra cada uno de sus músculos y tendones, aprisionándose a sí misma en una cárcel de carne y dientes. De pronto, el mundo se tornó gris, vacío, desprovisto de los suaves murmullos de los elementos, siempre tan cerca de él. Ya no los oía, porque había encerrado su magia, la de los dos, allá donde Nize no pudiera encontrarla.

Sasha dio un paso atrás, sintiéndose infinitamente pesado.

—No —gañó Nize, con los ojos muy abiertos. Nada quedaba de la luminiscencia de su piel, la aureola dorada arrancada de raíz. Sasha lo miró convulsionarse contra la columna, un fino hilo de sangre cortándole la mandíbula, buscando, buscando. No la encontraría—. Devuélvemela. ¡DEVUÉLVEMELA!

—No.

Dio otro paso atrás. El demonio aún permanecía inmóvil, aunque ahora lo notaba estudiar atentamente la punta de sus dedos, curioso. Sí, él también sentía la magia allí. No quiso saber qué significaba esa sonrisa en sus labios de ónice, o qué era ese timbre ahogado y desesperado en la voz de Nize:

—Sasha, no me hagas esto.

Pero el caballero retrocedió

otro

paso

más.

—Te buscaré, Sasha. Te buscaré y te mataré, te lo juro. —Un aullido, un gemido—. No me dejes. No te atrevas a dejarme. *Sha.*

Quizá fue la forma en la que dijo su nombre, al final. Como si fuese una orden en sí misma. Como si su nombre hubiera sido moldeado y creado para anidar en sus labios y en los de nadie más. Como si él también tuviera que amar el olor a muerte y a sangre y bajar la cabeza ante el hedor a exterminio.

Aferró con fuerza la espada, temblando. Todo su cuerpo temblaba, pero ignoraba si era por el peso de la magia, de su esqueleto aterrado o de su alma.

—Yo diría que tienes unos... veinte minutos —sonrió Astrae.

Sasha dio media vuelta y huyó.

Para siempre.

AGRADECIMIENTOS

Esta historia lleva ocho años conmigo.

Fue con esta historia que me atreví a dar un paso más allá, a hacer algo más grande, y cuando la terminé pensé que jamás saldría a la luz por mil motivos, aunque peleé con uñas y dientes porque lo hiciera. Y ahora está aquí, hay alguien ahora mismo leyendo estas palabras. Mientras las escribo, pienso en que seguiré sin creérmelo hasta que no las lea impresas.

Ocho años dan para mucho, por lo que ya adelanto que alguien se me va a olvidar. ¡Si no me acuerdo ni de lo que cené anoche! ¿Cómo voy a hacerle justicia a todos los que me han acompañado durante *ocho años*?

Así que, como hice para escribir *Larga vida al rey,* me he preparado una escaleta para no perder el hilo. Y, según la escaleta, esto debería empezar así:

Gracias a mi agente, Jordi Ribolleda, por buscarle un hogar a la historia más importante para mí. Iba a decir algo más, pero es que eso lo engloba todo. Gracias por conseguir que cayera en manos de Leonel Teti, mi editor, quien vio en esta historia un libro y quien me dio la confianza de que todo saldría bien. Y mis más sinceras disculpas al equipo de edición por emplear el mesecito en el que debería chequear sus correcciones para actualizar el estilo del libro entero solo porque lo noté «un poquito oxidado». Ups.

A mis lectores beta, que han sido muchos a lo largo de los años. Literalmente no puedo listaros a todos, pero agradezco de todo corazón los comentarios, audios, chistes, correcciones, etc. Me reservo las anécdotas para los siguientes tomos, pero en este primero quiero hacer mención especial a Ana Compañy y Laura Morán, quienes, para mí, son el alma lectora de esta historia. Ambas fuisteis leyendo capítulo a capítulo, según iba escribiendo, y me dabais fuerza para seguir haciéndolo. Gracias por reír y llorar conmigo. Y aprovecho para recordarles a Anna Ayats y Raquel Arbeteta que Nize no es rubio (aunque seguirán negándolo).

A mi grupo de amigas, por estar ahí cuando ni yo misma estaba. Irene Blanco, mi parabatai, a estas alturas ya no te vas a librar nunca de mí (y yo que me alegro); Ana Pardo (de Satányana), hiciste el retrato más exacto de Nize que jamás habría soñado ¡y no era rubio!; María Vegard, siento desterrarte a la terraza a fumar cada vez que hacemos pijamada; Ana Ed, otra de las grandes betas de esta historia, sigo impresionada con lo rápido que lees (engulles). Qué haría yo sin vosotras.

Ahora toca la familia: a mi madre, por escucharme hasta las tantas de la noche por teléfono aunque yo no sea la mejor explicándome. A mi padre, del que he sacado este humor tan nuestro y que espero reflejar en todos mis libros. A mi hermana y a mis dos sobrinas, que crecen a una rapidez que da vértigo (Cris, de verdad, no sé de dónde sacas tiempo para seguir siendo tú). Y, así como dato aleatorio, me impresiona pensar que cuando empecé a escribir *Larga vida al rey* aún vivía con mis padres y ahora que se publica estoy independizada y tengo un gato.

A mis amigas escritoras y no tan escritoras, editoras o blogueras, que siempre están al pie del cañón a mi lado. Gracias por creer en mí. Mención especial a Paloma Fdez-Pacheco, mi caballero de brillante armadura (no pienso usar «caballera»); y a Jorge Cienfuegos y Aida Ortega (horrorvacio), quienes me han conocido en mi versión más dramática y encima me jalean.

Aunque suene raro, a mis personajes. Después de ocho años conmigo, para mí son de carne y hueso. Y cuando no quería molestar a nadie, cuando no veía forma de ganar y cuando me sentía hueca e inútil, me bastaba con releer algún parrafito de Nize soltando pestes o de Sasha extremadamente confuso y volvía a quererme un poquito, porque los quería a ellos.

Y, cómo no, gracias a mis lectores. Me parece increíble haber dado tanto la vara con esta historia que algunos de vosotros ya conocíais a los personajes por nombre y apellido, ¡y lo mejor de todo es que en lugar de llamarme pesada me pedíais más! Estoy contentísima de poder compartir por fin esto tanto con quienes lleváis ahí desde el primer día como con quienes me habéis conocido con este libro. Con lectores como vosotros nunca me siento sola escribiendo.

¡Gracias!